फ्रांस
की
श्रेष्ठ कहानियाँ

इस श्रृंखला की अन्य पुस्तकें

फ्रांस
की
श्रेष्ठ कहानियाँ

संपादन
प्रमिला गुप्ता

प्रभात
पेपरबैक्स
www.prabhatbooks.com

प्रकाशक

प्रभात पेपरबैक्स

4/19 आसफ अली रोड, नई दिल्ली–110002

फोन : 23289777 • हेल्पलाइन नं. : 7827007777

इ–मेल : prabhatbooks@gmail.com ❖ वेब ठिकाना : www.prabhatbooks.com

संस्करण

प्रथम, 2017

मूल्य

एक सौ पचहत्तर रुपए

अ.मा.पु.स. 978-93-5266-348-4

मुद्रक

आर–टेक ऑफसेट प्रिंटर्स, दिल्ली

FRANCE KI SHRESHTHA KAHANIYAN

Ed. Smt. Pramila Gupta

Published by **PRABHAT PAPERBACKS**

4/19 Asaf Ali Road, New Delhi-110002

ISBN 978-93-5266-348-4

₹ 175.00

दो शब्द

आधुनिक कहानी का उद्भव एवं विकास 19वीं सदी में हुआ था। धीरे-धीरे कथा-शिल्प की दृष्टि से इसमें परिपक्वता आती गई। फ्रेंच कहानी भी इसका अपवाद नहीं। उसका उद्भव और विकास भी 19वीं सदी में हुआ था। फ्रेंच कहानी के विकास में फ्रेंच भाषा के समाचार-पत्रों का योगदान अतीव महत्त्वपूर्ण था। वास्तव में फ्रांस के लोग समाचार-पत्रों में रोजमर्रा की घिसी-पिटी खबरों को पढ़कर उकता गए थे। वे समाचार-पत्र में हृदयस्पर्शी, मनोरंजक, रोमांचक सामग्री पढ़ना चाहते थे ताकि उनके मन-मस्तिष्क को नूतन ऊर्जा प्राप्त हो। समाचार-पत्रों की लोकप्रियता, प्रसार संख्या इस प्रकार की सामग्री तथा शृंखलाबद्ध उपन्यासों पर निर्भर करने लगी थी।

लेखक ने पहली बार आम आदमी की संवेदनाओं, सुख-दु:ख को पहचानने का प्रयास किया, उसकी स्वानुभूति की। अपनी उन्हीं स्वानुभूतियों को शब्दों में पिरोकर कहानी का सृजन किया। आधुनिक कहानी के प्रवर्तकों ने स्वानुभूतियों के आधार पर यथार्थ का निरूपण करने का प्रयास किया। लेखक समाचार-पत्रों के लिए कहानियाँ लिखने लगे थे। पाठक भी समाचार-पत्र में सबसे पहले कहानी, साहित्यिक आलेख, शहर की चटपटी खबरों को आनंदपूर्वक पढ़ते। उनके लिए समय व्यतीत करने का यह सर्वाधिक सस्ता व सहज-सरल साधन था। देश-दुनिया की खबरों पर सरसरी नजर डालकर छोड़ देते थे।

कहानी की इस उर्वरक भूमि में प्रास्पर मेरीमी व अन्य फ्रेंच लेखकों ने आधुनिक कहानी के बीज डालने आरंभ कर दिए। उसी समय अमेरिका में भी आधुनिक कहानी का बीज अंकुरित हो रहा था। एडगर एलेन पो रहस्य-रोमांच से भरपूर कहानियाँ लिख रहे थे। पाठकों की रुचि के अभाव में बीज अंकुरित होने से पहले ही मुरझा गए। कहानी का विकास नहीं हो पाया। फ्रांस में साहित्य की नई

विधा के रूप में कहानी को पर्याप्त सराहना मिली। प्रोत्साहन मिलने पर इस विधा में नए-नए प्रयोग करने आरंभ कर दिए। आधुनिक फ्रेंच कहानी की विकास-यात्रा आरंभ हो गई थी।

प्रास्पर मेरीमी पहले कथाकार थे, जिनको फ्रेंच अकादमी का सदस्य निर्वाचित किया गया था। इस प्रकार कहानी को फ्रेंच की साहित्यिक-विधा के रूप में स्वीकृति मिल गई थी। उनके समकालीन लेखकों चार्ल्स नोडियर व गेरार्ड-द-नेरवल ने भी कहानियाँ लिखीं। गेरार्ड-द-नेरवल के कहानी संग्रह (Daughter of fire) की कहानियाँ बाल्यकाल की स्मृतियों पर आधारित थीं। कहानी की लोकप्रियता की लहर को देखकर फ्रेंच साहित्य की अन्य विधाओं के लेखकों—यथा—उपन्यासकार हानर-द-ब्लाजाक, गुस्ताव फ्लाबर्ट तथा कवि अल्फ्रेड-द-विग्नी, थियोफिल गौटियर ने भी कहानियाँ लिखीं।

विश्व साहित्य में फ्रेंच कहानी का विशिष्ट, लोकप्रिय स्थान है। कहानियों का रसास्वादन करने के लिए फ्रेंच भाषा का पूर्ण ज्ञान होना अत्यावश्यक है। सभी व्यक्ति फ्रेंच भाषा नहीं जानते, परंतु मोंपासा व अन्य फ्रेंच लेखकों की कहानियों को पढ़ने के लिए लालायित रहते हैं। अनुवादक उनकी इस आकांक्षा को यथासंभव पूरी करने का प्रयास करता है। हो सकता है कि मूल रचना अनूदित रचना की तुलना में अधिक आनंदप्रद हो, परंतु उसका आनंद केवल मूलभाषा को जाननेवाला ही ले पाएगा, अन्य उससे वंचित रहेंगे। इस विपुल साहित्य का रसास्वादन करने के लिए पाठक के सामने यही एक विकल्प है। अनुवादक यथासंभव अनूदित रचना को मूल रचना के सदृश सरल, प्रवाहमय बनाए रखने का प्रयास करता है। अनुवादक के सामने भी पाठक के समान ही सभी भाषाओं को न जानने की समस्या है। विश्व की अनेक समृद्ध भाषाओं का ज्ञान न होने के कारण अंग्रेजी भाषा में अनूदित रचनाओं का हाथ थामना पड़ता है। विश्व साहित्य जितना अधिक अंग्रेजी भाषा में उपलब्ध है, किसी अन्य भाषा में नहीं। अतः अनुवादक को अत्यधिक सावधानी के साथ अपने कर्तव्य (अनुवाद कार्य) का निर्वहन करना पड़ता है। वह मूल की आत्मा को पकड़कर अंत तक रोचकता बनाए रखने के लिए प्रयत्नशील रहता है।

कतिपय प्रसिद्ध फ्रेंच कथाकारों की चुनिंदा कहानियों का अंग्रेजी भाषा से हिंदी में अनुवाद करने का लघु प्रयास किया है। विश्व प्रसिद्ध फ्रेंच कथाकारों—हानर-द-ब्लाजाक, विक्टर ह्यूगो, अल्फोंसे डाडेट, अल्फ्रेड-द-मसेट, लूडोविक हेलेवी, लियो लेपे, पियरे लुई, अंतोले फ्रांस, एमिल जोला, रोम्या रोलाँ व मोंपासा

की कहानियाँ प्रस्तुत संकलन में संगृहीत हैं। शिल्प, कथावस्तु की दृष्टि से प्रत्येक कहानी का अपना अलग आकर्षण है। रोम्या रोलाँ तथा अंतोले फ्रांस साहित्य के सर्वोच्च पुरस्कार 'नोबेल पुरस्कार' प्राप्त करनेवाले प्रख्यात कथाशिल्पी हैं। रोचकता व भिन्न कथानकों पर आधारित मोंपासा की चार कहानियाँ संकलित हैं।

फ्रेंच भाषा से अपरिचित होने के कारण अंग्रेजी में अनूदित विपुल कथासागर से कहानियों का चयन किया है। पाठक पहले भी फ्रेंच कहानियों का आनंद हिंदी में ले चुके होंगे। ये कहानियाँ उनको कितना आनंद दे पाएँगी, इसका निर्णय केवल प्रबुद्ध पाठक ही कर पाएँगे।

अनुवाद कार्य के लिए प्रिय संदीप, स्मिति, वंदना व डॉ. रश्मि की हृदय से आभारी हूँ। उनके सहयोग के अभाव में यह कर पाना संभव नहीं था। मंगलकामना एवं ईश्वर से प्रार्थना करती हूँ कि वे जीवन में सदैव सद्मार्ग का अनुसरण कर प्रगतिपथ पर बढ़ते रहें। जीवनसाथी के प्रति आभार प्रकट करने के लिए शब्द नहीं हैं। उनकी प्रेरणा से ही आगे बढ़ पा रही हूँ।

प्रभात प्रकाशन के संचालक, प्रकाशक श्री प्रभातजी के विनम्र स्वभाव, सहयोग व प्रोत्साहन की भावना अतुलनीय है। भौतिकतावाद के इस युग में ऐसे व्यक्ति सौभाग्य से ही मिलते हैं। हार्दिक शुभकामना है कि प्रकाशन जगत् में नूतन कीर्तिमान स्थापित करें।

—प्रमिला गुप्ता

द्वारा/ डॉ. जगदीश प्रसाद

1018, सेक्टर-43बी

चंडीगढ़-160043

फोन : 0172-2660391

अनुक्रम

मरुस्थल में

—हानर-द-ब्लाजाक

मि. मार्टिन के जंगली जानवरों के बाड़े से बाहर निकलते ही उसने कहा, ''कितना डरावना दृश्य है!'' विज्ञापन के अनुरूप हम उस साहसी आदमी को लकड़बग्घे के साथ करतब दिखाते हुए देख रहे थे।

''उन पर विश्वास कर वह उनको किस प्रकार प्रशिक्षण देता है!''

मैंने उसको बीच में टोका, ''जो बात तुम्हें इतनी ज्यादा उलझन में डाल रही है, वास्तव में वह बहुत सरल है।''

वह अविश्वास के साथ मुसकरा दी।

''तुम जानती हो, पशु पूरी तरह से संवेदनशून्य नहीं होते।'' मैंने कहा, ''वास्तव में हम उनको आधुनिक सभ्यता की अधिकांश बुराइयाँ सिखा देते हैं।''

उसने मेरी तरफ हैरानी से देखा।

''मैं स्वीकार करता हूँ कि जब मैंने पहली बार मार्टिन को देखा था, तब मैं भी तुम्हारी तरह हैरान रह गया था। मैं एक बूढ़े लँगड़े सिपाही के बराबर में खड़ा था। वह सिपाही भी मेरे साथ-साथ आया था। मैं उसके हाव-भाव देखकर प्रभावित हो गया था। चेहरे पर निडरता थी। युद्ध ने उसके चेहरे पर अपना निशान छोड़ दिया था। नेपोलियन के सभी युद्धों की दास्तान उसकी भवों पर लिखी थी। उसमें मुझे प्रभावित करनेवाली स्पष्टवादिता तथा प्रसन्नता दिखाई दी। निस्संदेह, वह उन सैनिकों में से नहीं था, जो बिना किसी कारण के हैरान हो जाते हैं तथा प्रत्येक वस्तु पर हँसने लगते हैं; यहाँ तक कि अपने साथी की पीड़ादायक मृत्यु पर भी, जिसे वे प्रसन्नमुद्रा में दफना देंगे अथवा लूट लेंगे; कुछ उदासीन भाव से गोलियों का सामना करेंगे, कुछ सोच-विचार में एक क्षण भी नहीं गँवाते और शैतान के साथ भी दोस्ती करने के लिए तैयार रहते हैं। उसने अपनी सीट से आकर ध्यान से मार्टिन

का निरीक्षण किया और फिर किसी मूर्ख के लिए घृणा के साथ अपने होंठ तिरस्कृत भाव से फुला दिए। मैंने विरोध किया और कहा कि निश्चित रूप से मार्टिन एक बहादुर आदमी है। उस वृद्ध सिपाही ने मुसकराकर अपने कंधे उचका दिए।

"मैंने इस प्रकार की बात पहले भी सुनी है।" उसने कहा।

"तुम्हारे कहने का क्या मतलब है ? यदि तुम मुझे यह बता दो कि वह यह सब कैसे करता है तो तुम्हारा बहुत आभार होगा।"

हमने आपस में एक-दूसरे को अपना परिचय दिया और पास के रेस्टोरेंट में चले गए। मीठे के साथ शैंपेन की बोतल मँगवाई। वृद्ध सिपाही की याददाश्त क्रिस्टल की तरह साफ थी। उसने मुझे अपनी कहानी सुनाई। जल्दी ही मुझे आभास हो गया कि वह जानता था कि वह क्या कह रहा था।

जब तक मैंने उससे सिपाही की कहानी सुनाने का वायदा नहीं किया, तब तक उसने मुझे चैन से बैठने नहीं दिया। अगले ही दिन वह एक वीरगाथा की पुस्तक उठा लाई, जिसे मिस्र में 'फ्रांसीसी' कहा जा सकता था।

ऊपरी मिस्र में जनरल डेसेक्स के अभियान में दक्षिणी फ्रांस के एक सिपाही को कुछ अरब लोगों ने बंदी बना लिया। वे उसको नील नदी के जलप्रपातों के पार मरुस्थल में ले गए। दिमाग की शांति के लिए, अपने और फ्रांसीसी के बीच पर्याप्त दूरी बनाए रखने के विचार से वे लगातार जबरदस्ती चलते रहे, रात हो जाने पर ही रुकते थे। ताड़ के पेड़ों से घिरे एक झरने के साथ कैंप लगाया। यहाँ पर उन्होंने खाने का सामान छिपा रखा था। यह बात उनकी कल्पना से बाहर थी कि उनका कैदी ऐसी जगह से भागने की कोशिश कर सकता है। उन्होंने केवल उसके दोनों हाथ बाँध रखे थे। उन्होंने खजूर खाई, घोड़ों को जई का चारा दिया और सोने के लिए लेट गए। सिपाही ने जब देखा कि उसके दुश्मन उसकी हरकत देखने की स्थिति में नहीं हैं, तब उसने अपने दाँतों से एक तलवार उठाई, अपने घुटनों में उसको कसकर पकड़ लिया और हाथों में बँधी रस्सी को काट डाला। वह आजाद था। उसने फौरन एक राइफल, एक छुरा, थोड़ी खजूर और जई, कुछ गोलियाँ और बारूद उठा लिया। तलवार को अपनी कमर में बाँध लिया। घोड़े पर सवार होकर वह उस दिशा में चल दिया, जिसमें उसको फ्रांसीसी सेना के होने का अनुमान था। दोबारा एक टेंट देखने पर वह बेचैन हो गया। घोड़े को इतनी जोर से दबाया कि असहाय जानवर, पूरे दिन के सफर से थका ज्यादा बरदाश्त नहीं कर पाया। शरीर से खून बहने लगा। गिरकर मर गया। सिपाही मरुस्थल में अकेला रह गया था।

भगोड़े अपराधी के दृढ़संकल्प के साथ वह कुछ समय तक इधर-उधर

भटकता रहा, आखिर में वह रुक गया। दोबारा प्यारी पूर्वी रात हो गई थी, उसमें आगे जाने की हिम्मत नहीं थी। सौभाग्य से वह एक ढलुआ पहाड़ी के ऊपर था। वहाँ पर कुछ छितरे हुए ताड़ के पेड़ थे। कुछ समय तक वह उन्हें देखता रहा और उसके मन में मधुर आशाओं का संचार होने लगा। वह इतना ज्यादा थक गया था कि ग्रेनाइट की चट्टान, जो कैंपबैड की तरह अजीब से आकार की थी, पर लेट गया और अपनी सुरक्षा की परवाह किए बिना सो गया।

सर्वोच्च त्याग किया था। उसके अंतिम विचार दुःखदायी थे। उसको अरब लोगों का साथ छोड़ने का भी दुःख था। अब उनसे दूर हो जाने के बाद अकेले में उसको उनका कबीलाई जीवन भी निश्चित रूप से सुखद लग रहा था।

सूरज निकलने पर उसकी आँख खुल गई। सूरज की तीव्र किरणें चट्टान पर सीधी पड़कर असहनीय गरमी पैदा कर रही थीं। वह ताड़ के पेड़ों की उलटी दिशा में उनके गर्वीले हरे पत्तों की छाँव में लेट गया। वे अकेले शान के साथ वहाँ खड़े हिल रहे थे, उसने उन्हें देखा। उन्हें देखकर उसको एर्लस के चर्च में दुबले-पतले पत्तों से ढके सेरेसन स्तंभों की याद आ गई।

उनको गिनने के बाद उसने अपने चारों तरफ देखा और अंधकारपूर्ण निराशा ने उसको घेर लिया। जिधर भी देखता, उधर ही उसको क्षितिज की ओर उड़ता हुआ काली रेत का अथाह सागर दिखाई दे रहा था। जगमगाते मरुस्थल के प्रकाश में वह स्टील की तरह चमक रहा था। यह बर्फ का सागर अथवा काँच की भाँति बह रही झील भी हो सकती थी। बाह्य रूप से बदलती उसकी सतह के ऊपर घने कोहरे की लहरें कुंडलाकार में लहरा रही थीं। आकाश में पूर्व की नीरव शून्यता थी। नीरव था। इसलिए कि कल्पना के लिए कुछ शेष नहीं था। आकाश और पृथ्वी जल रहे थे। विशाल सुनसान में डरावना सन्नाटा था। प्रत्येक ओर से आत्मा पर असीमित दबाव था; आकाश में कोई बादल नहीं, हवा में साँस नहीं, रेत में कोई दरार नहीं। ऐसा प्रतीत हो रहा था कि एक सुहावने दिन सागर में, क्षितिज पर तलवार की नोक से चमकते प्रकाश की रेखा अंकित कर दी गई हो।

फ्रांसीसी ने ताड़ के पेड़ को अपनी बाँहों में इस प्रकार समो लिया, मानो वह उसके मित्र का शरीर हो। वह उसकी नन्ही छाया तले बैठ गया और अपने सामने के दयनीय दृश्य को देखकर रोने लगा। फिर वह उस एकांत का परीक्षण करने के लिए जोर से चिल्लाया। उसकी आवाज पहाड़ी में तरंगित होकर खो गई, हलकी सी आवाज आई, अपने हृदय की धड़कन के अतिरिक्त और कोई अनुगूँज नहीं सुनाई दी। वह बाईस साल का था। उसने अपनी राइफल में गोलियाँ भर लीं।

"ठीक है, आखिर कोई जल्दी नहीं है," वह अपने आपसे बोला। उसने अपने हथियार को नीचे रख दिया। उसी से उसको रिहाई मिली थी।

कभी ऊपर विस्तीर्ण आकाश, कभी उदास रेत पर नजर दौड़ाते हुए सिपाही को फ्रांस की याद आ गई। उसने आनंदपूर्वक पेरिस के परनालों, परिचित दूसरे शहरों, दोस्तों के चेहरों तथा जीवन में घटित छोटी-से-छोटी घटना को याद किया। फिर मरुस्थल की झुलसानेवाली गरमी में उसकी कल्पना में उसके प्रिय प्रोवेंस के पत्थर उजागर हो गए। वह उठा और पहाड़ी के दूसरी तरफ थोड़ा नीचे गया, ग्रेनाइट की बड़ी चट्टानों पर टिक गया। जिस पहाड़ी पर वह खड़ा था, वहाँ एक गुफा को देखकर वह खुश हो गया। उस तरफ पेड़ों पर खजूर लटक रही थी। उसके हृदय में दोबारा जीने की इच्छा जाग गई। निश्चित रूप से जब तक कोई अरबी उधर से नहीं गुजरता, तब तक वह जिंदा रह सकता था। क्या पता उसको जल्दी ही तोप की आवाज सुनाई दे जाए, क्योंकि बोनापार्ट मिस्र में था। इस विचार से प्रोत्साहित होकर उसने पेड़ों की टहनियों से लटक रहे कई गुच्छों को काट डाला। आशा के विपरीत उस निर्जन प्रदेश में ईश्वर प्रदत्त गूदेदार, मीठी, ठंडी खजूरों की सुगंध से वह समझ गया कि उन्हें वहाँ के निवासियों ने उगाया होगा।

अंधकारपूर्ण निराशा का स्थान अब उत्तेजनापूर्ण खुशी ने ले लिया था। वह दोबारा पहाड़ी की चोटी पर गया और रात को जिन फलहीन ताड़ के पेड़ों के नीचे आश्रय लिया था, उनमें से एक पेड़ को पूरा दिन काटता रहा। उसको मरुस्थल के जानवरों की कुछ कहानियाँ याद थीं। उसने अनुमान लगाया कि चट्टानों के नीचे रेत से निकल रहे छोटे से झरने पर वे शायद पानी पीने के लिए आएँ। उसने गुफा के मुहाने पर एक रुकावट से अपनी रक्षा करने का निश्चय किया। सोते समय उनका शिकार बनने के डर ने उसमें ताकत भर दी। यद्यपि उसने पेड़ को गिरा दिया था, फिर भी उसके ठीक प्रकार से टुकड़े नहीं कर पाया। शाम के समय मरुस्थल का बादशाह वह पेड़ धरती पर इतने जोरदार धमाके के साथ गिरा था कि दूर-दूर तक उसकी अनुगूँज फैल गई। ऐसा प्रतीत हुआ मानो एकांत वेदना से कराह उठा हो। सिपाही काँप उठा। उसको लगा जैसे उसने कोई दुर्भाग्यसूचक आवाज सुनी हो, परंतु इच्छाशक्ति के आधार पर अपने संबंधी की मृत्यु पर अधिक देर तक शोक किए बिना उसने बड़े हरे पत्तों को तोड़ना शुरू कर दिया ताकि वह उनको ठीक-ठाक कर लेटने के लिए इस्तेमाल कर सके। गरमी और मेहनत के कारण थका होने पर वह गुफा की लाल छत के नीचे सो गया।

आधी रात के करीब अजीबोगरीब शोर से उसकी आँखें खुल गईं। वह

बैठ गया। रात के सन्नाटे में तेज-तेज साँस चलने की आवाज सुनाई दे रही थी, इतनी तेज आवाज किसी इनसान की नहीं हो सकती थी। अंधकारपूर्ण सन्नाटे में अचानक आँख खुल जाने के कारण भयावह डर से उसकी साँस थम गई। वह इतना ज्यादा डर गया था कि उसको अपनी खोपड़ी में हो रहे दर्द के धमाके का एहसास नहीं हो रहा था। अपनी आँखों पर जोर डाला तो उसे अँधेरे में दो हलके पीले बल्ब की रोशनी दिखाई दी। पहले उसने सोचा कि वह उसकी अपनी आँखों का प्रतिबिंब होगा; धीरे-धीरे जब वह अँधेरे में देखने का अभ्यस्त हो गया तो उसने अपने पैरों से दो फीट दूरी पर एक विशाल जानवर की आकृति देखी।

वह शेर था, बाघ था, मगरमच्छ था? सिपाही नहीं जानता था कि वह कौन सा जानवर था। उसका भय बढ़ता जा रहा था, क्योंकि अनजान वस्तु से अधिक भय लगता है। आतंकित होकर वह साँस लेने की आवाज और उसमें होनेवाले उतार-चढ़ाव को सुनता रहा। उसने जरा सा भी हिलने का साहस नहीं किया। उसकी तीखी दुर्गंध लोमड़ी की दुर्गंध से भी ज्यादा तेज तथा भेदनेवाली थी। लंबी साँस लेकर वह उसे सूँघने लगा, उसका भय अपनी चरम सीमा पर था। वह अब निश्चित रूप से जान गया था कि वह माँद में किस शाही भयावह साथी के साथ था।

चंद्रमा नीचे उतर रहा था, गुफा में उसका प्रकाश छन-छनकर आ रहा था। धीरे-धीरे एक तेंदुए की चितकबरी खाल दिखाई देने लगी। मिस्र का बादशाह विशाल कुत्ते की मानिंद तुसा-मुसा किसी अमीर के घर के बाहर कुत्ते की तरह शांति से सो रहा था। एक क्षण के लिए उसने आँखें खोलकर सिपाही की तरफ देखा और फिर आँखें बंद कर लीं। कैदी के दिमाग में सैकड़ों विचार आ-जा रहे थे। क्या उसे उसको अपनी राइफल से मौत के घाट उतार देना चाहिए? परंतु दोनों के बीच इतना फासला नहीं था कि वह अपनी राइफल उठा पाता। मान लो आवाज सुनकर वह जाग गया, इस विचार से वह जड़ हो गया। सन्नाटे में उसको अपने हृदय की डरावनी धड़कन सुनाई दे रही थी। वह सोच रहा था कि कोई हल ढूँढ़ने से पहले ही जानवर की आँख न खुल जाए। दो बार उसने हिम्मत कर अपने दुश्मन को खत्म करने के लिए तलवार हाथ में ली, परंतु उसकी मोटी, सख्त खाल को काटने में मुश्किल होने के कारण उसने अपनी इस योजना को त्याग दिया।

'उसको छेड़ना निश्चित रूप से मौत को बुलावा देना है,' उसने सोचा।

भागने की जोखिम उठाना ठीक लगा। वह सुबह होने का इंतजार करने लगा। जल्दी ही सुबह हो गई। अब वह तेंदुए को भलीभाँति देख सकता था। उसके जबड़ों पर खून लगा था।

'जो भी हो, आज इसने भरपेट खाना खाया है,' सिपाही ने सोचा। इस बात पर ध्यान नहीं दिया कि उसने इनसान के मांस से पेट भरा था। 'इसका मतलब है कि जागने पर वह भूखा नहीं होगा।'

वह मादा थी। उसके पेट और जांघों पर विशुद्ध सफेद फर था। उसके पंजों के इर्द-गिर्द हलकी काली मखमली चकत्तियों के ब्रेसलेट बने हुए थे। वह हृष्ट-पुष्ट, सफेद थी। उसके सिर पर काले छल्ले थे। फीके सोने की तरह पीली, परंतु नरम और मुलायम पीठ पर गुलाब के आकार के धब्बे उसको बिल्ली प्रजाति के अन्य सदस्यों से पृथक् तेंदुए की विशिष्टता प्रदान कर रहे थे।

गद्देदार लंबी सीट के कुशन पर लेटी बिल्ली की तरह वह मनमोहक अंदाज में शांत, डरावनी मेजबान खर्राटे भर रही थी। उसके हृष्ट-पुष्ट, खून से लथपथ, ताकतवर नाखूनोंवाले पंजे सामने फैले थे। चेहरे पर चाँदी के धागों की तरह सफेद मूँछें बिखरी थीं। जँगले में बंद होने पर सिपाही निश्चित रूप से उसकी सुंदरता तथा विभिन्न रंगों, जो उसकी खाल को शानदार चमक दे रहे थे, की प्रशंसा करता, परंतु उस समय वह अमंगलकारी दिख रही थी। मान्यता के अनुसार साँपों की चुंबकीय आँखों का असर नाइटिंगेल्स पर पड़ता है, उसी प्रकार उसकी उपस्थिति उस सोते हुए के ऊपर भी असर डाल रही थी। अपने सामने उस खतरे को देखकर सिपाही का हौसला डगमगाने लगा था, जबकि पहले उसके भीतर तोप के समान आग उगलनेवाला बारूद भरा था, वह प्रसन्न था।

फिर उसके दिमाग में एक साहसिक विचार आया, उसने माथे से बह रहे पसीने को पोंछा। सहनशक्ति से बाहर कष्टों से पीड़ित व्यक्ति मौत का डटकर सामना करते हैं। उसने मन-ही-मन निर्णय लिया कि इस संकट का सामना अंतिम क्षण तक सम्मानजनक रूप से करना होगा। 'शायद दो दिन पहले अरब लोग मुझे मार डालते,' उसने मन में सोचा।

अपने आपको मरा हुआ ही समझकर वह उत्सुकता तथा घबराहट के साथ अपने शत्रु के जागने का इंतजार हिम्मत के साथ करने लगा। सूर्योदय के साथ तेंदुए ने अचानक अपनी आँखें खोलीं, उसने खून के संचार के लिए और अपने शरीर की अकड़ाहट को दूर करने के लिए पूरी ताकत के साथ पंजे फैला दिए। फिर उसने डरावने दाँतों तथा कद्दूकस की तरह खुरदरी मुड़ी हुई जीभ को बाहर निकालकर जम्हाई ली।

अचानक नखरीले अंदाज में पलटी खाई। उसको महसूस हुआ कि वह बिस्तर में लेटी औरत की तरह थी। उसने अपने पंजों पर लगे खून को चाटा और

थोड़ी मनमोहक अदाओं के साथ अपने मुँह और सिर को खुजलाया।

'ठीक है, अपनी साफ-सफाई कर लो,' सिपाही ने सोचा, 'फिर हम सुप्रभात कहेंगे।' साहस और प्रसन्नता लौट रही थी। उसने अरबों से ली हुई कटार को मुट्ठी में दबोच लिया।

तेंदुए ने अपना सिर सिपाही की तरफ घुमाया और उसको कठोरता से घूरने लगी। उसकी धातु जैसी आँखों की स्थिरता तथा उनमें असहनीय पारदर्शिता से उसके रोंगटे खड़े हो गए, विशेषरूप से जब वह उसकी तरफ बढ़ने लगी, लेकिन उसने उसको आने दिया, उसकी तरफ प्यारभरी नजरों से देखने लगा, मानो उस पर सम्मोहन कर रहा हो और फिर सुंदरतम औरत समझकर अपना दायाँ हाथ उसके शरीर पर, सिर से पूँछ तक प्यार और कोमलता से फेरने लगा, उसके पीले फर के नीचे उसकी रीढ़ की हड्डी को कोमलता से सहलाने लगा। तेंदुए ने अपनी पूँछ कामोत्तेजक मुद्रा में ऊपर उठा ली, आँखों में मृदुलता आ गई थी। जब सिपाही ने यह चाटुकारिता तीसरी बार की, तब वह बिल्ली की तरह मिमियाने लगी। आवाज इतने गहरे और ताकतवर गले से आ रही थी कि चर्च में एक वाद्ययंत्र की अनुगूँज की तरह पूरी गुफा में गूँज रही थी। सिपाही ने प्यार से सहलाने के महत्त्व को समझकर उसे दुगुना कर दिया ताकि उस निरंकुश स्त्री को सुन्न तथा स्तंभित कर सके। जब उसको लगा कि उसने अपने सनकी साथी, सौभाग्य से जिसकी भूख पहले दिन शांत हो गई थी, की उग्रता को शांत कर दिया है, तब वह उठा और गुफा से बाहर जाने लगा। तेंदुए ने उसको जाने दिया, परंतु जब वह पहाड़ी की चोटी पर पहुँचा, तब वह उसके पीछे-पीछे एक शाखा से दूसरी शाखा पर तेजी से फलाँगती चिड़िया की तरह छलाँग मारती चली आई। उसने उसकी टाँगों से अपने आपको रगड़ना शुरू कर दिया और बिल्ली की तरह अपनी कमर मोड़ ली। अपने मेहमान की तरफ कम हठीली नजरों से देखते हुए उसने प्रकृति विशेषज्ञों के शब्दों में आरे की आवाज जैसी जंगली चिंघाड़ निकाली।

"उसे बहुत ज्यादा प्यार की जरूरत है," सिपाही ने मुसकराकर कहा। वह उसके कानों से खेलने लगा, पेट थपथपाने लगा और अपने नाखूनों से उसके सिर को खुजलाने लगा। उसे सफलता मिली और उसका हौसला बढ़ गया। उसको मारने का अवसर तलाशने के विचार से अपनी कटार की नोक से उसकी खोपड़ी को गुदगुदाने लगा। उसकी हड्डियाँ बहुत ज्यादा सख्त थीं। मान लो वह अपनी कोशिश में नाकामयाब हो गया था।

मरुस्थल की सम्राज्ञी ने अपना सिर ऊपर उठाकर तथा अपनी गर्दन फैलाकर

अपने गुलाम की प्रतिभा को स्वीकृति दे दी थी। उसकी स्थिरता उसकी प्रसन्नता को प्रकट कर रही थी। अचानक सिपाही को खयाल आया कि एक ही वार में उसको मारने के लिए उसके गले में अपनी कटार घुसेड़ देना अच्छा रहेगा। वह अभी अपनी कटार उठा ही रहा था कि वह उसके प्यार से संतुष्ट उसके पैरों के पास मनमोहक अंदाज में लेट गई, कोमलता तथा उग्रता की मिली-जुली नजरों से उसको देखने लगी। बेचारे सिपाही ने पेड़ के सहारे टेक लगा ली और खजूर खाने लगा। वह मरुस्थल में चारों तरफ बचाव का रास्ता खोजी नजरों से देख रहा था, साथ ही साथ अपने दोस्त की संदिग्ध दयाशीलता पर भी नजर रखे हुए था। जिस स्थान पर वह खजूर की गुठलियाँ फेंक रहा था, उस स्थान को तेंदुआ ध्यान से देख रहा था। अब उसकी आँखों में संदेह की गहरी छाया तैरने लगी थी। उसने सिपाही का निरीक्षण व्यावसायिक दृष्टिकोण से किया। अंतिम निर्णय निश्चित रूप से अनुकूल रहा होगा, क्योंकि जब उसने अपना थोड़ा सा खाना समाप्त किया, तब वह अपनी बड़ी-सी खुरदरी जीभ से उसके जूते चाटने लगी और जूतों की दरारों से धूल जादू की तरह गायब हो गई।

'लेकिन जब उसको भूख लगेगी, तब क्या होगा?' सिपाही ने सोचा। इस विचार के आते ही उसकी कँपकँपी छूट गई, वह उत्सुकता से तेंदुए के शरीर के हिस्सों को नापने लगा। निश्चित ही वह अपनी सर्वाधिक सुंदर प्रजातियों में से एक होगी; वह तीन फीट ऊँची और पूँछ की लंबाई को छोड़कर चार फीट लंबी थी। छोटी बेंत की तरह मुड़ा उसका वह सुदृढ़ हथियार लगभग तीन फीट लंबा था। शेर की भाँति बड़ा सिर असामान्य रूप से सुंदर था; बाघ की हृदयहीन निर्ममता उसका विशिष्ट गुण था, परंतु उसकी आँखों में नारी के सदृश चाटुकारिता की झलक भी थी। उस क्षण उस एकाकी रानी के चेहरे पर मदमस्त नीरो की भाँति लंपट, अनियंत्रित प्रसन्नता थी, उसने जी भरकर खून पिया था और अब खेलने के लिए तैयार थी।

सिपाही ऊपर-नीचे टहलने लगा। तेंदुआ अपनी आँखों से उसका पीछा करने में संतुष्ट था, उसने किसी तरह की बाधा नहीं डाली। वह एक वफादार कुत्ते की तुलना में एक बड़ी अंगोरा बिल्ली की तरह थी, प्रत्येक वस्तु, यहाँ तक कि अपने मालिक की चाल-ढाल से भी परेशान थी।

मुड़ने के बाद उसने झरने के पास पड़ी अपने घोड़े की हड्डियाँ देखीं। स्पष्ट था कि तेंदुआ उसका मृत शरीर वहाँ तक घसीटकर ले गया होगा। उसका दो-तिहाई हिस्सा खाया जा चुका था। सिपाही को तसल्ली हो गई। तेंदुए की

अनुपस्थिति, सोते समय उसके प्रति उसका सम्मानजनक व्यवहार अब आसानी से समझ में आ गया था। सौभाग्यसूचक प्रथम संकेत ने उसके हृदय में भविष्य के प्रति भी आशा जगा दी। उसके दिमाग में पूरा दिन तेंदुए के साथ बिताने का जंगली खयाल आया, तब तक वह सावधानी से उसको चुमकारता रहेगा और उसका कृपापात्र बना रहेगा।

दोबारा उसके पास आने पर उसने प्रसन्नतापूर्वक उसकी पूँछ को बहुत धीरे से हिलते देखा। वह उसके पास बैठ गया और दोनों खेलने लगे। उसने उसके पंजों और मुँह को पकड़ा, उसके कान उमेठे, उसको पलटनी दिलाई और उसकी गरम रेशमी बगलों में तेजी से खुजलाने लगा। उसने कोई आनाकानी नहीं की। जब सिपाही ने उसके पंजों के रेशमी फर को सहलाने की कोशिश की, तब उसने सावधानीपूर्वक तलवार की तरह मुड़े अपने पंजों को सिकोड़ लिया। उसके हाथ में अभी भी कटार थी, उसने उस अतिविश्वासी तेंदुए के पेट में उसे घुसेड़ने का विचार त्यागा नहीं था, परंतु उसको डर था कि वह उसके मौत के फंदे में न फँस जाए और उसका दम घुट जाए। इसके अतिरिक्त उसके हृदय में उस निरपराध जीव की हत्या करने की भावना क्षीण पड़ने लगी थी। उसको आभास होने लगा था मानो उस विशाल मरुस्थल में एक मित्र मिल गया हो। यहाँ पर उसे अपनी पहली पत्नी की याद आ गई। वह व्यंग्य के तौर पर उसको 'मिगनोन' के उपनाम से बुलाता था, क्योंकि वह स्वभाव से अत्यधिक ईर्ष्यालु थी। जब भी वह उसके साथ होता, उसके पास रखे चाकू की धमकियों से डरता रहता था। जवानी की उस याद से वह यह देखने के लिए उत्सुक हो गया कि क्या तेंदुआ भी उस नाम से बुलाने पर जवाब देगा—अब वह निडर होकर उसकी फुर्ती, लचीलेपन और सौंदर्य की प्रशंसा कर सकता है।

दिन ढलते-ढलते वह अपनी भयावह परिस्थिति का अभ्यस्त हो गया और उसमें एक प्रकार से आनंद की अनुभूति करने लगा था। वह जब भी अपने दोस्त को ऊँची आवाज में 'मिगनोन' कहकर पुकारता, वह उसकी तरफ देखने लगता। सूर्यास्त के समय वह कई बार लंबी, शोकग्रस्त आवाज में चिल्लाई। 'वह प्रार्थना कर रही है, उसकी अच्छी परवरिश हुई है,' उसने हास्यपूर्ण ढंग से विचार किया, क्योंकि वह अभी तक शांत मुद्रा में थी।

"आओ, मेरी प्रिय सुंदरी, पहले तुम सोने जाओ," उसने इस आशा में कहा कि उसके सो जाने के बाद वह तेजी से और पूरी ताकत के साथ किसी और आश्रय के लिए दौड़ जाएगा।

अधीरता के साथ उसने उस क्षण की प्रतीक्षा की और समय आने पर वह तेजी से नील नदी की दिशा में चल दिया। मुश्किल से रेगिस्तान में अभी एक मील दूर ही गया होगा कि उसने अपने पीछे तेंदुए के आने की आहट सुनी। बीच-बीच में उसकी आरी जैसी तेज आवाज उसके भारी कदमों से भी ज्यादा डरावनी थी।

''स्पष्ट है कि वह मुझे पसंद करने लगी है।'' सिपाही ने कहा। ''इससे पहले शायद उसकी किसी से मुलाकात नहीं हुई और यह उसका पहला प्यार है।''

उसी क्षण वह एक ऐसे रेतीले दलदल में फँस गया, जिससे वह बुरी तरह डर गया। उससे बाहर निकल पाना असंभव था। जब वह दलदल में धँसने लगा तो आतंकित होकर चिल्लाया। तेंदुए ने फौरन अपने दाँतों से उसके कॉलर को पकड़ लिया और पूरी ताकत के साथ पीछे चलने लगा, उसको जादू की तरह सुरक्षित बाहर निकाल लिया।

''मिगनोन!'' वह उसको बेइंतहा प्यार करते हुए चिल्लाया, ''आज से हम दोनों दुःख-सुख में एक साथ हैं। ध्यान रहे, किसी तरह की बदतमीजी मत करना।''

वह उसके साथ गुफा में वापस चला गया। अब मरुस्थल आबाद हो गया था। वहाँ पर एक जीवित प्राणी था, एक ऐसा प्राणी, जिसका जंगलीपन उसके लिए आश्चर्यजनक रूप से उसके लिए कोमलता में बदल गया था। सिपाही उसके साथ बात कर सकता था। अब उसकी यह अतिविशिष्ट मैत्री ऐसे मोड़ पर आ पहुँची थी, जिसका वर्णन कर पाना कठिन था।

पूरी रात खड़े होकर जागते हुए बिताने की तीव्र इच्छा होते हुए भी वह आखिरकार सो गया। जागने पर उसको 'मिगनोन' आस-पास कहीं नहीं दिखाई दी। वह पहाड़ी की चोटी पर चढ़ गया, उसने उसको दूर से अपनी तरफ आते देखा। अपनी रीढ़ की हड्डियों के लचीलेपन के कारण तेंदुए दूसरे जानवरों की तरह भाग नहीं पाते। पास आने पर उसके मुँह से खून टपकता हुआ दिखाई दिया। उसने अपने दोस्त के चालाकी भरे प्यार को स्वीकार कर लिया था। वह जोर से अपनी खुशी प्रकट कर रही थी। अपने दोस्त की तरफ देखते समय उसकी आँखों में पहले दिन की अपेक्षा अधिक विनम्र भाव थे। वह उसको पालतू जानवर की तरह सहलाता हुआ बातें करने लगा।

''तुम एक अच्छी लड़की हो, हो न? इसलिए हम एक-दूसरे से लिपटते हैं, ठीक है न? क्या हम अरब लोगों का मांस खा रहे हैं, हाँ, क्यों नहीं? जानवर हमसे यही अपेक्षा रखते हैं, ऐसा ही है, लेकिन फ्रांसीसी को मत खा लेना वरना मैं तुमसे प्यार नहीं करूँगा।''

वह एक पिल्ले की तरह सिपाही के साथ खेल रही थी। वह उसको उलट-पलट रहा था, मार रहा था, सहला रहा था। कभी-कभार वह ऐसा करने के लिए अपने बड़े पंजों से थपथपाकर सिपाही को उकसा देती।

इस प्रकार कई दिन बीत गए। अब सिपाही अकेला नहीं था। उसने मरुस्थल के भव्य सौंदर्य की प्रशंसा करनी शुरू कर दी। कभी भयभीत हो जाता, कभी शांत, उसके पास खाने के लिए भोजन और चिंता करने के लिए एक मित्र था। उसका मस्तिष्क दुविधाग्रस्त था। जीवन निश्चित रूप से दुविधाओं से परिपूर्ण था। एकांत में वह उसके रहस्य जान गया था, उसके सौंदर्य से अभिभूत हो गया था। सूर्योदय तथा सूर्यास्त के समय उसको नए अतुलनीय सौंदर्य का एहसास होता। पक्षी के पंखों की दुर्लभ सरसराहट, बादलों की बदलती आकृतियाँ उसको रोमांचित कर देतीं। रात के समय वह मरुस्थल की हवा के झोंकों से लहराती, खिसकती रेत के सागर पर चाँदनी को अठखेलियाँ करते देखता। वह पूर्व दिन की चामत्कारिक भव्यता में विचर रहा था। जब उड़ती हुई रेत सूखे, लाल कोहरे तथा दमघोंटू बादलों में परिवर्तित होती, तब वह तूफान के विकट सौंदर्य को देखकर भयभीत हो जाता। रात सुंदर, शीतल और तारों की रोशनी में जगमगाती रहती। कभी-कभी वह आकाश में संगीत सुनने की कल्पना करता। एकांतवास में अज्ञात दिवास्वप्न से वह आनंदित हो गया था। वह घंटों वर्तमान जीवन से अतीत की छोटी-छोटी बातों को याद कर तुलना करता रहता। मनुष्य के पास प्रेम करने के लिए कुछ-न-कुछ होना अत्यावश्यक है, अतः वह तेंदुए से प्रेम करने लगा था। उसने उसको जीवनदान दिया था। इस कारण वह दृढ़संकल्प द्वारा उसको पालतू बनाना चाहता था तथा मरुस्थल में हो रही भयानक लड़ाइयों के कारण उसको अन्यत्र भोजन मिल रहा था। उसको इतनी अधिक विनीत देखकर उसके मन से डर पूरी तरह से खत्म हो गया था। वह अपना ज्यादातर समय सोने में बिताता, लेकिन जाल में फँसे मकड़े की तरह वह पूरी तरह से चौकन्ना रहता; यदि कोई उसके इर्द-गिर्द उसको स्वतंत्र कराने के लिए आए तो उसको पता चल जाए। उसने अपनी कमीज का झंडा बनाकर एक पेड़ पर बिना पत्तोंवाली डाल से लटका दिया था। कार्यकुशलता ने उसको छड़ी से उसे उतारना सिखा दिया था ताकि किसी यात्री द्वारा देखने पर वह हवा में न लहराए।

कभी-कभी पूर्णरूप से निराश हो जाने पर सिपाही तेंदुए के साथ खेलने लगता। वह उसके प्रत्येक हाव-भाव से, उसकी आवाज के विभिन्न उतार-

चढ़ाव से परिचित हो गया था। उसने उसकी सुनहरी खाल में शोभित प्रत्येक काले धब्बे का अध्ययन किया था। जब वह उसकी लंबी पूँछ के आखिरी गुमटे को पकड़कर उस पर बने खूबसूरत काले, सफेद छल्लों को, जो सूर्य की रोशनी में रत्नों की तरह जगमग करते थे, को गिनने लगता तो वह किसी प्रकार का विरोध नहीं करती थी। सिपाही को उसकी कोमल, इकहरी रेखाओं, उसके पेट की सफेदी, सिर की भव्यता को निहारना अच्छा लगता था। उसको खेलते देखना उसको बहुत पसंद था; उसकी युवा भाव-भंगिमाओं को देखकर वह आश्चर्यचकित रह जाता। जब वह उछल-कूद करती, घुटनों के बल चलती, पलटी खाती, हिलती, नाक रगड़ती और इधर-उधर घूमती, तब वह उसकी आज्ञाकारिता की प्रशंसा करता। भले ही कितनी तेजी से भाग रही हो, पैरों के नीचे की चट्टान कितनी ही फिसलनवाली क्यों न हो, उसके 'मिगनोन' पुकारते ही वह हमेशा तेजी से रुक जाती।

एक दिन सूरज की तेज रोशनी में एक बड़ा-सा पक्षी उनके सिर पर मँडराने लगा। सिपाही तेंदुए से नजर हटाकर उस अजनबी को देखने लगा। एक क्षण के बाद उपेक्षिता शहजादी जोर से चिंघाड़ी।

"यदि उसे ईर्ष्या न हुई हो तो मुझे फाँसी पर लटका देना," उसने उसकी आँखों में पहलेवाली उग्रता देखकर कहा, "औरत की तरह ईर्ष्यालु।"

जब सिपाही तेंदुए के कूल्हे मटकाने की प्रशंसा करने लगा, तब चील गायब हो गई। उसका शरीर कितना सुंदर और युवा था। वह किसी स्त्री की तरह सुंदर थी। उसकी खाल का सुनहरा फर उसकी जाँघों के नीचे के मटियाले रंग में बारीकी से छिप गया था। प्रखर सूर्य के प्रकाश ने इन सजीव, सुनहरी और भूरी धारियों में खूबसूरत चमक भर दी थी। वे अवर्णनीय रूप से आकर्षक थीं। सिपाही और तेंदुए ने एक-दूसरे की तरफ अर्थपूर्ण निगाहों से देखा; जब उसने उसके नाखूनों की रगड़ अपने सिर में महसूस की, तब वह काँपने लगी; उसकी आँखों में आग सी कौंधी और फिर अचानक उसने आँखें बंद कर लीं।

'उसमें आत्मा है,' उसने अपने आपसे कहा। वह सफेद, सुनहरी, एकाकी और रेत की तरह जलती हुई उस मरुस्थल की रानी को देख रहा था।

"ठीक है," उसने कहा, "मैंने तुम्हारा पशुओं का गुणगान सुन लिया है। उन दोनों प्राणियों का, जो एक-दूसरे से इतना अधिक परिचित हो गए थे, अंत क्या हुआ ?"

''वह ऐसा है कि किसी गलतफहमी के कारण उनका अंत भी अन्य प्रेम कहानियों की तरह ही हुआ। तुम तो जानती हो कि अविश्वास के कारण आपसी दोषारोपण तथा अभिमान व हठ तर्कसंगत व्याख्या का मार्ग अवरुद्ध कर देता है और अंत में लड़ाई हो जाती है।''

''कभी-कभी सर्वाधिक सुंदर क्षणों में,'' उसने कहा, ''एक नजर, एक स्पष्टीकरण काफी होता है। ठीक है, कहानी समाप्त करो।''

''अत्यधिक कठिन है, आशा है, तुम समझ पाओगी कि वह वृद्ध क्या कहना चाहता था। शैंपेन खत्म करने के बाद वह बोला, ''मुझे नहीं मालूम कि मैंने उसके साथ क्या दुर्व्यवहार किया था, परंतु अचानक वह गुस्से में आकर मेरी तरफ मुड़ी और मेरी टाँग को अपने नुकीले दाँतों से काट डाला। ज्यादा गहरा घाव नहीं था, परंतु मुझे आभास हुआ कि वह मुझे खा जाएगी, इसलिए मैंने उसकी गर्दन में अपनी कटार घुसेड़ दी। उसने चिल्लाकर पलटनी खाई। मेरे हृदय की धड़कन रुक गई। मृत्यु के कष्ट से तड़पते समय उसकी आँखों में किसी प्रकार की घृणा नहीं थी। यदि मुझे विजय-प्राप्ति पर कोई 'क्रॉस' मेडल मिला होता, केवल वही नहीं, बल्कि दुनिया का सबकुछ उसको जीवित करने के लिए समर्पित कर देता। ऐसा लग रहा था, मानो मैंने किसी इनसान की हत्या कर दी थी। फ्रांसीसी सिपाहियों ने मेरा झंडा देखा और वे मुझे बचाने के लिए आ गए। मैं उस समय रो रहा था।

''हाँ, तो सर,'' थोड़ा रुककर वह वृद्ध आदमी बोला, ''उसके बाद मैंने जर्मनी, स्पेन, रूस, फ्रांस की लड़ाइयों में हिस्सा लिया। मैं अपने शरीर को लेकर सब जगह घूमा परंतु मरुस्थल जैसा स्थान कहीं नहीं देखा। वह स्थान सर्वोत्कृष्ट है।''

''तुम्हें वहाँ पर क्या अनुभूति हुई?'' मैंने पूछा।

''नौजवान, वह शब्दों में नहीं बताई जा सकती। मैंने अपना जीवन ताड़ के झुरमुटों तथा अपने तेंदुए के ऊपर शोक करने में नहीं बिताया; जब मैं शोकग्रस्त होता हूँ? तभी बात करता हूँ। तुम नहीं जानते कि मरुस्थल में कुछ भी नहीं होते हुए भी सबकुछ है।''

''मुझे अपनी बात का अर्थ समझाओ।''

''ठीक है,'' उसने अधीरता के साथ जवाब दिया, ''वहाँ पर भगवान् रहता है, इनसान नहीं।''

हानर-द-ब्लाजाक का मूल नाम हानर बालसा था। जन्म 20 मई, 1799 को टूरस में तथा मृत्यु 18 अगस्त, 1850 को पेरिस में हुई। फ्रेंच भाषा के कालजयी साहित्यकार ब्लाजाक ने अनेक उपन्यास व कहानियाँ लिखीं। 'The Human Comedy' उनका बहुचर्चित कहानी-संग्रह है। वे रूढ़िवादी उपन्यास विधा के प्रणेता के रूप में प्रसिद्ध हैं।

'मरुस्थल में' कहानी में ब्लाजाक ने मानव और पशु के बीच के संवेदनशील संबंधों का सजीव चित्रण किया है। नरभक्षी तेंदुआ मरुस्थल में भटक रहे निराश्रित युवा फ्रांसीसी सैनिक के प्रेम में वशीभूत होकर उसको संरक्षण प्रदान करता है। तेंदुए के क्रुद्ध व्यवहार से आशंकित सैनिक उसको मौत के घाट उतार देता है। मरते समय तेंदुए की आँखों में किसी प्रकार की कोई शिकायत नहीं थी।

वृद्ध हो जाने पर वह फ्रांसीसी सैनिक स्वीकार करता है— ''मैंने जर्मनी, स्पेन, रूस, फ्रांस के युद्धों में भाग लेकर शरीर को लेकर सब जगह घूमता रहा, परंतु मरुस्थल जैसा स्थान नहीं देखा। वह सर्वोत्कृष्ट है।

''मरुस्थल में इनसान नहीं भगवान् रहता है।''

❑

चोरों का सरदार

—विक्टर ह्यूगो

क्लाड ग्युक्स एक गरीब कारीगर था। लगभग आठ साल से वह पेरिस में अपनी पत्नी और बच्चे के साथ रहता था। यद्यपि वह अनपढ़ था, कुछ लिख-पढ़ नहीं सकता था तथापि स्वभाव से कुशल और बुद्धिमान था। हर बात पर गंभीरतापूर्वक विचार करता था। सर्दी का मौसम अपने सहायक कष्टों—काम का अभाव, खाने का अभाव, ईंधन का अभाव के साथ आ गया था। आदमी, औरत, बच्चे भूख से बिलबिलाने और सर्दी से ठिठुरने लगे। नहीं मालूम कि उसने क्या चुराया था। महत्त्वपूर्ण बात थी कि उसके कारण बच्चे और औरत को तीन दिन के लिए खाना और गरमी मिल गई थी, आदमी को पाँच साल की जेल। उसको क्लेयवाक्स की जेल, जो किसी समय गिरजाघर था, में ले जाया गया। गिरजाघर के कमरों को जेल की कोठरियों तथा पूजा की बेदी को लकड़ी के कठघरे (जिसमें अपराधी का सिर और हाथ फँसा दिए जाते थे) में बदल दिया गया था। यही विकास का दूसरा रूप था।

हालात से मजबूर होकर चोर बननेवाला क्लाड ग्युक्स एक ईमानदार कारीगर था। उसका तेजस्वी चेहरा, ऊँचा माथा, मस्तक की गहरी रेखाएँ, काले बाल, जिनमें कहीं-कहीं सफेदी दिखाई देने लगी थी, सहृदयता से परिपूर्ण दो जगमग करती आँखें आत्मसम्मान से भरपूर दृढ़निश्चय की परिचायक थीं। बहुत कम बोलता था। उस व्यक्ति में निश्चित रूप से आत्मगौरव था।

इसी कारण से लोग उसका आदर करते थे तथा उसकी आज्ञा का पालन करते थे। वह एक सभ्य, सुसंस्कृत व्यक्ति था। आइए, देखते हैं कि समाज ने उसको क्या बना दिया था!

जेल के वर्कशॉप में एक जेलर था। अपने अधीनस्थ कैदियों के सामने वह यह बात कभी नहीं भूलता था कि वह एक जेलर था। एक हाथ से उनको औजार पकड़ाता था तो दूसरे हाथ से उनपर जंजीर बाँधता था। वह एक तर्कहीन विचारोंवाला, जिसके लिए याचिका का प्रावधान नहीं था, दृढ़निश्चयी, कठोर, विनोदप्रिय स्वभाव का, एक अच्छा पिता, एक अच्छा पति था। वह क्रूर नहीं था, अपितु दुष्ट तथा निरंकुश था। वह उन व्यक्तियों में से था, जिनके दिमाग में नए विचार आते ही नहीं, जो संवेदनहीन होते हैं तथा क्रोध एवं घृणा से लकड़ी के गट्ठों की तरह जलते रहते हैं। बाहर से तपते हुए तथा भीतर से बर्फ की तरह जमे हुए। उस व्यक्ति के चरित्र की विशिष्टता थी उसका जिद्दी स्वभाव। अपने जिद्दी स्वभाव पर उसको बेहद अभिमान था तथा वह अपनी तुलना नेपोलियन से करता था—उसी प्रकार का मिथ्या भ्रम, जिस प्रकार मोमबत्ती की नन्ही लौ को आकाश का तारा मान लिया जाए। वह यदि कोई निर्णय कर लेता, भले ही वह कितना ही निरर्थक क्यों न हो, उसको पूरा करके ही चैन की साँस लेता था। भयानक मुसीबतों के कारणों की जाँच-पड़ताल करने पर पता चलता कि वे अपनी शक्ति पर ज्यादा विश्वास करनेवाले किसी अयोग्य व्यक्ति की जिद के कारण उपजी थीं।

क्लेयरवाक्स जेल की वर्कशॉप का इंस्पेक्टर ऐसा ही व्यक्ति था। समाज ने उस कठोर हृदय को दूसरों पर हुक्म चलाने के लिए बैठा दिया। वह अपने हुक्म से व्यवस्था में चिंगारी भड़का सकता था। वहाँ से निकली चिंगारी भी भीषण अग्निकांड में बदलने के लिए काफी थी।

इंस्पेक्टर ने जल्दी ही क्लाड ग्युक्स को सबसे अलग कर दिया। नंबर देकर वर्कशॉप में काम पर लगा दिया। वह उसको बुद्धिमान समझकर उससे अच्छा व्यवहार करता था। क्लाड को उदास देखकर (वह हर समय अपनी पत्नी के बारे में सोचता रहता), विनोदी स्वभाव का होने के कारण तथा समय बिताने के विचार से उसको तसल्ली देने के लिए कहता कि उसकी पत्नी एक बदनाम महिला संघ में शामिल होने के कारण स्वयं भी बदनाम हो गई थी, बच्चे के बारे में उसको कुछ मालूम नहीं था।

कुछ ही दिनों में क्लाड ने अपने आपको जेल के नियमों के अनुरूप ढाल लिया। अपने शांत व्यवहार, चेहरे पर दिखाई देनेवाले विशिष्ट दृढ़संकल्प के कारण उसके साथी उसको बहुत ज्यादा इज्जत देने लगे थे। वे उसके प्रशंसक थे और उससे सलाह-मशवरा लेते रहते थे। हर काम को उसकी तरह करने की कोशिश करते थे। उसकी आँखों के भावों से ही उस व्यक्ति का चरित्र स्पष्ट हो

जाता था। आँख आत्मा की खिड़की है। बुद्धिमान आत्मा में ही व्यक्तियों को आकृष्ट करनेवाले विशिष्ट विचार उसी प्रकार निहित रहते हैं, जिस प्रकार चुंबक में धातु को आकृष्ट करने का गुण विद्यमान रहता है। तीन महीने से कम समय में ही क्लाड एक प्रकार से वर्कशॉप का प्रमुख बन गया था। कभी-कभी उसको संदेह होता कि वह उन लोगों का सरदार था। कई बार उसके साथ अधीनस्थ पादरियों से घिरे पोप की तरह व्यवहार किया जाता था। लोकप्रियता के साथ-साथ उसके लिए घृणा भी उपजने लगी थी। कैदियों में क्लाड की लोकप्रियता को देखकर इंस्पेक्टर उससे घृणा करने लगा था। उसके लिए दो आदमियों का खाना भी कम पड़ता था। स्वयं पेटू होने के कारण इंस्पेक्टर उस पर हँसता था, परंतु जो बात एक ड्यूक के लिए प्रसन्नतादायक थी, वही कैदी के दुर्भाग्य का कारण थी। जब क्लाड आजाद था, तब वह हर रोज कमाकर चार पाउंड की डबलरोटी आराम से खाता था। कैदी होने पर उसको हर रोज काम करने के बाद भी डेढ़ पाउंड की डबलरोटी और चार औंस मीट खाने को मिलता था। स्वाभाविक था कि उसका पेट कभी भरता ही नहीं था, वह हमेशा भूखा रहता था। थोड़ा खाना खाने के बाद वह दोबारा काम शुरू करनेवाला था, उसको आशा थी कि काम करते समय वह अपनी भूख भूल जाएगा, तभी एक दुबला-पतला नौजवान अपने हाथ में खाना और चाकू लेकर उसके पास आया। वह उससे बात करते हुए डर रहा था। ''तुम्हें क्या चाहिए?'' क्लाड ने रूखे स्वर में पूछा।

''क्या आप मुझ पर एक अहसान करेंगे?'' उसने डरते-डरते कहा।

''क्या बात है?''

''मुझे मेरे खाने में मदद कीजिए, मैं इतना ज्यादा खाना नहीं खा सकता।''

पलभर के लिए क्लाड भौचक्का रह गया लेकिन ज्यादा दिखावा किए बिना उसने खाने को दो हिस्सों में बाँटा और आधा हिस्सा खा लिया।

''धन्यवाद,'' नौजवान ने कहा, ''हर रोज अपना खाना आपके साथ बाँटकर खाने की इजाजत चाहता हूँ।''

''तुम्हारा नाम क्या है?'' क्लाड ने पूछा।

''एल्बीन,''

''किस अपराध में बंदी हो?'' क्लाड ने आगे कहा।

''मैंने चोरी की थी।''

''मैंने भी।''

हर रोज समय से पहले बूढ़े हो गए उस आदमी (वह केवल छत्तीस साल

का था) तथा उस बीस साल के नौजवान, जो केवल सत्तरह साल का दिखाई देता था, के बीच यही दृश्य देखने को मिलता। दोनों में एक भाई की दूसरे भाई के प्रति प्रेमभावना की अपेक्षा पिता-पुत्र की भावना अधिक थी। उनके संबंध प्रगाढ़ होते जा रहे थे। दोनों एक साथ मिलकर कठोर परिश्रम करते, एक ही क्वार्टर में सोते तथा एक ही मैदान में कसरत करते थे। वे खुश थे। उनकी दुनिया एक-दूसरे में सिमट गई थी।

कैदी वर्कशॉप के इंस्पेक्टर से बहुत ज्यादा नफरत करते थे, अपना काम करवाने के लिए उसको अक्सर क्लाड ग्यूक्स की मदद लेनी पड़ती थी। लड़ाई-झगड़ा होने की स्थिति में दस वार्डरों को आदेश देने की अपेक्षा क्लाड के कुछ शब्द अधिक प्रभावशाली होते थे। इंस्पेक्टर इस पर खुश होने के साथ-साथ ईर्ष्या भी करने लगा था। वह उस सज्जन कैदी से असंतोष, ईर्ष्या भावना के साथ घृणा करता था। 'जिसकी लाठी उसकी भैंस' वाली कहावत चरितार्थ हो रही थी। मन-ही-मन विकसित हो रही यह भावना अत्यधिक भयावह थी। क्लाड एल्बीन का पूरा ध्यान रखता था। इंस्पेक्टर के बारे में सोचने के लिए उसके पास समय नहीं था।

एक सुबह जब वार्डर अपना दौरा कर रहे थे, तब एक वार्डर ने क्लाड के साथ काम कर रहे एल्बीन को अपने पास बुलाया और इंस्पेक्टर के पास जाने के लिए कहा।

''तुम्हें किसलिए बुलाया है?'' क्लाड ने पूछा।

''मुझे नहीं मालूम,'' एल्बीन ने जवाब दिया और वार्डर के पीछे चला गया।

पूरा दिन क्लाड अपने साथी की प्रतीक्षा करता रहा, रात के समय भी वह नहीं आया। उसने अपनी सामान्य चुप्पी तोड़ी और बाहर खड़े सिपाही से पूछा, ''क्या एल्बीन बीमार है?''

''नहीं,'' उसने जवाब दिया।

''क्या बात है, वह आज सुबह से दिखाई नहीं दिया है?''

''उसका क्वार्टर बदल दिया गया है,'' उसका जवाब था।

क्षण भर के लिए क्लाड काँप गया। फिर शांतिपूर्वक पूछने लगा, ''यह आदेश किसने दिया है?''

''मिस्टर डी···'', यह इंस्पेक्टर का नाम था।

अगली रात इंस्पेक्टर डी हमेशा की तरह अपने दौरे पर गए। क्लाड ने उन्हें दूर से आते देखा। जेल के नियमों के अनुसार अपने से उच्च व्यक्ति के प्रति

आदरस्वरूप उसने जल्दी से अपने सिर पर अपनी ऊनी टोपी रखी और अपनी सफेद ऊनी बनियान गले तक चढ़ा ली।

इंस्पेक्टर जब पास से गुजरा, तब क्लाड ने कहा, ''सर, क्या एल्बीन को सचमुच दूसरे क्वार्टर में भेज दिया गया है?''

''हाँ,'' इंस्पेक्टर ने जवाब दिया।

''सर, मैं उसके बिना नहीं रह सकता। आपको मालूम है कि मुझे भरपेट खाना नहीं मिलता और एल्बीन अपना खाना मेरे साथ बाँटकर खाता है। क्या आप उसे दोबारा मेरे पास पुरानी जगह पर नहीं भेज सकते?''

''नामुमकिन, आदेश वापस नहीं लिया जा सकता।''

''किसने दिया है यह आदेश?''

''मैंने।''

''मिस्टर डी, मेरी जिंदगी आपके हाथों में है।''

''मैं अपना आदेश कभी वापस नहीं लेता।''

''सर, मैंने आपके साथ कौन सा गलत व्यवहार किया है?''

''कुछ नहीं।''

''तब किसलिए मुझे एल्बीन से जुदा किया गया है?'' क्लाड चिल्लाया।

''क्योंकि यह मेरी इच्छा थी।'' इंस्पेक्टर जवाब देकर आगे चलता बना।

क्लाड का सिर उसी तरह चकराने लगा, जिस तरह पिंजरे में बंद शेर का उसके भोजन (कुत्ते) से दूर रखने पर चकराता है। उसकी मानसिक वेदना उसकी भूख को किसी तरह से शांत नहीं कर सकती थी। वह भूखा रहने लगा। दूसरों ने उसके साथ खाना बाँटना चाहा, लेकिन उसने इनकार कर दिया। हमेशा की तरह चुपचाप काम करता रहता। हर रोज गुस्से तथा मानसिक वेदना से आहत इंस्पेक्टर से विनती तथा धमकी भरे स्वर में मौन तोड़कर दो शब्द कहता, ''और एल्बीन?''

इंस्पेक्टर कंधे उचकाकर चुपचाप उसके पास से निकल जाता। ध्यान से देखने पर सभी मौजूद लोगों को दिखाई देनेवाले क्लाड में आए परिवर्तन को वह स्पष्ट देख पाता। वह आदरपूर्वक, परंतु दृढ़ता के साथ कहे गए इन शब्दों को सुनता, ''सर, मेरी बात सुनिए, मेरे साथी को मेरे पास भेज दीजिए। मैं विश्वास दिलाता हूँ कि ऐसा करने में ही बुद्धिमानी होगी। मेरी बात याद रखिएगा।''

रविवार को वह अपना सिर हाथों में लिये दालान में बैठा रहा। जब एक कैदी फेलेट हँसता हुआ आया, तब क्लाड बोला, ''मैं किसी को परख रहा हूँ।''

25 अक्टूबर, 1931 को जब इंस्पेक्टर दौरा कर रहा था, तब क्लाड ने उसका

ध्यान अपनी तरफ खींचने के लिए रास्ते में पड़ी एक घड़ी के शीशे को तोड़ डाला। इसका अनुकूल प्रभाव पड़ा। ''यह मैं था,'' क्लाड ने कहा, ''सर, मुझे मेरा साथी लौटा दीजिए।''

''नामुमकिन।'' जवाब था।

इंस्पेक्टर के चेहरे पर नजरें जमाकर क्लाड ने दृढ़तापूर्वक कहा, ''देखिए, आज 25 अक्टूबर है, मैं आपको 4 नवंबर तक का समय देता हूँ।''

मिस्टर डी को क्लाड को धमकी देते हुए देखकर एक वार्डर ने उसको फौरन कोठरी में बंद करना चाहा।

''नहीं, यह कोई बाहर का आदमी नहीं है।'' इंस्पेक्टर ने घृणा से मुसकराते हुए कहा, ''हमें ऐसे लोगों के साथ विवेक से काम लेना चाहिए।''

अगले दिन आँगन में घूमते समय क्लाड का सामना पेरनोट नामक कैदी से हुआ। ''क्लाड, तुम सचमुच उदास हो, क्या सोचते रहते हो ?''

''मुझे डर है कि इन भद्र पुरुष मिस्टर डी पर संकट के बादल मँडरा रहे हैं।'' क्लाड ने जवाब दिया।

क्लाड हर रोज इंस्पेक्टर को इस बात का एहसास दिलाने की कोशिश करता कि एल्बीन के चले जाने से वह कितना दुखी था, परंतु चौबीस घंटे अकेले बंदी जीवन बिताने के सिवाय और कोई परिणाम नहीं निकला। 4 नवंबर को उसने अपनी कोठरी में बंदीजीवन के अतीत के बचे-खुचे स्मृतिचिह्नों को देखा। कैंची, अपनी प्रियतमा व अपने बच्चे की माँ की पुरानी पुस्तक 'एमिली' को देखा। उसके लिए, जो न काम कर सकता था, न ही पढ़ सकता था, वह पुस्तक बेकार थी।

क्लाड अपने पुराने गलियारे में घूम रहा था। वहाँ के नए कैदियों तथा ताजा रंग-रोगन की गई दीवारों द्वारा खुद को तिरस्कृत उसने देखा कि अपराधी फेरारी खिड़की पर लगे लोहे के सीकचों को बहुत ध्यान से देख रहा था। क्लाड ने अपने हाथ में पकड़ी कैंची की तरफ इशारा करके उससे कहा, ''आज रात मैं इस कैंची से इन सीकचों को काट डालूँगा।''

फेरारी अविश्वास के साथ हँसने लगा। क्लाड भी उसकी हँसी में शामिल हो गया। दिन में उसने हर रोज की अपेक्षा ज्यादा उत्साह के साथ काम किया। वह तिनकों का एक हैट पूरा कर देना चाहता था, ट्रॉय के एक व्यापारी एम-बेसियर ने उसको इसके लिए एडवांस पेमेंट दे रखी थी।

दोपहर से कुछ देर पहले वार्डर गैरहाजिर होते हैं, वह उस समय कोई बहाना बनाकर नीचे वाली मंजिल के कारपेंटर्स ए क्वार्टर्स में चला गया। सब ने क्लाड का

स्वागत खुशी के साथ किया और जगहों की तरह वह यहाँ भी कैदियों का चहेता था।

''क्या कोई व्यक्ति मुझे अपनी कुल्हाड़ी उधार दे सकता है ?'' उसने पूछा।

''किसलिए ?''

बिना कुछ छिपाए उसने तुरंत जवाब दिया, ''आज रात को इस इंस्पेक्टर की हत्या करूँगा।''

तुरंत क्लाड के सामने अनेक कुल्हाड़ियाँ रख दी गईं। उसने उनमें से सबसे छोटी कुल्हाड़ी चुनकर अपनी जैकेट के नीचे छिपा ली और ऊपर आ गया। उस समय वहाँ पर सत्ताईस कैदी मौजूद थे। किसी ने भी उसको धोखा नहीं दिया। यही नहीं, उन्होंने इस बारे में आपस में भी कोई बात नहीं की। सब भावी दुर्घटना की प्रतीक्षा करने लगे।

जाते समय उसने सोलह साल के अपराधी को वहाँ पर खाली बैठे जम्हाई लेते देखा। उसने उसको जोर देकर समझाया कि उसको पढ़ना-लिखना सीख लेना चाहिए। उसी समय फेलेट ने पूछा कि उसने जैकेट में क्या छिपा रखा था।

क्लाड ने निडरता से जवाब दिया, ''मिस्टर डी को आज रात मारने के लिए कुल्हाड़ी, क्या तुम्हें यह दिखाई दे रही है ?''

''हाँ, थोड़ी-थोड़ी,'' फेलेट ने कहा। सात बजे कैदियों को उनके अलग-अलग वर्कशॉप के अंदर ताले में बंद कर दिया गया। नियम के मुताबिक वार्डर उनको इंस्पेक्टर के दौरे पर आने तक अकेला छोड़ देते थे।

क्लाड के वर्कशॉप में अपनी तरह का एक खास दृश्य देखने को मिला। क्लाड ने अपने चौरासी साथियों को संबोधित कर निम्नलिखित शब्द कहे—

''तुम सबको मालूम है कि मैं और एल्बीन भाइयों की तरह थे। पहले मैं उसको अपने साथ खाना बाँटने के लिए पसंद करता था, बाद में इसलिए करने लगा कि वह मेरा ध्यान रखता था। मुझे अब भरपेट खाना नहीं मिलता है, जो थोड़ा-बहुत कमाता हूँ, वह डबलरोटी पर खर्च कर देता हूँ। हमारे एक साथ रहने से मिस्टर डी को कोई फर्क नहीं पड़नेवाला था। उसने केवल हमें यातना देने के विचार से अलग कर दिया है। वह एक क्रूर आदमी है। मैं उससे एल्बीन को वापस भेजने के लिए बार-बार अनुरोध करता रहा, परंतु सफलता नहीं मिली। जब मैंने उसको 4 नवंबर तक का समय दिया, तब उसने मुझे अँधेरी कोठरी में फेंक दिया। दो घंटे बाद वह यहाँ पर आएगा। मैं तुम सबको सावधान कर रहा हूँ कि मैं उसको मारना चाहता हूँ। क्या तुम लोगों को कोई आपत्ति है ?''

वहाँ पर मौत की तरह सन्नाटा छा गया। क्लाड ने अपने चौरासी साथियों

(चोरों) के सामने इस बारे में अपने विचार व्यक्त करने जारी रखे, ''मुझे यह भयावह निर्णय लेने के लिए विवश कर दिया गया है। विवश होकर ही मैं कानून को अपने हाथों में ले रहा हूँ। मैं अच्छी तरह से यह बात जानता हूँ कि इंस्पेक्टर का जीवन लेने के बाद मुझे अपने प्राणों की आहुति देनी पड़ेगी। न्यायोचित कारण के लिए मैं यह परिणाम भुगतने के लिए तैयार हूँ। दो महीने तक शांतचित्त से विचार करने के बाद यह निर्णय लिया है। यदि आपमें से किसी को यह लगता है कि मैं यह कदम द्वेषभाव से उठा रहा हूँ तो वह तत्काल जाकर उसको बता दे तथा इस दंड के विरोध में अपने विचार प्रकट कर दे।''

जवाब में केवल एक ही आवाज सुनाई दी, वह अपराधी कह रहा था, ''मारने से पहले तुम्हें इंस्पेक्टर को नरम पड़ने का एक अवसर देना चाहिए।''

''यह पूरी तरह से न्यायोचित है,'' क्लाड ने कहा, ''उसे संदेह का लाभ जरूर मिलेगा।'' एक गरीब कैदी के पास जो थोड़ा-बहुत सामान होता है, वह सब क्लाड ने एल्बीन के बाद जिन साथियों का वह ज्यादा ध्यान रखता था, उनको दे दिया। अपने पास केवल कैंची रख ली। उसके बाद सबसे गले मिला। कुछ कैदी उस समय अपने आँसू नहीं रोक पाए। अंतिम समय भी क्लाड शांतिपूर्वक बात करता रहा। बचपन में खेला गया एक जादुई खेल, नाक से फूँक मारकर मोमबत्ती बुझाने का, दिखाया। उसको इस प्रकार सहज देखकर बाद में उसके साथियों ने बताया कि उन्हें आशा थी कि उसने अपने मन से वह भयावह विचार निकाल दिया था। एक नौजवान कैदी भावी दुर्घटना की आशंका से उसको एकटक देखे जा रहा था।

''हिम्मत रखो नौजवान,'' क्लाड मृदु स्वर में बोला, ''इस काम में केवल एक मिनट लगेगा।''

एक लंबे कमरे में वर्कशॉप था, दोनों तरफ दरवाजे थे। बेंचों के ऊपर दोनों तरफ खिड़कियाँ थीं। इंस्पेक्टर के जाने के लिए बीच में रास्ता था ताकि वह आसानी से अपनी दोनों तरफ होनेवाले काम का निरीक्षण कर सके। जेक्स क्लेमन, जो कभी प्रार्थना करना नहीं भूलता था, की तरह क्लाड ने भी काम करना शुरू कर दिया।

घड़ी में पौने नौ बजते ही क्लाड उठा और बाह्य रूप से शांत भाव से प्रवेश द्वार के पास जाकर खड़ा हो गया। सन्नाटे के बीच घड़ी ने नौ के घंटे बजाए, दरवाजा खुला, हमेशा की तरह इंस्पेक्टर अंदर दाखिल हुआ। वह बेहद खुश और संतुष्ट दिखाई दे रहा था। किसी की तरफ हैट उठाकर देखता, किसी से दाँत पीसते हुए बात करता हुआ और अपने ऊपर टिकी खूँखार आँखों को अनदेखाकर तेजी से आगे बढ़ता रहा। क्लाड के कदमों की आहट सुनकर तेजी से पीछे मुड़ा और

कहा, ''तुम यहाँ पर क्या कर रहे हो, अपनी जगह पर क्यों नहीं हो?'' वह ऐसे बोल रहा था मानो किसी कुत्ते से बात कर रहा हो।

क्लाड ने आदरपूर्वक कहा, ''मैं आपसे कुछ बात करना चाहता हूँ, सर।''

''किस बारे में?''

''एल्बीन।''

''दोबारा।''

''हमेशा उसी के बारे में बात करूँगा।'' क्लाड ने कहा।

''तो,'' इंस्पेक्टर ने जवाब दिया, ''क्या उस अँधेरी कोठरी में तुम्हारे लिए चौबीस घंटे बिताने काफी नहीं हैं?''

क्लाड उसका पीछा करते हुए पास जाकर बोला, ''सर, मेरा साथी मुझे लौटा दीजिए।''

''नामुमकिन।''

एक ऐसे दयनीय स्वर में, जिसे सुनकर शैतान का दिल भी पसीज जाता, क्लाड ने अपनी बात जारी रखी, ''सर, मैं आपसे विनती करता हूँ कि एल्बीन को मेरे पास भेज दीजिए, उसके बाद देखना कि मैं किस तरह काम करता हूँ। आप आजाद हैं, इस बात से आपको कोई फर्क नहीं पड़ता। आपको दोस्त न होने का एहसास नहीं है। जेल की इन बंद दीवारों में मेरे लिए वह सबकुछ है। आप अपनी मर्जी से कहीं भी आ-जा सकते हैं; मेरे पास केवल एल्बीन है। आपसे प्रार्थना करता हूँ कि उसे मेरे पास वापस भेज दीजिए। आप अच्छी तरह से जानते हैं कि वह मेरे साथ अपना खाना बाँटकर खाता था। आपको इस बात से क्या फर्क पड़ने वाला है कि क्लाड ग्यूक्स नामक आदमी के साथ एल्बीन नाम का दूसरा आदमी रहता है। आपको केवल 'हाँ' कहना है, ज्यादा कुछ नहीं। सर, मेरे अच्छे सर, मैं ईश्वर के नाम पर आपसे भीख माँगता हूँ। मुझे एल्बीन लौटा दीजिए।''

भावुक क्लाड जवाब का इंतजार कर रहा था।

''नामुमकिन,'' इंस्पेक्टर ने बेरुखी से जवाब दिया, ''मैं अपना आदेश वापस नहीं लूँगा। तुम नीच, दुखदायी आदमी जा सकते हो,'' इसके साथ ही चौरासी चोरों के दमघोंटू सन्नाटे में वह तेजी से बाहरी दरवाजे की तरफ बढ़ा।

क्लाड ने उसका पीछा किया, उसको छूकर धीमी आवाज में पूछा, ''क्या मैं जान सकता हूँ कि मुझे मृत्युदंड क्यों दिया जा रहा है, आप हम दोनों को अलग क्यों करना चाहते हैं?''

''मैं तुम्हें पहले ही जवाब दे चुका हूँ कि यह मेरी इच्छा है,'' इंस्पेक्टर ने जवाब दिया।

आगे बढ़कर वह साँकल खोलनेवाला था कि क्लाड ने कुल्हाड़ी निकाली, बिना आवाज किए इंस्पेक्टर फर्श पर गिर पड़ा। बिजली की तेजी से तीन भारी वार करने पर उसकी खोपड़ी पूरी तरह से चकनाचूर हो गई थी। चौथे वार में उसका चेहरा पूरी तरह से क्षत-विक्षत हो गया था। गुस्से में पागल क्लाड ने एक और बेकार का वार किया, लेकिन इंस्पेक्टर मर चुका था।

क्लाड कुल्हाड़ी को एक तरफ फेंककर चिल्लाया, ''अब दूसरे के लिए।''

दूसरा वह खुद था। उसने अपनी पत्नी की कैंची अपनी छाती में घोंप ली। कैंची छोटी थी और उसकी छाती गहरी। उसने अपने ऊपर घातक वार करने का असफल प्रयास किया। आखिरकार खून में लथपथ वह मृत इंस्पेक्टर के पास बेहोश होकर गिर पड़ा। उन दोनों में से किसको पीड़ित माना जाएगा?

होश में आने पर क्लाड ने खुद को सावधानी के साथ पट्टियों में लिपटा बिस्तर पर पड़े हुए पाया। उसके पास 'सिस्टर्स ऑफ चैरिटी' बैठी थी। बयान लेने के लिए एक रिकॉर्डर रखा हुआ था। उसने उत्सुकता के साथ यह जानने की कोशिश की कि उसका इतना ज्यादा खून कैसे बह गया था? कैंची ने उसको नुकसान पहुँचाया था, अनेक जख्म हो गए थे, लेकिन घातक कोई भी नहीं था। उसका एकमात्र घातक वार केवल मिस्टर डी के शरीर पर पड़ा था। उसके बाद प्रश्नकर्ता ने उससे सवाल पूछने शुरू किए, ''क्या तुमने क्लेयरवाक्स जेल के वर्कशॉप के इंस्पेक्टर की हत्या की है?''

''हाँ,'' जवाब था।

''तुमने ऐसा क्यों किया?''

''क्योंकि मैं करना चाहता था।''

क्लाड के जख्मों में संक्रमण फैल गया था। उसको जीवन के लिए घातक बुखार हो गया था। नवंबर, दिसंबर, जनवरी, फरवरी उसके ठीक होने और मुकदमे की तैयारी में बीत गए। उसके बाद बारी-बारी डॉक्टर और वकील आते थे। एक उसके स्वास्थ्य को ठीक करने के लिए तो दूसरा उसको फाँसी के तख्ते तक पहुँचाने के लिए आवश्यक सबूतों को इकट्ठा करने के लिए।

पूरी तरह से स्वस्थ हो जाने के बाद 16 मार्च, 1832 को क्लाड अपने विरुद्ध लगाए गए आरोपों का जवाब देने के लिए ट्रायस की अदालत में उपस्थित हुआ। उसकी हजामत बनी हुई थी तथा वह नंगे सिर था, उसने अभी भी कैदियों के ही

कपड़े पहन रखे थे। गवाहों को, जो सभी के सभी अपराधी थे, शांत रखने के लिए शक्तिशाली सैन्यबल पहरा दे रहा था। आशा के विपरीत एक समस्या उत्पन्न हो गई, इनमें से एक भी आदमी गवाही देने के लिए तैयार नहीं था। न तो सवालों, न ही धमकियों से डरकर उन्होंने अपनी खामोशी तोड़ी। क्लाड के आग्रह करने पर उन्होंने उस भयावह दुर्घटना का विवरण निष्ठापूर्वक बताया। यदि कोई भूल से अथवा अपराधी के प्रति प्रेमभाव के कारण पूरा सच नहीं बताता था तो क्लाड खुद उस सच्चाई को बता देता था। एक बार तो औरतों की आँखों से आँसू बहने लगे।

पेशकार ने अपराधी एल्बीन को पुकारा। वह भावावेग में काँपता हुआ तथा दुःख के कारण सुबकता हुआ भीतर आया और क्लाड की बाँहों में गिर पड़ा। सरकारी वकील की तरफ मुड़कर क्लाड कहने लगा, ''आपके सामने एक ऐसा अपराधी है, जो अपना खाना भूखे को देता था,'' उसने झुककर एल्बीन का हाथ चूम लिया।

सभी गवाहों की गवाही पूरी हो जाने के बाद अभियोग पक्ष का वकील अदालत को संबोधित करने के लिए उठा, ''ज्यूरी के माननीय सदस्यो, इस जैसे जघन्य अपराध करनेवालों को दंड न देने पर समाज में पूर्णरूप से अव्यवस्था फैल जाएगी, इत्यादि-इत्यादि।'' अभियोग पक्ष के लंबे-चौड़े भाषण के बाद क्लाड का वकील उठा। उसके बाद पक्ष-प्रतिपक्ष के बीच, जैसा कि किसी भी सामान्य अदालत में होता है, बहस होने लगी।

अपनी बारी आने पर क्लाड ने गवाही दी। सब लोग उसकी बुद्धिमत्ता पर हैरान रह गए। वह गरीब कारीगर हत्यारे की बजाय एक कुशल वक्ता दिखाई दे रहा था। आत्माभिमान के साथ उसने स्पष्ट तथा ईमानदारी के साथ सभी तथ्य विस्तारपूर्वक प्रस्तुत किए। उसने पूर्ण सच्चाई बताने का संकल्प लिया था। कई बार उपस्थित भीड़ उसकी वाक्पटुता पर भावविह्वल हो उठती थी। जजों को पूरा सम्मान देते हुए वह अनपढ़ आदमी दलीलों के गंभीर मुद्दों को भी आसानी से समझ लेता था। अभियोग पक्ष के वकील की इस दलील पर कि उसने इंस्पेक्टर की हत्या अकारण की थी, क्लाड आत्मसंयम खो बैठा, ''क्या?'' क्लाड चिल्लाया, ''क्या मेरे पास हत्या करने के लिए कोई कारण नहीं था, कोई शराबी मुझ पर हमला करता है, मैं उसकी हत्या कर देता हूँ, तब क्या तुम मुझे कारण बताने के लिए कहोगे, उसके लिए मृत्युदंड को कठोर कारावास में बदल दोगे? जो आदमी पिछले चार साल से मुझे हर प्रकार से कष्ट दे रहा था, चार साल से अपमानित कर रहा था, हर रोज मुझ पर ताने कसता था, मेरे ऊपर हर तरह के लांछन लगाता

रहा, तब उसके साथ क्या करता? आपके विचार में मेरे पास कोई कारण नहीं था! मेरी एक पत्नी थी, जिसके लिए मैंने चोरी की थी, वह उसको लेकर मुझे प्रताड़ित करता रहता था; मेरा एक बच्चा था, जिसके लिए मैंने चोरी की थी, वह उस बच्चे को लेकर ताने कसता था। मैं भूखा रहता था, एक दोस्त मेरे साथ खाना बाँटने लगा, उसने मुझसे मेरा दोस्त अलग कर दिया। मैं अपने दोस्त को लौटाने की भीख माँगता रहा, उसने मुझे अँधेरी कोठरी में बंद कर दिया। मैं उसको अपनी कष्टों भरी कहानी सुनाता तो वह कहता कि उसको वे सब बातें सुनने से खीझ थी। ऐसे में आप मुझे क्या करने के लिए कहते? मैंने उसको मार डाला। ऐसे आदमी को मारने के लिए आप मुझे राक्षस कह रहे हैं। आप मेरा सिर काटना चाहते हैं तो काट सकते हैं।''

इस प्रकार की दलीलों को कानून मान्यता नहीं देता, क्योंकि ऐसे जख्मों के निशान दिखाई नहीं देते।

उसके बाद जज ने केस का स्पष्ट तथा पक्षपातरहित मसौदा तैयार किया—क्लाड किस प्रकार का जीवन जी रहा था, किस प्रकार एक चरित्रहीन युवती के साथ खुलेआम रह रहा था, पहले चोरी की और बाद में हत्या। यह सब सच्चाई थी। ज्यूरी के निर्णय लेने से पहले जज ने क्लाड से पूछा, ''क्या वह कुछ कहना अथवा पूछना चाहता है?''

''हाँ,'' क्लाड ने कहा, ''मैं हत्यारा हूँ, मैं एक चोर हूँ, परंतु क्या मैं ज्यूरी के माननीय सदस्यों से एक सवाल पूछ सकता हूँ, मैंने हत्या क्यों की, मैंने चोरी क्यों की?''

ज्यूरी के सदस्य पंद्रह मिनट के लिए अपने चैंबर में गए। बारह नागरिकों के निर्णयानुसार (ज्यूरी के सम्मानित सदस्य जैसा कि उनको कहा जाता है) क्लाड को मृत्युदंड दिया गया। शुरू में ही अनेक सदस्यों को ग्युक्स अर्थात् आवारागर्द नाम ने प्रभावित कर दिया था। इसका असर उनके निर्णय पर भी पड़ा।

निर्णय सुनने के बाद क्लाड ने सहज स्वर में कहा, ''ठीक है, परंतु इन सज्जनों ने मेरे दो प्रश्नों का जवाब अभी तक नहीं दिया है। मैंने चोरी क्यों की? मुझे हत्यारा किसने बनाया?''

उस रात उसने भरपेट खाना खाया। कहने लगा, ''जीवन के छत्तीस साल गुजर गए हैं।'' आखिरी मिनट तक याचिका दायर करने से इनकार करता रहा, परंतु एक सिस्टर के कहने पर, जिसने उसकी बहुत सेवा की थी, ऐसा करने की अनुमति दे दी। उसने अपने हृदय से उसको पाँच फ्रैंक का सिक्का भेंट किया।

उसके साथी कैदी, जैसा कि हम पहले ही देख चुके हैं, उसके प्रति पूरी तरह से निष्ठावान् थे। उन्होंने उसके भागने के लिए पूरा इंतजाम कर दिया था। उन्होंने उसकी अँधेरी कोठरी में हवा के लिए बने छोटे से झरोखे से कील, थोड़ी तार, बाल्टी का एक हैंडल फेंक दिया था। क्लाड इन चीजों की मदद से आजाद हो सकता था, परंतु उसने वे सब चीजें वार्डर को सौंप दीं।

8 जून, 1832 को हत्या के सात महीने, चार दिन बाद अदालत के लेखाकार ने आकर बताया कि उसकी जिंदगी का केवल एक घंटा और बाकी था। उसकी याचिका खारिज हो गई थी।

"सचमुच!" क्लाड ने शांत स्वर में कहा, "कल रात मुझे अच्छी नींद आई, निस्संदेह अगला एक घंटा उससे ज्यादा अच्छा गुजरेगा।"

पहले पादरी आया, फिर जल्लाद। पादरी के प्रति उसने आदर प्रकट किया, उसकी बातों को ध्यान से सुना। मन में अत्यधिक पश्चात्ताप था कि उसे धार्मिक प्रशिक्षण का लाभ नहीं मिल पाया था और अतीत में किए गए कर्मों के लिए स्वयं को दोषी मानता रहा।

जल्लाद के प्रति भी उसका व्यवहार शिष्ट था। वास्तव में उसने अपना सबकुछ त्याग दिया था—अपनी आत्मा पादरी को दे दी थी तथा शरीर जल्लाद को।

बाल काटते समय किसी ने कहा कि हैजा तेजी से फैल रहा था। ट्रायस किसी भी क्षण इस महामारी की चपेट में आ सकता था। क्लाड बातचीत में हिस्सा लेते हुए मुसकराकर कहने लगा, "एक बात कहना चाहता हूँ, मुझे हैजे से कोई खतरा नहीं है।" उसने कैंची के दो टुकड़े कर दिए थे। बचा हुआ टुकड़ा उसने जेलर को देकर कहा कि वह उसे एल्बीन को दे दे। एक टुकड़ा उसकी छाती में दबा पड़ा था। उसने इच्छा प्रकट की कि उसका दिन का खाना उसके दोस्त को दे दिया जाए। उसने अपने पास केवल सिस्टर का दिया हुआ पाँच फ्रैंक का सिक्का रखा, बाँधे जाने पर उसने सिक्के को अपने दाएँ हाथ में रख लिया था।

पौने आठ बजे जैसा कि ऐसे अवसर पर होता है, जेल में एक शोकमग्न जुलूस निकला। धीमे, लेकिन दृढ़ कदमों से क्लाड ग्युक्स धीरे-धीरे फाँसी के तख्ते पर चढ़ गया। उसकी आँखें पादरी के हाथ में रखी—कष्टों की प्रतीक सलीब पर लटकी प्रभु यीशु की प्रतिमा पर टिकी थीं। वह पादरी तथा जल्लाद का आलिंगन करना चाहता था—एक को धन्यवाद देने के लिए तथा दूसरे को क्षमा के लिए। जल्लाद ने उसको पीछे धकेल दिया था। उस राक्षसी मशीन के साथ बँधने

से पहले क्लाड ने पाँच फ्रैंक का सिक्का पादरी के हाथ में रखकर कहा, ''गरीबों के लिए।''

आठ बजे के घंटे बजने बंद होते ही उस तेजस्वी, बुद्धिमान आदमी पर घातक वार हुआ और उसका सिर धड़ से अलग हो गया। मृत्युदंड के लिए छुट्टी का दिन चुना गया था, क्योंकि उस दिन यह देखने के लिए ज्यादा लोग मौजूद रहते हैं। फ्रांस के छोटे शहर फाँसी की सजा देने पर ज्यादा गौरवान्वित होते हैं। उस दिन फाँसी की कल्पना से भीड़ इतना अधिक उत्तेजित थी कि एक टैक्स अधिकारी तो एक तरह से मर ही गया था। सार्वजनिक स्थल पर फाँसी देने से इस प्रकार का प्रशंसनीय प्रभाव पड़ता ही है।

हमने किसी अन्य बात की अपेक्षा एक कठिन समस्या का समाधान ढूँढ़ने के दृष्टिकोण से क्लाड ग्युक्स का जीवन-वृत्त प्रस्तुत किया है। उसके जीवन से संबद्ध दो पक्ष विचारणीय हैं—पतन से पूर्व तथा पतन के बाद का जीवन। उसकी शिक्षा-दीक्षा क्या थी, उसको दंड क्या मिला, सामान्यतः समाज को इसमें रुचि रखनी चाहिए। वह व्यक्ति प्रतिभासंपन्न था, उसकी स्वाभाविक मनोवृत्ति अच्छी थी। फिर कमी क्या थी? प्रमुख समस्या इस बिंदु के इर्द-गिर्द घूमती है। इसका समाधान समाज को सुदृढ़ आधार प्रदान कर सकता है।

समाज को व्यक्ति की प्रकृति-प्रदत्त स्वाभाविक वृत्ति को समझना चाहिए। क्लाड ग्यूक्स को ही लेते हैं। बुद्धिमान तथा सहृदय होते हुए भी खराब वातावरण में रहने के कारण चोर बन गया। समाज ने उसे जेल में बंद कर दिया। वहाँ पर वह अधिक दुष्ट, अंततः हत्यारा बनने पर विवश हो गया। क्या वास्तव में वह दोषी है अथवा स्वयं हम? इन प्रश्नों पर गंभीरतापूर्वक विचार करना बहुत जरूरी है। ऐसा न करने पर इस अत्यधिक महत्त्वपूर्ण उत्तरदायित्व पर कर्तव्य पालन से पीछे हटने के लिए बाधित होना पड़ेगा। तथ्य हमारे सामने हैं। यदि सरकार इस पर विचार नहीं करती तो वह कैसी सरकार है!

अधिकारी पूरे साल काम में व्यस्त रहते हैं। बिना किसी जिम्मेवारी के, बदलते पदों, बजट प्रस्तुत करने का काम; जिसे मैं नहीं जानता, न ही जानना चाहता हूँ, अफसर की कुरसी पर बैठे एक पंसारी के आदेश पर परेड में जाने के लिए तैयार रहना; काउंटर-द-लबाऊ के घुड़सवार के रूप में सैनिक वर्दी पहनने का अधिनियम पारित करना ज्यादा महत्त्वपूर्ण हैं। घरों की सुरक्षा अथवा व्यवस्था बनाए रखने के लिए नियमित रूप से गश्त लगानेवालों पर कोई आपत्ति नहीं, परंतु इस प्रकार की परेड तथा साधारण नागरिकों को सैनिकों के वेश में

नकलचियों की तरह शोर-गुल करने की निरर्थकता पर विचार प्रकट करना चाहता हूँ—

जनता के प्रतिनिधियों व मंत्रीगणो! महत्त्वपूर्ण बात यह है कि आपको प्रत्येक विषय पर विवेकसम्मत होना चाहिए, भले ही उसका अंत अर्थहीन हो। जिस बारे में कम जानकारी हो, उस पर तर्क-वितर्क करना चाहिए। शासको तथा विधायको! आप अपना समय उच्चस्तरीय तुलना में अधिक व्यतीत करते हैं, उससे आप एक ग्रामीण अध्यापक के चेहरे पर मुसकराहट ला सकते हैं। आप कहेंगे कि यह सब आधुनिक सभ्यता का प्रभाव है, जिसके कारण व्यभिचार, पितृहत्या, बालहत्या तथा विष देने की घटनाओं में वृद्धि हो रही है। इसका अर्थ है कि आप जोकासटा फेड्रा ओडोपिस, मेडिया अथवा रोडोगुना के बारे में नहीं जानते। इन प्रख्यात वक्ताओं ने कारनेल तथा रेसिन पर लंबी-चौड़ी बहस की तथा उग्र साहित्यिक आलोचना के कारण फ्रेंच भाषा में अक्षम्य गलतियाँ कर बैठे। वास्तव में यह सब आवश्यक है, परंतु मेरे विचार में इनसे अधिक महत्त्वपूर्ण विषय भी हैं। इस सब निरर्थक वाद-विवाद के बीच यदि कोई व्यक्ति खड़ा होकर प्रतिनिधियों को निम्नलिखित शब्दों में संबोधित करे तो उनका जवाब क्या होगा—

‘‘शांत! बातचीत में मशगूल लोग कृपया शांत हो जाएँ। क्या आप प्रश्न जानते हैं? आप इस बारे में कुछ नहीं जानते। प्रश्न है—लगभग एक साल पहले पैनरस में एक व्यक्ति को न्याय के नाम पर टुकड़े-टुकड़े कर डाला था; डिजान में एक महिला का सिर धड़ से अलग कर दिया गया; सेंट जेकस में अगणित मृत्युदंड दिए जाते हैं, क्यों? यही प्रश्न है। आप नेशनल गार्ड्स की वर्दी पर सफेद बटन लगाएँ या पीले, इस बात की तुलना में सुरक्षा श्रेष्ठ है। अन्य विषयों पर वाद-विवाद करते हैं, इस प्रश्न पर भी अपनी इच्छानुरूप समय निकालकर विचार कर सकते हैं।

‘‘दाईं ओर तथा बाईं ओर बैठे सज्जनो! जनता का बहुत बड़ा भाग कष्ट सहन कर रहा है। गणतंत्र हो अथवा राजतंत्र, सच्चाई यही रहती है। जनता पीड़ित होती है, लोग भूखे मरते हैं, सर्दी में ठिठुरते हैं। इन कष्टों के कारण वे अपराध का रास्ता अपनाते हैं; लड़के गुलाम बन जाते हैं, लड़कियाँ बदनाम बस्तियों में बस जाती हैं। आपके यहाँ कितने अधिक अपराधी और कितने अधिक बदकिस्मत इनसान हैं!

‘‘इस सामाजिक नासूर का क्या कारण है? आप रोगी के समीप हैं, उसके रोग का उपचार कीजिए। आप कसूरवार हैं। अब इस विषय पर गंभीरतापूर्वक विचार कीजिए।

''जब आप कानून पारित करते हैं, तब क्या वे नीतिसम्मत तथा रोगनाशक होते हैं ? आपकी आधी आचार-संहिता एक सामान्य प्रक्रिया का परिणाम होती है।

''जख्म को गरम लोहे से दागने पर वह गल जाता है। परिणाम क्या होता है ? आप अपराधी पर जीवन भर के लिए अपराध का ठप्पा लगा देते हैं; दोनों को मित्र, दो अभिन्न साथी बना देते हैं। आपराधिक जेल एक ऐसा फफोला है, जिसमें से जितना ज्यादा मवाद निकलता है, वह उतना ही तेजी से फैलता जाता है। मृत्युदंड एक प्रकार से समाज का एक अंग काटने की क्रूर प्रक्रिया है।

''अतः ठप्पा लगाना, दंडनीय गुलामी, मृत्युदंड सब एक समान हैं। आपने ठप्पा लगाने की प्रक्रिया बंद कर दी है, शेष को भी समाप्त कर दीजिए। जब आप ने गरम लोहा रख दिया है, तब हथकड़ी और कुल्हाड़ी किसलिए ?

''अपराध तथा कष्टों को जन्म देनेवाली टूटी सीढ़ी को हटा लो। अपने कानून में संशोधन करो; अपनी जेलों का पुनर्निर्माण करो, अपने जजों को बदलो, वर्तमान समय के अनुरूप कानून बनाओ।

''आपका झुकाव अर्थव्यवस्था पर है; प्रतिवर्ष इतने ज्यादा लोगों के सिर कलम करने में इतने उदार मत बनो। जितना वेतन आप अस्सी जल्लादों को देते हैं, उतने वेतन में छह सौ स्कूल अध्यापकों की नियुक्ति कर सकते हो। इस पर विस्तारपूर्वक विचार करें तो ज्ञात होगा कि बच्चों के लिए स्कूल और पुरुषों के लिए वर्कशॉप होंगे।

''आप जानते हैं कि यूरोप के किसी अन्य देश की तुलना में फ्रांस में कम लोग शिक्षित हैं ? कल्पना कीजिए स्विट्‌जरलैंड में शिक्षित हैं; बेल्जियम में शिक्षित हैं; डेनमार्क में शिक्षित हैं; आयरलैंड में शिक्षित हैं; फ्रांस में नहीं हैं। यह एक शोचनीय स्थिति है।

''इन दंडनीय जेलों में जाकर प्रत्येक अपराधी के जीवन की संक्षिप्त रूपरेखा, सिर के आकार का निरीक्षण कीजिए। उस प्रकार के सिर नीच पशुओं में कितने उपलब्ध होंगे ? देखिए—वनबिलाव है, बिल्ली है, बंदर है, गिद्ध है, लकड़बग्घा है। निस्संदेह, पहले इसमें प्रकृति का दोष था, परंतु प्रशिक्षण के अभाव ने अपराध को बढ़ावा दिया। इन लोगों को उचित शिक्षा दीजिए तथा अपरिष्कृत मस्तिष्कों में छिपी क्षमताओं को विकसित कीजिए। उन लोगों के बारे में उनको प्राप्त अवसरों के आधार पर राय बनाओ। रोम तथा ग्रीक के प्रशिक्षित लोगों की भाँति उन लोगों की बुद्धि को परिष्कृत करो।

''फ्रांसवासियों को प्रशिक्षित करने के बाद उनके भीतर उच्चतर भावनाओं

का विकास करो। आधे-अधूरे ज्ञान की अपेक्षा अज्ञानता बेहतर है। याद रखो—'कंपेयर, मैथियु' से ज्यादा उपयोगी, 'कॉन्स्टीट्यूशनल' से ज्यादा लोकप्रिय तथा 1830 के घोषणा-पत्र से ज्यादा ध्यानपूर्वक पढ़ने योग्य पुस्तक है—बाइबल।

''आप जनता के लिए कुछ भी कर लें, बहुसंख्या सदैव निर्धन तथा दुखी रहेगी। उनका काम है भारी बोझ वहन करना तथा सहन करना; सभी कष्ट गरीबों के लिए, सभी खुशियाँ अमीरों के लिए।

''ऐसा है यह जीवन, क्या राज्य को कमजोर और असहाय वर्ग का साथ नहीं देना चाहिए?

''इन सब दुःखों के बीच यदि आप केवल आशा की थोड़ी सी किरणें बिखेर पाएँ, गरीब आदमी को बताएँ कि यह ऐसा स्वर्ग है, जहाँ पर प्रसन्नता का साम्राज्य है, ऐसा साम्राज्य है, जिसमें वह सहभागी बन सकता है; उसको आप ऊपर उठाएँ; वह अनुभव करे कि वह भी धनी व्यक्ति की खुशियों में सहभागी है। प्रभु यीशु ने यही शिक्षा दी थी। इस बारे में वे वाल्टेयर से ज्यादा जानते थे।

''जो लोग काम करते हैं तथा जो कष्ट उठाते हैं, उनको एक अलग दुनिया की आशा दो तो वे धैर्यपूर्वक आगे बढ़ते जाएँगे। आशा के सोपान पर ही धैर्य आता है।

''अपने सभी गाँवों में बाइबल की नीतियों का प्रचार-प्रसार करिए, प्रत्येक झुग्गी-झोंपड़ी में बाइबल हो, ऐसा बीज बोने पर एक सुंदर समाज विकसित होगा।

''सद्‌गुणों को प्रोत्साहित करिए, उससे बंजर भूमि में बहार आ जाएगी।

''वह व्यक्ति कुछ निश्चित कारणों से हत्यारा बन गया था, यदि उसके साथ अच्छा व्यवहार किया जाता तो वह अपने देश की उपयोगी सेवा कर सकता था।

''लोगों को प्रोत्साहित करो, उनका जीवन स्तर उठाओ, उनकी अज्ञानता दूर करो, उनकी नैतिकता को संरक्षण प्रदान करो, उन्हें सक्षम बनाओ, इस प्रकार के व्यक्तियों के लिए आपको तलवार अथवा कुल्हाड़ी की जरूरत नहीं पड़ेगी।''

फ्रांस के रोमांसवादी कवि, उपन्यासकार, नाटककार के रूप में ख्याति प्राप्त विक्टर ह्यूगो का जन्म 26 जनवरी, 1802 को वेसनकोन तथा मृत्यु 22 मई, 1885 को पेरिस में हुई थी। फ्रांस में कवि के रूप में लोकप्रिय विक्टर ह्यूगो के उपन्यास 'Notre-Dame-De Paris' (1831) तथा 'Les Miserables' (1862) अतीव लोकप्रिय हुए। स्वतंत्र विचारधारा के समर्थक होने के कारण उनको 1851 में

देश से निर्वासित कर दिया गया था। 1870 में द्वितीय साम्राज्य के पतन के बाद वे पेरिस वापस लौट आए। बीस वर्ष के लंबे निर्वासन काल में उनके लेखन में परिपक्वता आ गई थी। समृद्ध शैली तथा विषयवस्तु की विविधता के कारण विक्टर ह्यूगो को कभी आलोचना का शिकार नहीं होना पड़ा। उनका साहित्य 19वीं सदी के उत्कृष्ट साहित्य के रूप में जाना जाता है।

प्रस्तुत कहानी में विक्टर ह्यूगो ने तत्कालीन सामाजिक एवं न्याय व्यवस्था पर गहरा प्रहार किया है। विक्टर ह्यूगो के अनुसार क्लाड ग्युकस कुछ निश्चित कारणों से हत्यारा बन गया था। यदि उसके साथ पृथक् व्यवहार किया जाता तो वह अपने देश के लिए उपयोगी कार्य कर सकता था। वे कहते हैं–''अपराध तथा कष्टों को जन्म देनेवाली सीढ़ी को हटा लेने पर अपराध को समाप्त करने के लिए तलवार अथवा कुल्हाड़ी की जरूरत नहीं पड़ेगी।''

❑

कैमिल

—अल्फ्रेड-द-मसेट

आर्सीस का सामंत अश्वसेना में उच्चाधिकारी था। 1760 में ही नौकरी छोड़ देने के बाद वह मेंस के समीप अपनी जागीर पर रहने लगा था। कुछ समय के बाद उसने पड़ोस में रह रहे रिटायर व्यापारी की बेटी के साथ शादी कर ली। काफी समय तक दोनों का दांपत्य जीवन अत्यधिक सुखी रहा। सेसिल के संबंधी प्रतिष्ठित लोग थे। परिश्रम द्वारा अर्जित सुख-सुविधाओं का वे अपनी प्रौढ़ावस्था में प्रत्येक रविवार को आनंदपूर्वक उपभोग करते थे। वर्सेल्स के आडंबरयुक्त जीवन से ऊबकर वह भी उनकी साधारण खुशियों में आनंदपूर्वक शामिल हो गया। सेसिल के एक प्यारे अंकल थे—नाम था गिराड। वे एक कुशल राज-मिस्त्री थे। बाद में धीरे-धीरे आर्किटेक्ट बन गए। अब वे अच्छी-खासी संपत्ति के मालिक थे। सामंत का घर, जिसका नाम जार्डोनीयक्स था, गिराड ने अपनी अभिरुचि के अनुरूप बनवाया था। वह घर का नियमित व आदरणीय मेहमान था।

सामंत तथा सेसिल के यहाँ एक प्यारी नन्ही बिटिया ने जन्म लिया। आरंभ में माता-पिता की खुशी का ठिकाना नहीं रहा, परंतु उनकी किस्मत में कष्टदायी सदमा लिखा था। जल्दी ही उन्हें पता चल गया था कि उनकी नन्ही बेटी कैमिल बहरी व गूँगी थी।

2

माँ ने पहले इलाज करवाना चाहा, परंतु यह आशा इच्छा के विपरीत छोड़नी पड़ी। जिस समय की यह बात है, उस समय तथाकथित गूँगे-बहरे प्राणियों के प्रति कठोर, निर्मम अवधारणा थी। यह सच है कि कुछ सद्‌गुणसंपन्न व्यक्तियों

ने इसका विरोध किया। सोलहवीं सदी के एक स्पेनिश संत ने सर्वप्रथम लोगों को बोलना सिखाने के साधनों की खोज की। बाद में बोनट, वेलीस, बुल्वर ने इटली, इंग्लैंड, फ्रांस में अलग-अलग समय में उसका अनुकरण किया। कहीं-कहीं पर उनके प्रयास सफल भी हुए। फिर भी यहाँ तक कि पेरिस में भी आमतौर पर गूँगे बहरे प्राणी को दैवी-प्रकोप का प्रतीक समझकर एक ओर कर दिया जाता था। बोलने की शक्ति के साथ-साथ उनकी विचारशक्ति की भी अवहेलना की जाती थी। उन्हें सहानुभूति के स्थान पर घृणा की दृष्टि से देखा जाता था।

कैमिल के माता-पिता की खुशियों को ग्रहण लग गया था। अचानक दोनों के बीच तलाक से ज्यादा कष्टदायी, मृत्यु से ज्यादा क्रूर मनमुटाव हो गया। माँ अपनी बेटी को बेतहाशा प्यार करती थी, जबकि सहृदय सामंत भावनाओं के वशीभूत हो, बहुत कोशिशों के बाद भी अपनी बीमार बेटी के प्रति घृणा से उबर नहीं पाया।

माँ अपनी बेटी से इशारों में बात करती थी और केवल वही उसकी बात को समझ पाती थी। घर के सभी सदस्य, यहाँ तक कि उसका पिता भी, कैमिल के लिए अजनबी थे। मादाम-द-आर्सीस की माँ, जो बिल्कुल भी व्यवहारकुशल नहीं थी, अपनी बेटी और दामाद के दुर्भाग्य की रात-दिन भर्त्सना करती रहती, "अच्छा होता कि वह पैदा ही नहीं होती," एक दिन उसने कह ही डाला।

"यदि मैं ऐसी पैदा होती, तब तुम क्या करती ?" सेसिल ने गुस्से में पूछा।

अंकल गिराड को अपनी भतीजी की बेटी का गूँगा-बहरापन बिल्कुल भी दुर्भाग्यपूर्ण नहीं लगता था। वे कहते, "मेरी पत्नी इतनी ज्यादा बातूनी थी कि उसकी तुलना में और सब बातें कम बुरी लगती थीं। यह नन्ही बच्ची न तो कभी बुरे शब्द बोल पाएगी और न ही सुन पाएगी; पूरे घर में ओपेरा के हाव-भाव दिखाएगी; कभी लड़ाई नहीं करेगी, पति के जोर से खाँसने पर कभी जागेगी नहीं और अपने नौकरों को देखने के लिए जल्दी नहीं उठेगी। वह सबकुछ स्पष्ट देख पाएगी, क्योंकि बहरे व्यक्तियों में देखने की शक्ति अधिक होती है। वह सुंदर और बुद्धिमान होगी। किसी प्रकार का शोर नहीं करेगी। काश! मैं जवान होता तो उससे शादी करना चाहता। बूढ़ा हूँ, इसलिए जब तुम उससे थक जाओगी तो मैं उसको बेटी के रूप में गोद ले लूँगा।"

अंकल गिराड की बातें सुनकर उदास माता-पिता के चेहरे थोड़ी देर के लिए खिल उठे, लेकिन जल्दी ही उन पर दोबारा उदासी के घने बादल घिर आए।

3

समय के साथ-साथ नन्ही बालिका बड़ी होती गई। प्रकृति ने उसका कार्य सफलतापूर्वक निष्ठा के साथ संपन्न किया। दुर्भाग्यवश कैमिल के प्रति सामंत की कठोर भावनाओं में किसी प्रकार का परिवर्तन नहीं आया। उसकी माँ उसका प्रेमपूर्वक ध्यान रखती, आतुरतापूर्वक उसके छोटे-छोटे क्रियाकलापों, जीवन में उसकी रुचि के प्रत्येक हाव-भाव को देखने के लिए उसे कभी अकेला नहीं छोड़ती।

जब कैमिल की युवा मित्रों की शिक्षिका से पढ़ने की आयु हो गई, तब उस अभागी बालिका को अपने तथा दूसरों में अंतर दिखाई दिया। पड़ोसी के एक बालक की शिक्षिका बहुत कठोर थी। एक दिन कैमिल वहाँ पर स्पेलिंग-पाठ के समय उपस्थित थी। उसने अपनी आँखों से नन्हे साथी की कोशिश को हैरानी के साथ देखा। उसको महसूस हुआ जैसे वह उससे मदद माँग रही थी, डाँट पड़ने पर रो रही थी। संगीत के पाठ कैमिल को विशेष रूप से परेशान कर देते थे।

पड़ोसी अपने बच्चों के साथ नियमित रूप से संध्या-प्रार्थना करते थे। कैमिल को यह अजीब पहेली लगता। वह अपने मित्रों के साथ झुकती, बिना कुछ जाने-समझे अपने हाथ जोड़ देती थी। सामंत इसको धर्म-विरुद्ध समझता था, परंतु उसकी पत्नी नहीं। आयु के साथ-साथ उसके मन में एक भावना तीव्र होती गई—मानो यह पवित्र भावना ईश्वरेच्छा से प्रेरित हो, चर्चों के लिए जिन्हें वह देखती थी। एक मूक-बधिर का कथन है, ''जब मैं बालक था, तब मैंने भगवान् नहीं देखा था, केवल आकाश देखा था।'' धार्मिक शोभायात्रा, फूहड़, भड़कीली पोशाक में 'वर्जिन' की प्रतिमा, गंदे, ढीले-ढाले चोगों में गायक, जिनकी आवाज कैमिल को सुनाई नहीं देती थी, मालूम नहीं बालिका की आँखें ऊपर उठने का क्या मतलब है, आँखें ऊपर उठाकर देखने से क्या फर्क पड़ता है?

4

कैमिल मनमोहक चाल-ढाल, लंबे,- काले बालों, गोरे रंग की छोटी-सी, प्यारी-सी बालिका थी। वह अपनी माँ की इच्छा फौरन समझ जाती और बिना देर किए उसका अनुपालन करती। कोमलता और सुंदरता के साथ दुर्भाग्य जुड़ा था, जो सामंत को परेशान करता था। वह अक्सर उत्साहित होकर कैमिल का आलिंगन करता, ऊँचे स्वर में कहता, ''मैं इतना कठोर हृदय नहीं हूँ।''

बाग के आखिर में पेड़ों की छायादार पगडंडी थी। नाश्ते के बाद सामंत को

वहाँ सैर करने की आदत थी। अपने कमरे की खिड़की से मादाम-द-आर्सीस उसको पेड़ों के नीचे इधर-से-उधर टहलते हुए ललचाई नजर से देखती रहती। एक दिन धड़कते दिल से उसने उसके साथ घूमने की हिम्मत जुटाई। उसकी इच्छा थी कि शाम को पड़ोस में होनेवाले किशोर-नृत्य में वह कैमिल को ले जाए। वह देखना चाहती थी कि उसकी बेटी के सौंदर्य का बाहरी दुनिया और उसके पति पर क्या प्रभाव पड़ेगा? कैमिल के लिए सौंदर्य प्रसाधन चुनने के कारण वह पूरी रात नहीं सोई। अपने मन में उसने मधुरतम आशाएँ सँजो रखी थीं। ''निश्चित रूप से यह होगा,'' उसने स्वयं से कहा, ''सामंत को गर्व होगा व अन्य सब लोग इस अभागी लड़की से ईर्ष्या करेंगे। वह कुछ नहीं बोलेगी, परंतु वह सबसे ज यादा सुंदर होगी।''

सामंत ने वर्सेल्स के सभ्याचार के अनुरूप अपनी पत्नी का विनम्रतापूर्वक स्वागत किया। साथ-साथ टहलते हुए उन्होंने कुछ साधारण वाक्यों से बातचीत शुरू की। फिर दोनों के बीच मौन छा गया। मादाम-द-आर्सीस पति से कैमिल के बारे में बात करने के लिए उपयुक्त शब्द तलाश रही थी। उसको विश्वास था कि वह उसे कैमिल के बाहरी दुनिया न देखने के संकल्प को तोड़ने के लिए मना लेगी। सामंत भी सोच में डूबा हुआ था। उसने पहले बात शुरू की। पत्नी को बताया कि अत्यावश्यक पारिवारिक काम से उसको अगली सुबह हौलेंड जाना पड़ेगा।

मादाम आसानी से उसका वास्तविक उद्देश्य समझ गई। सामंत के मन में पत्नी का परित्याग करने का विचार नहीं था फिर भी उससे कुछ समय अलग रहने की अदम्य इच्छा एवं आवश्यक विवशता थी। किसी भी दुःख के समय मनुष्य एकांत खोजता है, दुःखी पशुओं में भी यह इच्छा होती है।

उसकी पत्नी ने उसके कार्यक्रम का कोई विरोध नहीं किया, परंतु उसका हृदय इस बात से दुःखी हो गया। थकावट की शिकायत कर वह एक जगह बैठ गई। बहुत देर तक वह वहाँ पर उदास अन्यमनस्क बैठी रही। आखिरकार उठी, अपनी बाँह पति की बाँह में डाली और दोनों एक साथ लौट आए।

अभागी औरत पूरी दोपहर अपने कमरे में शांतिपूर्वक प्रार्थना करती रही। शाम को लगभग आठ बजे उसने घंटी बजाई और बग्घी में घोड़े जोतने का आदेश दिया, साथ ही सामंत के पास संदेश भिजवाया कि वह नृत्य समारोह में जाना चाहती है, आशा है, वह भी उसके साथ चलेगा।

सफेद मलमल की कढ़ाई की हुई ड्रेस, सफेद साटिन के छोटे जूते, अमेरिकी मोतियों का नेकलेस, नीले पुष्पों का मुकुट—ऐसी सामान्य सज्जा थी कैमिल की।

तैयार करने के बाद माँ खुशी से उछल पड़ी। मादाम अपनी बेटी को गले लगाकर बोली, ''तुम सुंदर हो! सचमुच बहुत सुंदर हो।'' सामंत भी उनमें शामिल हो गया। उसने अपने हाथ में पत्नी का हाथ पकड़ा और तीनों नृत्य समारोह में चल दिए।

कैमिल पहली बार लोगों के बीच जा रही थी। उसका उत्सुकता से उत्तेजित होना स्वाभाविक था। सामंत प्रत्यक्ष रूप से दुःखी था। जब उसके मित्र उसकी बेटी के सौंदर्य की प्रशंसा कर रहे थे, तब उसको महसूस हो रहा था मानो वे उसे तसल्ली दे रहे हैं। ऐसी सांत्वना उसके स्वभाव के अनुरूप नहीं थी। इस पर भी वह अपने गर्व और प्रसन्नता की भावना को छिपा नहीं पा रहा था। उसकी भावनाएँ अजीब तरीके से मिली-जुली थीं। कमरे में उपस्थित प्रत्येक व्यक्ति का सांकेतिक अभिवादन करने के बाद कैमिल अपनी माँ के साथ बैठ गई। सामान्य रूप से प्रशंसा अतीव उत्साहवर्धक थी। वास्तव में उस मूक-बधिर आत्मा के लिए हाथ में रखे लिफाफे से ज्यादा प्रिय और क्या हो सकता था! उसके शरीर की बनावट, उसका चेहरा, लंबे घुँघराले बाल, आँखों की अतुलनीय चमक ने सबको हैरान कर दिया। उसका विचारमग्न चेहरा, मनमोहक हाव-भाव भी अत्यधिक करुणाजनक थे। मादाम-द-आर्सीस को लोगों ने घेर लिया और उससे कैमिल के बारे में हजारों सवाल पूछने शुरू कर दिए। आश्चर्य व थोड़ी बेरुखी से हार्दिक सहानुभूति व दयाभाव प्रकट करने लगे। उन्होंने इतना आकर्षक बच्चा पहले कभी नहीं देखा था। उसकी तुलना किसी से नहीं की जा सकती थी, क्योंकि उस जितना आकर्षक कोई था ही नहीं। कैमिल पूर्ण रूप से संतुष्ट थी।

बाहर से हमेशा शांत रहनेवाली मादाम-द-आर्सीस ने उस रात अपने जीवन में पूर्ण, असीम आनंद का रसास्वादन किया। उसके और पति के बीच मुसकराहट का आदान-प्रदान अनेक आँसुओं का मूल्य था।

सामंत अपनी बेटी को निहार रहा था कि लोक-नृत्य शुरू हो गया। कैमिल ने दत्तचित्त होकर उसको देखा। एक लड़के ने उसको नृत्य के लिए आमंत्रित किया। जवाब में उसने सिर हिलाकर मना कर दिया। ऐसा करते समय उसके मुकुट से कुछ नीले पुष्प नीचे गिर गए। माँ ने उनको उठाया और जल्दी ही जूड़े में ठीक स्थान पर लगा दिया। मुकुट उसने अपने हाथ से बनाया था। उसके बाद उसने अपने पति को चारों तरफ देखा, परंतु वह कमरे में नहीं था। उसने पूछा कि क्या वे चले गए थे? पता चला कि वे पैदल ही घर चले गए थे।

5

सामंत ने अपनी पत्नी को बताए बिना घर जाने का फैसला कर लिया था। वह किसी भी तरह के वाद-विवाद और जवाबदेही से बचना चाहता था। वह जल्दी ही वापस जाना चाहता था। इसलिए उसने जुबानी विदाई लेने की अपेक्षा पत्र द्वारा सूचना देने में ही बुद्धिमानी समझी। कारोबार के सिलसिले में बाहर जाने की बात कुछ सीमा तक सच थी, परंतु कारोबार ही उसकी प्राथमिकता नहीं थी। उसके एक मित्र ने जल्दी चलने के लिए लिखा था, यह एक अच्छा बहाना था। अपने घर अकेला लौटने के बाद (एक छोटे रास्ते से) उसने अपने नौकरों को अपने जाने की बात बताई। जल्दी-जल्दी अपना सामान बाँधा, हलका-फुलका सामान शहर भेज दिया। स्वयं घोड़े पर सवार होकर चला गया।

इस पर भी उसको एक चिंता सताती रही, वह जानता था कि इस प्रकार उसके चले जाने के कारण सेसिल को दुःख होगा। हालाँकि वह खुद को दिलासा देता रहा कि उसने ऐसा न केवल अपने लिए, बल्कि उसके लाभ के लिए भी किया था। जो भी हो, वह अपने रास्ते पर बढ़ता रहा।

मादाम-द-आर्सीस भी बग्घी में बैठकर वापस घर के लिए चल पड़ी। उसकी बेटी उसके घुटनों के ऊपर सिर रखे सो रही थी। सामंत के कठोर व्यवहार से दुःखी थी कि उसने उन्हें वापस जाने के लिए अकेला छोड़ दिया था। यह उसका और उसकी बच्ची के लिए सार्वजनिक रूप से तिरस्कार था। नई बनी सड़क के पत्थरों पर हिचकोले खाती बग्घी के साथ-साथ माँ के दिल में अज्ञात आशंका होने लगी। उसने सोचा, 'हम सबको ईश्वर देख रहा है। दूसरों की भाँति उसकी दृष्टि हम पर भी है, परंतु हम क्या कर सकते हैं? मेरी इस अभागी बच्ची का क्या होगा?'

'जार्डोनीयक्स' से पहले एक नदी को पार करना पड़ता था। पिछले एक महीने से लगातार भारी बरसात के कारण नदी का पानी किनारे तोड़कर बह रहा था। पहले तो मल्लाह ने बग्घी को अपनी नाव में ले जाने से मना कर दिया। उसने कहा कि वह केवल सवारियों और घोड़े को ही दूसरे किनारे पर पहुँचा सकता है, बग्घी को नहीं। महिला अपने पति से मिलने के लिए उत्सुक थी। उसने मल्लाह की बात नहीं मानी। कोचवान को नाव पर बग्घी चढ़ाने का आदेश दिया। केवल कुछ ही मिनटों का रास्ता था, जिससे वह सैकड़ों बार गुजर चुकी थी।

बीच नदी में तेज लहरों से नाव अपने सीधे रास्ते से भटक गई। मल्लाह

ने कोचवान से नाव को बाँध से दूर रखने में मदद माँगी। बाँध के पास ही एक पनचक्की थी, जहाँ पर पानी की तेज धार जलप्रपात की तरह गिरती थी। स्पष्ट था कि यदि नाव उस स्थान पर चली गई तो भयंकर दुर्घटना हो जाएगी।

कोचवान अपनी सीट से उतरकर पूरी ताकत के साथ कोशिश करने लगा। उसके पास काम करने के लिए एक ही चप्पू था। अँधेरी रात, धुआँधार बारिश, कुछ नहीं दिखाई दे रहा था। जल्दी बाँध के शोर ने आनेवाले भयावह खतरे की चेतावनी दे दी। बग्घी में बैठी मादाम-द आर्सीस ने खतरे की आशंका से घबराकर खिड़की खोल दी। "क्या हम रास्ता भटक गए हैं?" वह चिल्लाई। उसी वक्त चप्पू टूट गया। दोनों आदमी जख्मी हाथों के साथ थककर नदी में गिर गए।

मल्लाह तैरना जानता था, कोचवान नहीं। समय नहीं था। "पियरे जॉर्ज," मादाम ने मल्लाह को उसका नाम लेकर पुकारा, "क्या तुम मुझे और मेरी बेटी को बचा सकते हो?"

"निश्चित रूप से।" मानो यह सवाल पूछने पर उसकी बेइज्जती हो गई हो, उसने जवाब दिया।

"हमें क्या करना होगा?" मादाम-द-आर्सीस ने पूछा।

"आप मेरे कंधों पर लटक जाएँ।" मल्लाह ने कहा, "अपनी बाँहें मेरे गले में डाल लें। जहाँ तक बच्ची का सवाल है, उसे मैं एक हाथ से पकड़ लूँगा और दूसरे से तैरूँगा। वह डूबेगी नहीं। यहाँ से थोड़ी ही दूर आपके आलूवाले खेत हैं।"

"और जॉन।" मादाम ने कोचवान के बारे में पूछा।

"मेरे खयाल में जॉन बच जाएगा। यदि वह बाँध के साथ लटका रहता है तो वापस आकर उसको ले जाऊँगा।"

पियरे जॉर्ज ने दोहरा बोझ उठा लिया। उसने अपनी ताकत का गलत अंदाजा लगा लिया था। वह अब जवान नहीं था। किनारा दूर था। नदी में पानी का बहाव तेज था। वह पूरी ताकत के साथ कोशिश कर रहा था, लेकिन बहते-बहते बचा। तभी पानी में सरपत के पेड़ का तना उसके सिर से जोर से टकराया और वह रुक गया। जख्म से खून बहने लगा और नजर धुँधली पड़ गई।

"अगर तुम्हें ले जाना पड़े तो क्या तुम मेरी बच्ची को बचा सकते हो?" माँ ने पूछा।

"मैं कह नहीं सकता, सोचता हूँ, बचा लूँगा!" मल्लाह बोला।

माँ ने मल्लाह के गले से अपनी बाँहें निकाल लीं और पानी में समा गई।

मल्लाह ने कैमिल को आलू के खेत में सुरक्षित उतार दिया। कोचवान को

भी एक किसान ने बचा लिया था। कोचवान ने मादाम-द-आर्सीस का मृत शरीर ढूँढ़ने में मल्लाह की मदद की। अगले दिन वह नदी के किनारे पर मिला।

6

माँ के निधन पर कैमिल का दुःख देख पाना भयावह था। वह बेसुध अस्पष्ट स्वर में चिल्लाती हुई, अपने बाल नोचती, दीवारें पीटती इधर-उधर भाग रही थी। इन कष्टकारक भावनाओं के कारण घर में असहज शांति छा गई। धीरे-धीरे कारण भूलने लगा था।

ऐसे समय अंकल गिराड अपनी भतीजी की बेटी की सहायता के लिए आगे आए। ''अभागी बच्ची!'' इस समय उसके पास माता-पिता कोई नहीं है। वह हमेशा से मेरी लाडली रही है। मैं अब उसको अपने संरक्षण में लेना चाहता हूँ। ''परिवर्तित माहौल,'' अंकल गिराड ने कहा, ''बच्ची के लिए लाभदायक रहेगा।''

सामंत को पत्र लिखकर अनुमति ली और कैमिल को अपने साथ पेरिस ले गए। सामंत का जार्डोनीयक्स लौट आया। वहाँ पर वह सभी का साथ छोड़कर शोक तथा पश्चात्ताप की अग्नि में दग्ध एकाकी जीवन व्यतीत करने लगा। एक साल बीत गया। अंकल गिराड अभी तक कैमिल को दुःख से उबार नहीं पाए थे। धीरे-धीरे उसने किसी भी चीज में रुचि लेनी छोड़ दी थी। आखिरकार उन्होंने एक दिन जैसे-तैसे उसको ओपेरा चलने के लिए राजी किया। वहाँ जाने के लिए एक सुंदर ड्रेस खरीदी। उसे पहनकर दर्पण में अपना सुंदर चेहरा देखकर वह बहुत खुश हुई। उसके प्यारे अंकल उसके चेहरे पर मुसकराहट देखकर प्रसन्न हो गए।

7

कैमिल को जल्दी ही ओपेरा में उकताहट होने लगी। उसको लग रहा था जैसे सभी अभिनेता, संगीतकार, श्रोता उससे कह रहे थे, 'हम बोल सकते हैं, तुम नहीं। तुम किसी चीज का आनंद नहीं ले सकती, कुछ नहीं सुन सकती। तुम केवल एक प्रतिमा हो, तुम इनसान की प्रतिकृति हो, जीवन की मूकदर्शक हो।'

इस हास्यास्पद दृश्य को दिमाग से निकालने के लिए उसने आँखें बंद कर लीं। उसके दिमाग में बचपन के दृश्य कौंधने लगे। वह कल्पना में अपने गाँव वाले घर में पहुँच गई, अपनी माँ का प्यारा चेहरा देखा। बहुत भावुक हो गई थी

वह। अंकल गिराड उसकी आँखों से लुढ़कते आँसू देखकर परेशान हो गए। उन्होंने उसके दु:ख का कारण पूछा तो उनको इशारों से बताया कि वह वापस जाना चाहती थी। वह उठ खड़ी हुई और अपने बॉक्स का दरवाजा खोल लिया।

उसी क्षण किसी चीज ने उसका ध्यान अपनी ओर आकृष्ट कर लिया। सुंदर, बढ़िया कपड़े पहने एक नौजवान दिखाई दिया। वह अपनी छोटी-सी स्लेट पर चाक से अक्षर और आकृतियाँ बना रहा था। बीच-बीच में उम्र में अपने से बड़े पड़ोसी को वह स्लेट दिखा रहा था, स्पष्ट था कि वह उसपर लिखा फौरन समझ जाता था और उसी प्रकार उत्तर लिख देता था, साथ-ही-साथ दोनों आपस में संकेतों का आदान-प्रदान भी कर रहे थे।

कैमिल की उत्सुकता और रुचि बढ़ती जा रही थी। उसने यह बात देख ली थी कि उस नौजवान के होंठ नहीं हिल रहे थे। वह समझ गई कि वह ऐसी भाषा में बात कर रहा था, जो दूसरों की भाषा नहीं थी। उसने बोलने की शक्ति के बिना अपनी बात बताने का कोई तरीका ढूँढ़ निकाला था। वह तरीका उसके लिए अबोध्य तथा असंभव था। वह उसे अधिक देखने की इच्छा को रोक नहीं पाई। वह बॉक्स के किनारे पर झुककर उस अजनबी के क्रियाकलापों को गौर से देखने लगी। जब उसने स्लेट पर लिखकर दोबारा अपने साथी को स्लेट पकड़ाई तो अनचाहे कैमिल ने उसे लेने का इशारा किया। ऐसा करने पर नौजवान ने मुड़कर कैमिल को देखा। दोनों की आँखें मिलीं। दोनों में एक ही भाव था, 'हम दोनों की स्थिति समान है; हम दोनों मूक-बधिर हैं।'

अंकल गिराड अपनी भतीजी की बेटी के कपड़े ले आए थे, लेकिन अब उसने वापस जाने का इरादा छोड़ दिया था। वह अपनी सीट पर बैठ गई थी और उत्सुकतापूर्वक आगे झुककर देख रही थी।

उस समय कुछ लोग ऐबे-द-लेपे के बारे में जानने लगे थे। मूक-बधिरों की दयनीय स्थिति देखकर इस भद्र पुरुष ने एक ऐसी भाषा का आविष्कार किया था जो संभवत: लेबनीज से श्रेष्ठ थी। उसने मूक-बधिरों को लिखना-पढ़ना सिखाकर अपने साथियों के बराबर बना दिया था। वह अकेले, बिना किसी सहायता के अपने मूक-बधिर साथियों को प्रशिक्षण दे रहा था। उनके हित के लिए अपना सर्वस्व न्योछावर करने के लिए तैयार था। कैमिल द्वारा देखा गया नौजवान ऐबे के प्रथम शिष्यों में से एक था। वह मौवरे के सामंत का बेटा था।

8

यह एक निर्विवाद तथ्य था कि कैमिल अथवा उसके अंकल को ऐबे-द-लेपे के इस नए तरीके के बारे में किसी प्रकार की जानकारी नहीं थी। कैमिल की माँ यदि जीवित रहती तो निश्चित रूप से ढूँढ़ निकालती, लेकिन जार्डोनीयक्स पेरिस से बहुत दूर था, सामंत कोई अखबार नहीं लेता था, लेता भी तो उसे पढ़ता नहीं था। इसलिए आलस्य अथवा मृत्यु का प्रभाव समान रूप से पड़ सकता था।

ओपेरा से लौटने के बाद कैमिल के दिमाग में एक ही विचार घूम रहा था। उसने अपने अंकल को इशारों से समझाया कि उसे लिखने का सामान चाहिए। हालाँकि भले आदमी ने डिनर नहीं किया था, फिर भी वह अपने कमरे में भागा-भागा गया और बोर्ड व चाक का एक छोटा टुकड़ा, जो बिल्डिंग और बढ़ईगिरी के पुराने प्यार की याद था, ले आया।

कैमिल ने घुटनों पर बोर्ड रखकर अंकल को इशारों से बताया कि वे उसके पास बैठकर बोर्ड पर कुछ लिखें। बेटी के हृदय पर कोमलता से हाथ रखकर उसने बड़े-बड़े अक्षरों में उसका नाम 'कैमिल' लिखा। उसके बाद अपने शाम के काम से संतुष्ट होकर वह खाने की मेज पर बैठ गया।

कैमिल, जितना जल्दी संभव हो पाया, बाँहों में बोर्ड लेकर अपने कमरे में चली गई। भारी-भरकम कपड़े उतारकर एक तरफ रखे, अपने बाल ढीले किए और अपने अंकल द्वारा लिखे हुए शब्द की परिश्रम और सावधानी के साथ नकल उतारने लगी। कई बार कोशिश के बाद वह अक्षरों को एकदम साफ लिखने में सफल हो गई। उस शब्द का उससे क्या संबंध था, यह कौन बताएगा?

जुलाई की सुहावनी रात थी। कैमिल ने खिड़की खोल रखी थी, काम में रुक-रुककर बाहर देख लेती थी। यद्यपि बाहर का नजारा उदासी से भरा था। बग्घियाँ रखनेवाले दालान के ऊपर खिड़की थी। शेड के नीचे चार-पाँच बग्घियाँ खड़ी थीं। दो-तीन बग्घियाँ ऐसे खड़ी थीं जैसे अस्तबल से घोड़ों के आने का इंतजार कर रही हों। दालान की दीवारें ऊँची थीं तथा दरवाजा बंद था।

अचानक कैमिल को कठिन परिश्रम के बाद किसी आदमी के इधर से उधर चक्कर काटने का एहसास हुआ। वह बुरी तरह से डर गई। आदमी एकटक उसकी खिड़की की तरफ देख रहा था। कुछ क्षणों के बाद कैमिल ने साहस बटोरा, अपने हाथ में लैंप लिया और खिड़की से नीचे झुककर इस तरह घुमाया कि उसकी रोशनी दालान में फैल गई। मौवरे का सामंत! हाँ, वही था। समझ गया कि उसे

देख लिया गया है। उसने घुटनों के बल बैठकर सम्मानजनक, प्रशंसनीय भाव से कैमिल की तरफ देखते हुए ताली बजाई। फिर वह उठ खड़ा हुआ, बीच में खड़ी दो-तीन बग्घियों के ऊपर चढ़कर कुछ ही मिनटों में कैमिल के कमरे में जा पहुँचा। वहाँ उसने सबसे पहले उसका झुककर अभिवादन किया। वह उससे बात करने का कोई तरीका ढूँढ़ रहा था। मेज पर 'कैमिल' शब्द लिखे बोर्ड पर उसकी नजर पड़ी, उसने चाक का टुकड़ा उठाया और उस नाम के साथ अपना नाम 'पियरे' लिख दिया।

"तुम कौन हो, यहाँ क्या कर रहे हो?" गुस्से में भरी आवाज दहाड़ी। अंकल गिराड थे। उन्होंने उस घुसपैठिए पर गालियों की बौछार कर दी। वे उसी समय कमरे में आए थे। सामंत ने शांत भाव से बोर्ड पर कुछ लिखा और अंकल गिराड के हाथ में थमा दिया। उन्होंने हैरानी के साथ ये शब्द पढ़े, "मैं मिस कैमिल से प्रेम करता हूँ और उससे शादी करना चाहता हूँ। मैं मौवरे का सामंत हूँ। क्या आप कैमिल का हाथ मेरे हाथ में देंगे?"

अंकल का गुस्सा शांत हो गया था। 'ठीक है,' उन्होंने मन-ही-मन कहा। उन्होंने ओपेरा में मौजूद उस नौजवान को पहचान लिया था, सीधे विषय पर आकर जल्दी से मतलब की बात की, 'मैंने ऐसे मूक-बधिर नहीं देखे'।

9

सच्चा प्रेम शांतिपूर्वक परवान चढ़ने लगा। सामंत ने अपनी बेटी के विवाह की स्वीकृति सहजता से दे दी। उसको यह विश्वास दिलाना कि मूक-बधिर को लिखना-पढ़ना सिखाया जा सकता था, अति कठिन काम था। हाथ कंगन को आरसी क्या! (आँखों देखे को प्रमाण की जरूरत नहीं थी) विवाह के दो-तीन साल बाद सामंत को एक दिन बेटी का पत्र मिला। लिखा था, "प्रिय पापा, मैं बोल सकती हूँ, मुँह से नहीं हाथों से।" उसने लिखा था कि उसने यह किस प्रकार सीखा था। भद्र पुरुष लेबे-द-लेपे को अपनी इस नई जुबान का श्रेय दिया था। उसने अपने बच्चे की खूबसूरती का विवरण लिखा था और प्रेमपूर्वक अनुरोध किया था कि वे अपनी बेटी और नाती से मिलने के लिए आएँ।

पत्र मिलने के बाद सामंत काफी समय तक बेटी के पास जाने में हिचकिचाता रहा। जब उसने अंकल गिराड से परामर्श किया, तब उन्होंने कहा, "तुम्हें जरूर जाना चाहिए। तुम अपनी पत्नी को नृत्य-समारोह में अकेले छोड़ आने के लिए

निरंतर स्वयं को धिक्कारते रहते हो। क्या तुम अपनी बच्ची को, जो तुमसे मिलना चाहती है, भी त्याग दोगे? आओ, हम दोनों चलते हैं। उसने निमंत्रण-पत्र में मुझे शामिल नहीं किया है, इसके लिए मैं उसको कृतघ्न समझता हूँ।''

'वे ठीक कह रहे हैं,' सामंत ने सोचा, 'मैंने दो श्रेष्ठ महिलाओं के ऊपर अनावश्यक निर्मम अत्याचार किया है। मैंने अपनी पत्नी का संरक्षक होने की बजाय उसको भयावह मृत्यु के हवाले कर दिया। यदि कैमिल के पास जाने से कष्ट होता है तो वह उपयुक्त पश्चात्ताप होगा। मैं उस दुःखद सुख की अनुभूति करूँगा। मैं अपनी बेटी से मिलने जाऊँगा।'

10

फाबोर्ग सेंट जरमेन में एक घर के सुसज्जित बेडरूम में कैमिल के पिता और अंकल गिराड की कैमिल और पियरे से मुलाकात हुई। मेज पर किताबें और चित्र फैले हुए थे। पति पढ़ रहा था, पत्नी कढ़ाई कर रही थी, बच्चा कालीन पर खेल रहा था। आदरणीय नवागुंतकों को देखकर नौजवान सामंत खड़ा हो गया, कैमिल अपने पिता के पास दौड़ी। पिता ने जब उसको प्यार से गले लगाया, तब वह अपने आँसू नहीं रोक पाई। सामंत ने उत्साहपूर्वक बच्चे को देखा। कोशिश करने पर भी जो अरुचि कैमिल की विकलांगता को देखकर होती थी, वही नन्हे प्राणी को देखकर होने लगी। निस्संदेह, बालक को भी विरासत में विकलांगता मिली होगी। ''एक और मूक-बधिर,'' वह चिल्लाया।

कैमिल ने अपने बेटे को बाँहों में उठाया, बिना सुने ही वह पिता के मन की बात समझ गई थी। बच्चे को प्यार से सामंत के पास ले गई, उसने बच्चे के होंठों पर उँगलियाँ रखीं, उनको धीरे से सहलाया, मानो बोलने के लिए कह रही हो। कुछ ही क्षणों बाद वह उन शब्दों को, जो माँ ने सिखाए थे, स्पष्ट बोल रहा था, ''गुड मॉर्निंग पापा।''

''अब तुम समझ सकते हो,'' अंकल गिराड बोले, ''भगवान् सब पर अपनी कृपादृष्टि बनाए रखता है।''

अल्फ्रेड का जन्म 11 दिसंबर, 1810 को पेरिस में हुआ था। उनका परिवार उच्चकुलीन निर्धन परिवार था। उनके पिता ने अनेक प्रमुख सरकारी पदों पर काम किया, लेकिन अपने बेटे को कभी

कुछ नहीं दिया। उनकी माँ भी पति के समान ही थीं। घर में भव्य पार्टियों का आयोजन करती रहती थीं। नन्हे मसेट के हृदय पर इस बात का गहरा प्रभाव पड़ा।

बाल्यकाल में मसेट की प्रतिभा पुरानी रोमांटिक कहानियों पर आधारित छोटे-छोटे नाटकों में अभिनय के रूप में उभरी। चिकित्सा, कला, संगीत (पियानो), अंग्रेजी में अभिरुचि होने के कारण उनका प्रथम काव्य-संग्रह (Tales of Spain and Italy) 1828 में प्रकाशित हुआ। उसके कारण वे प्रारंभिक रोमांटिक कवियों में प्रसिद्ध हो गए। उस समय उनकी आयु केवल 20 वर्ष की थी।

सन् 1833-1835 के मध्य प्रसिद्ध फ्रेंच लेखिका जार्ज सैंड के साथ प्रेम संबंध रहे। अपने आत्मकथात्मक उपन्यास 'The Confession of the Child of the Century' में इसका वर्णन किया है। 1999 में इसके आधार पर फिल्म का निर्माण हुआ। कहा जाता है कि उनकी 'Two Nights of Excess' (1833) कृति भी जार्ज सैंड पर ही आधारित है।

24 अप्रैल, 1845 को मो मसेट को हानर-द-ब्लाजाक के साथ 'Le' gion d honneur' से सम्मानित किया गया। 1852 में उनको फ्रेंच अकादमी का सदस्य मनोनीत किया गया। हृदयगति रुकने के कारण 2 मई, 1857 को मसेट का देहांत हो गया।

'कैमिल' मसेट की उत्कृष्ट रचनाओं में से एक है। इसमें उन्होंने एक मूक-बधिर बालिका के संघर्षपूर्ण जीवन का मार्मिक एवं संवेदनशील चित्रण किया है।

शानदार विवाह प्रस्ताव

—लुडविक हेलेवी

25 नवंबर, 1893

4 बजे

आज सुबह दस बजे जब मैं बीथोवन की 25वीं संगीत रचना की धुन निकालने की तैयारी कर रही थी कि दरवाजा खुला, मम्मी के सिवाय अंदर और कौन आ सकता था! 10 बजे मम्मी जागकर घूम रही थी। घूम ही नहीं रही थी, बल्कि ढीली-ढाली पोशाक, टोपी पहनकर बाहर जाने की तैयारी कर रही थी।

मुझे याद नहीं कि मैंने पहले कभी उनको इतनी जल्दी तैयार होते देखा हो। रविवार को एक बजे होनेवाली प्रार्थनासभा में भी आधी प्रार्थना खत्म होने के बाद ही पहुँच पाती थी। एक शाम उन्होंने फादर पेंटल से हँसकर कहा भी था, "हमारा श्रेष्ठ धर्म पूर्ण रूप से अधिक प्रिय होता यदि आप प्रार्थना सभा का समय एक बजे की बजाय दो बजे कर देते। उसके एक घंटे बाद संगीत विद्यालय में संगीत कार्यक्रम आरंभ करते। सर्दियों में रविवार के दिन बस इतनी ही अपेक्षा रहती है।"

मम्मी को अंदर देखकर मैं हैरान रह गई। हैरानी के साथ पूछा, "मम्मी, आप क्या बाहर जा रही हैं?"

"नहीं-नहीं, मैं अभी-अभी बाहर से आई हूँ।"

"आप अभी-अभी बाहर से आई हैं?"

"हाँ, आज सुबह कुछ काम से बाहर गई थी, पर्दों के लिए नीले रंग का कपड़ा लाना था। तुम तो जानती ही हो कि उस रंग का कपड़ा मुश्किल से मिलता है।"

"क्या आपको मिल गया?"

"नहीं, उन्होंने वायदा किया है कि वे मेरे लिए वैसा कपड़ा मँगवा देंगे। मुझे उम्मीद है कि ज्यादा से ज्यादा परसों तक वे मेरे पास कपड़ा भिजवा देंगे।"

बातें करते समय मम्मी कुछ घबराई हुई सी थी। आखिरकार वे कहने लगीं, "आज शाम को हमें मर्सरी दंपती के यहाँ पार्टी में जाना है। वहाँ पर थोड़ा संगीत का कार्यक्रम भी होगा। उन्होंने कई दिन पहले पार्टी का आयोजन कर लिया था, परंतु मुझे वे यह बात बताना भूल गई थीं।"

मैंने अपने चेहरे पर किसी तरह की हैरानी का भाव प्रकट नहीं होने दिया। इसके विपरीत मैं बड़े ध्यान से मम्मी के चेहरे पर आनेवाले हाव-भाव पढ़ने की कोशिश कर रही थी। मन-ही-मन सोच रही थी कि इसके पीछे क्या रहस्य है? इस बेवक्त मम्मी को नीले पर्दे ढूँढ़ने की क्या जरूरत आन पड़ी! मर्सरी दंपती के यहाँ संगीत कार्यक्रम! मम्मी स्वयं परेशान दिख रही हैं। जरूर मुझसे कोई बात छिपा रही हैं!

मैं चुपचाप उनकी बातें सुनती रही। बात पूरी करने के बाद उन्होंने दरवाजे की तरफ उसी अंदाज में कदम बढ़ाए, जिस अंदाज में रंगमंच पर बाहर जाने का अभिनय करते हैं। वे मुड़ीं और थोड़ा निष्पक्ष भाव से कहने लगीं, "आज रात तुम कौन सी ड्रेस पहनोगी?"

"मम्मी, आज रात को! मैं नहीं जानती। हो सकता है सफेद, नीली या फिर गुलाबी ड्रेस पहन लूँ।"

"नहीं-नहीं, गुलाबी नहीं, नीले रंग की ड्रेस पहनना। परसों आंटी क्लेयरीस के यहाँ नीले रंग की ड्रेस में बहुत सुंदर दिखाई दे रही थी और फिर तुम्हारे पापा को गुलाबी रंग पसंद नहीं है। वे भी हमारे साथ मर्सरी दंपती के यहाँ जाएँगे।"

"पापा, मर्सरी दंपती के यहाँ जाएँगे?"

"हाँ, निश्चित रूप से।"

"क्या वे जानते हैं कि वहाँ पर संगीत का कार्यक्रम होगा, यह जानते हुए भी वे वहाँ जाएँगे?"

"क्यों इसमें हैरानीवाली क्या बात है?"

"अरे मम्मी, नहीं, कोई बात नहीं है।"

उनके बाहर चले जाने के बाद कमरे में बिल्कुल अकेली थी। बिना किसी संशय के मन में सोचा, 'जरूर शादी का कोई चक्कर है। मुझे किसी से मिलवाने के लिए ले जा रहे हैं ये लोग! इसीलिए पापा भी जाने के लिए राजी हो गए हैं।'

कल्पना कर रही थी कि संगीत कार्यक्रम में मम्मी के पीछे-पीछे जाने से पूरी दुनिया उलट-पुलट दिखाई देगी। शाम के समय वे केवल तीन जगहों पर ही सहज अनुभव करते हैं—क्लब में, ओपेरा में, बैले नृत्य में तथा हँसी-मजाक के लिए बने छोटे-छोटे थियेटरों में। इन थियेटरों में युवा महिलाओं का प्रवेश निषिद्ध है, परंतु अपनी शादी के बाद मेरी वहाँ जाने की प्रबल इच्छा है।

मुझे पूरा विश्वास है कि मिलने-मिलाने की बात है। अवश्य कोई अत्यधिक महत्त्वपूर्ण बात होगी, क्योंकि मम्मी आज सुबह से उत्तेजित हैं। नाश्ता भी नहीं किया था, अपनी बेचैनी को भी छिपा नहीं पा रही थीं। उन्होंने मेरी नीली ड्रेस को ही नहीं जाँचा-परखा, बल्कि मेरा भी ऊपर से नीचे तक निरीक्षण किया। मेरे चेहरे पर कुछ कमी देखकर वे निराशा से बेचैन हो गईं।

''यह क्या है?'' उन्होंने तीखे स्वर में कहा।

''कहाँ, क्या मम्मी?''

''तुम्हारी नाक पर।''

''मेरी नाक पर क्या निशान है?''

''एक भद्दा निशान है।''

''हे भगवान्, भद्दा निशान!''

डरकर मैं शीशे के सामने जा खड़ी हुई। देखने के बाद चैन की साँस ली। मामूली सा निशान था—बिल्ली के बच्चे ने वहाँ पर प्यार से अपना पंजा दे मारा था। कोई खास बात नहीं थी—एक छोटा-सा लाल निशान था। मुश्किल से नजर आता था। शाम होने तक अपने आप गायब हो जाएगा।

मम्मी की परेशान नजरों में उस छोटे से निशान ने शक्ल बिगाड़नेवाले जख्म का रूप ले लिया था। इससे पहले मेरी नाक को कभी इतना महत्त्व नहीं मिला था। मम्मी ने आधा दिन मुझे बिना हिले-डुले आरामकुरसी पर बिठाए रखा और नाक के ऊपर धूप के चश्मे की तरह ठंडे पानी का फाहा चिपका दिया।

बेचारी मम्मी! मेरी शादी देखने के लिए कितनी बेताब हैं! यह स्वाभाविक भी है। शाम को वे स्वयं बहुत सुंदर दिखाई दे रही थीं। कितनी बुरी बात थी कि विवाह योग्य युवा बेटी को अपने साथ घसीटकर ले जाना पड़ रहा था।

मुझे खुद को यह बात ज्यादा पसंद नहीं। जानती हूँ कि मेरे कारण उनकी उम्र ज्यादा दिखाई देने लगी है। इसीलिए शाम को कमरे में दाखिल होने पर मैं उनसे दूर चली जाती हूँ। उसके बाद शादी के निर्णय तक यथासंभव उनसे कम-से-कम मिलने की कोशिश करती हूँ। दोनों अपने-अपने रास्ते पर चलते रहते

हैं। एक-दूसरे के काम में दखलअंदाजी न करने की कोशिश करते हैं।

वे एक प्यारी-सी सुशील वृद्धा हैं। अधिकांश माताएँ अपनी बेटियों पर हुक्म चलाती हैं, उनके सामने आनन-फानन में शादी करने का प्रस्ताव रख देती हैं। मेरी मम्मी ऐसी नहीं हैं।

मेरी मम्मी जानती हैं कि मैंने जल्दबाजी में असावधानीपूर्वक निर्णय न करने का संकल्प ले रखा है। विवाह-शादी कोई बच्चों का खेल तो है नहीं! गलती होने पर आजीवन पछताना पड़ता है। इसलिए अच्छा है कि सबकुछ पहले ही देखभाल कर विवाह-बंधन में बँधा जाए। मैं सोच-समझकर, गंभीरतापूर्वक विवाह का निर्णय लूँगी। पहले ही गोरे या काले प्रत्याशी को देखकर उसके प्यार में दीवानी नहीं होनेवाली। ऐसी लड़की अपनी माँ से कहेगी, 'मुझे मनपसंद दूल्हा मिल गया है, मैं उसी से प्रेम करती हूँ। उसी से विवाह करूँगी, किसी और से नहीं।'

ओह, नो! मैं ऐसी बेवकूफी नहीं करूँगी। मैं अपनी आँखें खुली रखूँगी और होशो-हवास चुस्त-दुरुस्त।

पिछले साल वसंत ऋतु में मैंने ऐसे पाँच प्रत्याशियों को ठुकरा दिया, क्योंकि उनमें से कोई भी मेरी इच्छानुरूप कुलीनता, संपन्नता तथा उच्च पद की कसौटी पर खरा नहीं उतरा।

सर्दियों के इस खोजी अभियान में भी उसी प्रकार शांतचित्त से सोच-समझकर निर्णय करूँगी। मेरी उम्र अभी बीस साल भी नहीं है, मैं इंतजार कर सकती हूँ।

आज सुबह से मैं अपने आपसे बहुत ज्यादा संतुष्ट हूँ। मुझ पर मम्मी के खुले विरोध का कोई प्रभाव नहीं पड़ा। हमेशा की तरह आज भी मैंने अपने लिखे विचारों पर नजर दौड़ाई। अठारहवें जन्मदिन पर मैंने अपनी डायरी के पहले पृष्ठ पर निम्नलिखित सरल विचार अंकित किए थे। आज भी मैंने उनको ताले में सहेजकर रखा हुआ है—

मेरा विवाह।

''अभी तक विवाह के पाँच प्रत्याशियों को मुँह की खानी पड़ चुकी है।'' विश्वास है कि आज रात उस सूची में छठे प्रत्याशी का नाम भी जुड़ जाएगा। क्या वह उनमें से एक होगा, जो अतीव विनम्र तथा आज्ञाकारी दास और स्वामी बनने के लिए तैयार होगा!

जो भी हो, उसको मेरे कठोर तथा खोजपूर्ण प्रश्नों का जवाब देने के लिए तैयार रहना होगा। मैं मम्मी की तरह नहीं, मैं अपना होशो-हवास जल्दी नहीं खोती।

26 नवंबर, चार बजे।

मेरी धारणा गलत नहीं थी। वह छठा प्रत्याशी था। पहले मुझे क्रमबद्ध होने दीजिए। सिलसिलेवार छोटी-बड़ी घटनाओं का विवरण देने जा रही हूँ।

डिनर के बाद मैं और मम्मी तैयार होने के लिए ऊपर गए। मुझे ज्यादा समय लग गया, मैं बहुत ज्यादा सतर्क थी। सच बात तो यह है कि बहुत देर तक बाथरूम में घुसी रही। अच्छी तरह से तैयार होने में मुझे डेढ़ घंटा लग गया। नीचे आने पर सभी दरवाजे खुले मिले। दबे पाँव ड्राइंगरूम के पास आने पर मुझे मम्मी-पापा की बातें सुनाई दीं। पापा कह रहे थे, ''तुम्हारे विचार में क्या यह बहुत जरूरी है।''

''बेहद जरूरी है। जरा सोचो! तुम्हारा वहाँ मौजूद रहना अनिवार्य है।''

बातें सुनने में रोचक थीं। मैं सुनती रही। नहीं जानती कि मेरी यह उत्सुकता उचित थी अथवा अनुचित।

''अनिवार्य क्यों?'' पापा ने कहा, ''मैं उस नौजवान को जानता हूँ। क्लब में अक्सर उससे मुलाकात होती रहती है। मैं उसके साथ खेलता रहा हूँ। वह अच्छा खिलाड़ी है। आयरीन को उसने घुड़सवारी करते देखा है। उसके खयाल में वह एक उत्कृष्ट घुड़सवार है। जहाँ तक मेरा संबंध है, यहीं पर सारी बात खत्म हो जाती है। मेरा वहाँ पर क्या काम है? काम तुम्हारा और आयरीन का है।''

''माई डियर, विश्वास रखो, सभ्याचार के नाते… ।''

''ठीक है, ठीक है। मैं चलूँगा, जरूर चलूँगा।''

चुप्पी छा गई। दोनों ने बोलना बंद कर दिया था। मैं नौजवान का नाम सुनने का इंतजार कर रही थी, लेकिन वह सुनाई नहीं दिया। इंतजार करते समय मेरा दिल जोर-जोर से धड़क रहा था। दिल धड़कने की आवाज मुझे साफ सुनाई दे रही थी। दो-तीन मिनट तक खड़ी रही। मम्मी-पापा दोनों में से किसी ने भी बात को आगे बढ़ाना ठीक नहीं समझा। मैं अनजान सी बनी अंदर चली गई।

मुझे जो कुछ पता चला था, वह काफी महत्त्वपूर्ण था। वह जॉकी क्लब का सदस्य है। मेरे लिए यही काफी था। अपने विचार में मैं पापा की गलती के कारण ही इस बात को ज्यादा महत्त्व दे रही थी। उनके विचार में अपने स्वतंत्र अस्तित्व के लिए जॉकी क्लब का सदस्य होना जरूरी है। पापा के दृष्टिकोण से दुनिया जॉकी क्लब से शुरू होती है और उन पर जाकर खत्म हो जाती है। मेरा पालन-पोषण इन विचारों के बीच हुआ था। मेरे पति को भी जॉकी क्लब का सदस्य होना चाहिए।

हम तीनों लंडाओ के लिए चल दिए। पापा उदास, अवसादग्रस्त तथा चुपचाप बैठे थे, मम्मी पहले की तरह अत्यधिक उत्तेजित थीं। मैं बाह्य रूप से शांत थी, परंतु मेरे अंतर्मन में उथल-पुथल मची हुई थी।

इस रहस्य का क्या मतलब हो सकता है? उस नौजवान ने मुझे घुड़सवारी करते देखा, उसको मैं सुंदर, मोहक लगी, यह उसका बड़प्पन है। कहीं यह वही नौजवान तो नहीं, जिसने मौजे डिकोलेट्ट की तेज रोशनी में जगमगाते कमरे में देखने की इच्छा व्यक्त की थी।

मेरे खयाल से यह बात एकदम गलत थी। घुड़सवारी करते तथा पैदल चलते दिखाने से पहले उस नौजवान को मुझे दिखाना चाहिए था। जो भी हो, इस बात में ज्यादा दम नहीं था।

साढ़े दस बजे हम मर्सरी दंपती के यहाँ पहुँचे। वास्तव में मुझे पापा के ऊपर दया आ रही थी। वहाँ पर संगीत कार्यक्रम था, क्वार्टेट (चतुष्पदीय संगीत) भी था। दुनिया में संगीत में रुचि न रखनेवाले तथा उसे सुनने के अभ्यस्त न होनेवाले व्यक्तियों के लिए यह दुष्कर काम था। यही नहीं, वहाँ पर विशिष्ट एवं नीरस क्लासिकल संगीत का आयोजन भी था।

अधिक लोग नहीं थे, लगभग एक दर्जन होंगे। विभिन्न वर्गों के लोग थे। स्पष्ट था कि कार्यक्रम का आयोजन जल्दबाजी में किया गया था। चारित्रिक विशिष्टता तथा रुचि पर ध्यान दिए बिना उन लोगों का चुनाव अव्यवस्थित ढंग से किया गया था। सब एक-दूसरे से अपरिचित थे। आपस में वैचारिक सद्भावना का अभाव था।

भीतर जाने पर संगीत की धीमी स्वर लहरी सुनाई दी। दबे पाँव जाकर हम अपनी सीटों पर बैठ गए। एक शांत कोने में मैं भी आराम के साथ बैठ गई। युद्धक्षेत्र में चोर नजरों से चारों तरफ देखने लगी। आरंभ में मेरी नजर कुछ वृद्ध सज्जनों, नीरस व्यक्तियों, स्पष्ट रूप से वे मेरे लिए नहीं थे, पर पड़ी।

उसके बाद मुझे दूसरे कोने में चार नवयुवकों का गिरोह दिखाई दिया। निस्संदेह, शत्रु उन्हीं के बीच छिपा था। उन चार में से वह कौन था? अपने सहज, सरल स्वभाव के अनुरूप सोचा, 'जो नवयुवक मुझे एकटक देख रहा है, वही होगा।' विनम्रतापूर्वक मैंने अपनी नजरें झुका लीं। बाह्य रूप से ऐसा प्रकट किया, मानो हेडन संगीत की लय को संत के समान हृदय से सुन रही हूँ।

अचानक नजरें उठाकर उन युवकों की तरफ देखा, परंतु जितनी तेजी से मैंने नजरें उठाई थीं, उससे ज्यादा तेजी के साथ झुकानी पड़ीं। चारों नवयुवक

मुझे कौतूहलपूर्ण दृष्टि से स्पष्ट स्वीकृति के साथ मुझे देख रहे थे। आँखों की चार जोड़ियाँ मेरे ऊपर टिकी हुई थीं।

याद नहीं पड़ता कि कभी मुझ पर इतना ज्यादा ध्यान दिया गया हो। सच बात तो यह थी कि मुझ पर कभी ध्यान दिया ही नहीं गया था। यह अनुभूति सुखद, अतीव सुखद थी। इस बात से मुझे वैसे ही प्रसन्नता मिलती।

पिछले साल की गरमी मेरे लिए अद्‌भुत रही। मैं पहले की अपेक्षा थोड़ी मोटी हो गई थी। एक शाम मेरी आया वर्जिनि ने कपड़े पहनाते समय कहा भी था, ''वाह मादाम, आप नहीं जानती कि गरमियों में आपमें कितना निखार आ गया है।'' वर्जिनि शायद यह नहीं जानती थी कि मैं यह बात पहले से ही जानती थी। अपने भीतर के परिवर्तन को सबसे पहले व्यक्ति स्वयं महसूस करता है।

आखिरकार क्वाटेट खत्म हो गया। हमेशा की तरह बातचीत का सिलसिला शुरू हो गया। मैं मम्मी को एक तरफ ले जाकर पूछने लगी, ''मम्मी, इशारे से बता दो कि वह कौन है?''

''क्यों जिद्‌दी लड़की, क्या तुमने अनुमान लगा लिया है?''

''हाँ, मुझे अनुमान है। जल्दी से उसकी तरफ इशारा कर दो। संगीत दोबारा शुरू होने वाला है।''

''वह वहाँ भद्रजनों के बीच खड़ा लंबा, साँवला नौजवान है। उधर मत देखो, वह तुम्हारी तरफ ही देख रहा है।''

''वही नहीं, वे सब देख रहे हैं।''

''अब वह तुम्हें नहीं देख रहा है, तुम्हारे पापा के पास जाकर उनसे बात कर रहा है।''

''देखने में तो बुरा नहीं है।''

''मेरा भी ऐसा ही खयाल है।''

''लेकिन उसका चेहरा लंबोतरा है।''

''मुझे तो ऐसा नहीं लगता।''

''हाँ, है। यही नुक्स है, फिर भी चलेगा।''

''काश! तुम उसके कुल, धन-सम्पदा तथा अन्य बातों के बारे में जानतीं। सबकुछ तुम्हारी इच्छा के अनुरूप है। यह एक विशिष्ट रोमांचक संयोग है।''

''काउंट-द-मार्शेल-सिमियस। उधर मत देखो। वह तुम्हें देख रहा है। हाँ तो, मैं तुमको बता रही थी कि उसका नाम मार्शेल-सिमियस है। मार्शेल-सिमियस का संबंध लांडरी-सिमियस तथा मार्शेल जांजेक्स वंश से है। क्या तुम मार्शेल-सिमियस को जानती हो?''

उसी समय एक संगीतकार ने मेज थपथपाई और मम्मी का वंशानुक्रमणिका बताने का सिलसिला थम गया। हम अपनी-अपनी सीटों पर आकर बैठ गए। संगीत आरंभ हो गया। इस बार मोजार्ट के संगीत की धुनें बज रही थीं। कोने में अपनी सीट पर बैठकर विचारों में खो गई। निश्चित था कि वह कोई विशिष्ट प्रत्याशी था, कारण, मम्मी का अत्यधिक उत्तेजित होना।

काउंटेस-द-मार्शेल-सिमियस! दो उपनाम! चिरकाल से मैं जिनका सपना देखती आ रही थी। निस्संदेह, डचेस कहलाना अधिक अच्छा लगता, परंतु इस समय बहुत कम व्यक्ति ड्यूक पद पर आसीन थे—केवल बाईस। व्यावहारिक रूप से डचेस बन पाना संभव नहीं था, परंतु काउंटेस तो बन ही सकती थी।

काउंटेस-द-मार्शेल-सिमियस! नाम सुनने में अच्छा लग रहा है, अपने आपको तसल्ली देने के लिए नाम को कई बार दोहराया। मोजार्ट का संगीत सुनने में बिल्कुल भी रुचि नहीं रही थी। पहले तो मुझे इस बात का आभास ही नहीं था कि संगीतकार मोजार्ट की धुनें बजा रहे थे। हो सकता है, संगीत रचना वैगनर की हो। मुझे संगीतकारों की स्वर लहरियों में ये शब्द सुनाई दे रहे थे—मादाम-द- काउंटेस-द-मार्शेल-सिमियस।

नाम अधिक महत्त्वपूर्ण होता है। विशेष रूप से तब, जब वह किसी उच्च उपाधि के साथ संबद्ध हो। वह जॉकी क्लब का भी सदस्य है। उसके नाम के साथ उपाधि जुड़ी है। मैं खाली-पीली मादाम नहीं कहलाऊँगी, नहीं, केवल एक समृद्ध संपन्न जीवन के साथ-साथ 'काउंटेस-द-मार्शेल-सिमियस' निश्चित रूप से इस संबोधन में एक गरिमा है।

संगीत बंद होते ही बातचीत फिर से चालू हो गई। पापा मम्मी की तरफ मुड़े, मैं भी। जैसे ही मैं उनके पास पहुँची, मम्मी उत्तेजित स्वर में बोलीं, "सबकुछ शानदार ढंग से चल रहा है। तुमसे बातचीत करने के लिए उसको बुलाया गया है। तुम्हारे पापा बता रहे हैं कि यह सुनकर उसकी आवाज काँपने लगी थी, काँप रही थी न?"

"हाँ, उसकी आवाज काँप रही थी।"

"तुमसे परिचय करवाने के लिए तुम्हारे पापा उसको यहाँ ला रहे हैं। पसंद न हो तो मेरे साथ खड़ी मत रहना। पसंद होने पर ही यहाँ पर रुकना।"

"निश्चित रहो, मम्मी, मैं खड़ी रहूँगी; आपको भी एक बात समझनी होगी कि बाद में सोच-विचार के लिए मुझे समय की जरूरत होगी। तुमने वायदा कर रखा है कि निर्णय लेने में तुम मेरे साथ किसी तरह की जल्दबाजी नहीं करोगी।"

''तुम्हें पूरी आजादी है, लेकिन यह बात मत भूलना कि ऐसा अवसर लाखों में केवल एक ही बार मिलता है। काश! तुम उसके खानदान के बारे में जानती! उसके परिजनों के विवाह प्रतिष्ठित परिवारों में हुए हैं। उस बारे में भी सोचना। एपी··· ।''

''हाँ, मैं समझ रही हूँ।''

''प्रेसगनी—लारोशे एक प्रतिष्ठित कुल है।''

''मम्मी, शांत हो जाओ। अधिक उत्तेजित होने की आवश्यकता नहीं। सब लोग तुम्हारी तरफ देख रहे हैं।''

पापा उसको अपने साथ ले आए थे। मध्यांतर में हम दोनों के बीच खुशगवार बातचीत हुई। स्पष्ट था कि वह मुझसे प्रभावित था। वह दूर ही से मुझे घूरने का साहस कर पा रहा था, समीप आने पर उसने मेरी तरफ आँख नहीं उठाई। बातचीत भी मुझे ही शुरू करनी पड़ी। यह सब करने में दस मिनट लगे। बाह्य रूप से सामान्य विषयों पर बातचीत करते-करते मैंने आगे कदम उठाने के लिए आवश्यक जानकारी प्राप्त कर ली थी।

उसको पेरिस से प्रेम है, मुझे भी है। उसे ग्रामीण जीवन से अरुचि थी, मुझे भी। उसके विचार में ट्राविल अतीव रोचक है, मेरे विचार में भी। वह बंदूक चलाना पसंद नहीं करता, मैं भी नहीं करती, साथ-ही-साथ मेरी ही तरह वह भी घोड़ों तथा शिकार से प्रेम करता था। दोनों एकमत थे। मेरे मन में प्रबल इच्छा थी कि मेरे पति के पास शिकारगाह हो। उसके पास है। पेरिस से दस मील की दूरी पर उसका अपना एक जंगल है। अत्यधिक सुविधाजनक स्टेशन गेर-टू नार्ड पर सुबह साढ़े आठ बजे ट्रेन में बैठ जाओ और साढ़े दस बजे तुम घुड़सवारी कर रहे होगे। देर तक शिकार की इच्छा न होने पर तुम शाम के समय पेरिस के किसी थियेटर में अथवा ओपेरा में आनंदपूर्वक समय व्यतीत कर सकते हो।

उसके पास अपार धन-संपदा है। वह पूर्णरूप से स्वयं पर आश्रित है। उसके माता-पिता नहीं हैं, केवल एक छोटा भाई है। वह इस समय सेना में कार्यरत है तथा अपार धन-दौलत का स्वामी है। एक निस्संतान वृद्ध आंटी है। इस प्रकार वही परिवार का सर्वेसर्वा है। मार्शेल-सिमियस उसकी अपनी जागीर है। यह वेंडी से बाहर एक बड़ी जागीर है। निश्चित रूप से मैं बाहर वेंडी में छह महीने बिताने के बारे में सोच भी नहीं सकती, परंतु शहर से बाहर जागीर होना भी अत्यावश्यक है। अन्य स्थानों की तरह वेंडी भी सुंदर जगह है।

केवल दस-पंद्रह मिनट के थोड़े से समय में मैंने यह सारी जानकारी ले

ली थी। मादाम मर्सरी ने हमें गंभीर वार्त्तालाप में व्यस्त देखकर या यूँ कहिए कि हम तीनों को, क्योंकि पापा एकदम चुप थे, यह भी कहा जा सकता है कि हम दोनों को, मम्मी भी न के बराबर बोल रही थी, सुविधा के लिए मध्यांतर की समयावधि बढ़ा दी थी।

अपनी वाक्पटुता से सहज भाव में बिना कोई प्रश्न पूछे यह सारी जानकारी इकट्ठी कर ली थी।

आज सुबह मम्मी ने बताया कि वे कल रात मेरी शांतिपूर्ण बातचीत एवं स्पष्टवादिता को देखकर हैरान थीं। यह भी मेरे व्यावहारिक जीवन का एक पक्ष है। मैं अपना जीवन स्वतंत्र व सुरक्षित रखने के साथ-साथ संघर्षपूर्ण परिस्थितियों से गुजरने के लिए भी उत्सुक थी। इनके अभाव में प्रसन्नता, प्रेम अथवा अन्य सुख नीरस लगने लगते हैं।

उदाहरणस्वरूप—मैं नहीं चाहती थी कि मेरी कोई सास हो। मैं नहीं जानती कि सास न होने पर मुझे किन परिस्थितियों का सामना करना पड़ेगा। मैं किसी के साथ लड़ाई करना नहीं चाहती थी। घर में केवल पत्नी का साम्राज्य हो तथा साथ देनेवाला पति होना चाहिए।

इसी कारण से पिछले साल मैंने मेरिलेक के सामंत का विवाह प्रस्ताव ठुकरा दिया था। वह पाँच संतानों में से एक था। मैं उससे प्रेम कर सकती थी, सच तो यह कि करने भी लगी थी। फिर उसकी माँ को देखा और वहीं रुक गई।

वह बहुत निर्दयी औरत थी, कठोर, दुःखी तथा फौलाद की तरह मजबूत थी। उसकी इच्छा थी कि उनकी बहू साल में आठ महीने ब्रिटनी की खाइयों में गुजारे। निश्चित रूप से यह बचत का सौदा था, लेकिन किस कीमत पर! किस गुलामी पर! ऐसे में शादी करने का क्या लाभ, यदि शादी के अगले ही दिन पत्नी को बच्चे की तरह दूसरों पर निर्भर रहना पड़े, देखती हूँ! क्या कह रही थी? सचमुच भूल गई हूँ। अब याद आया। हाँ, तो मैं बता रही कि संगीत दोबारा शुरू हो गया था। यह आखिरी धुन थी।

हम एक पंक्ति में इस क्रम में बैठ गए—मैं, मम्मी, पापा और वह। मुश्किल से एक घंटा पहले ही मैंने उसको देखा था और अब एक छोटे-से परिवार की तरह हम चारों एक ही पंक्ति में जड़वत् दृढ़ता के साथ बैठे थे।

बीथोवन की कुछ छोटी धुनें एक-एक मिनट के अंतराल पर बज रही थीं। पहले इंटरवल के बाद मम्मी ने पूछा, "तुमने उसे देख तो लिया है, अब आगे का क्या विचार है?"

''मम्मी, वही जो पहले था।''

''क्या वह ठीक लगा?''

''चलेगा।''

''क्या तुम्हारे पापा उसको डिनर पर आमंत्रित कर सकते हैं?''

''क्या यह जल्दबाजी नहीं होगी?''

''हमें जल्दी ही फैसला करना पड़ेगा।''

''क्यों मम्मी?''

''धीरे बोलो। वे दोबारा बात शुरू करनेवाले हैं।''

मैं थोड़ा उदास हो गई। इतनी जल्दी के पीछे क्या कारण हो सकता है? मुझे थोड़ा आघात पहुँचा। वास्तव में ऐसी अनुभूति होने लगी थी कि उस भद्र नवयुवक को मेरे ऊपर थोपा जा रहा हो। मैं जल्दी-से-जल्दी इस बात की क्यों और किसलिए की तह तक पहुँचना चाहती थी। ऐसा लग रहा था कि संगीत का कार्यक्रम कभी खत्म ही नहीं होगा।

लंबी प्रतीक्षा के बाद दूसरा इंटरवल हुआ। मैंने दोबारा सवाल किया, ''मम्मी, मैं इसका कारण जानना चाहती हूँ।''

''इस समय मैं कुछ नहीं बता सकती। बड़ी लंबी कहानी है। घर पहुँचकर सबकुछ बता दूँगी। यदि उसे डिनर पर बुलाना है तो आज ही निमंत्रण देना होगा। इसमें एक मिनट की भी देरी नहीं—हाँ या नहीं?''

''मम्मी, तुम मेरे साथ ज्यादती कर रही हो।''

''नहीं, मैं जल्दबाजी करने के लिए नहीं कह रही हूँ। तुम इनकार करने के लिए स्वतंत्र हो।''

''ठीक है, हाँ।''

''वीरवार को डिनर पर।''

तीसरे और चौथे इंटरवल में मम्मी ने पापा को जल्दी से बताया, ''उसको डिनर पर आने का निमंत्रण दे दो।''

''किस दिन?''

''वीरवार को।''

''ठीक है।''

पापा ने प्रशंसनीय आज्ञा पालन तथा स्वीकृति भाव से सब किया। पहले कभी मैंने उनको इतनी गंभीर मुद्रा में नहीं देखा था। सचमुच वे संगीत से इतना घबरा गए थे कि उनको मालूम ही नहीं था कि वे क्या कर रहे थे। मैं बेचैन होकर

सोच रही थी। 'अब वे जाकर किसी गलत नवयुवक को निमंत्रण दे आएँगे।'

लेकिन ऐसा कुछ नहीं हुआ। उन्होंने सही युवक को निमंत्रण दिया था और उसने उत्साहपूर्वक निमंत्रण स्वीकार कर लिया था।

आधी रात को घर वापसी के लिए निकले। मर्सरी दंपती के घर से काफी आगे निकल जाने के बाद मैंने मम्मी से पूछा, ''स्पष्ट रूप से देख रही हूँ कि इस नवयुवक को मैं स्वीकार कर लूँ, इस बात के लिए आप आवश्यकता से अधिक उत्सुक हैं।''

''निस्संदेह।''

''फिर मुझे बताओ···।''

''पहले मुझे साँस तो ले लेने दो। बुरी तरह से थक गई हूँ। घर पहुँचकर सबकुछ बता दूँगी।''

एक घंटे बाद मैं सबकुछ जान गई थी। यह दुनिया की सर्वाधिक उल्लेखनीय घटना थी। कल सुबह आठ बजे मम्मी को आया ने जगाकर उनके हाथ में एक पर्चा थमा दिया, लिखा था—'महत्त्वपूर्ण'।

यह मादाम मर्सरी का पत्र था। उसमें लिखा था, ''मेरे सिर में तेज दर्द हो रहा है, मैं कमरे से बाहर नहीं निकल सकती। मुझसे मिलने के लिए तुरंत आ जाओ। आयरीन के लिए भाग्य का शानदार उपहार।''

मम्मी तुरंत उठकर मादाम मर्सरी से मिलने के लिए चली गईं। बाकी की बातें कल के लिए छोड़ती हूँ। हमने आठ बजे डिनर लिया था।

27 नवंबर।

मैं बता रही थी कि मम्मी शीघ्र ही चली गई थीं। मादाम मर्सरी ने उनको बताया, ''मार्शेल-सिमियस के दो भाइयों—बड़े एड्रीयन (मेरेवाला) और छोटे भाई पाल की दादी का देहांत दस साल पहले हो गया था। वह सम्मानजनक, धनी एवं क्रोधी स्वभाव की महिला थी। उनका दृढ़संकल्प था—परिवार को एकसूत्र में पिरोए रखना। (अपनी वंशबेल की वृद्धि को सुनिश्चित करना)। उनके विचार में मार्शेल-सिमियस वंश की समाप्ति के साथ-साथ विश्व का अंत हो जाएगा। वे बुद्धिमान महिला थीं। उन्होंने अपनी वसीयत में एक विचित्र तथा चतुराईपूर्ण शर्त लिखी। इसके अनुसार पच्चीस वर्ष की आयु का होने से पहले विवाह करने पर दस लाख फ्रैंक ब्याज सहित उसके पोते एड्रीयन को मिलेंगे। निर्धारित समयावधि में विवाह न होने पर यह धनराशि उसी शर्त पर उसके छोटे भाई पाल को मिल

जाएगी। यदि दोनों भाइयों ने कुँवारे रहने का फैसला किया तो यह धन गरीबों में वितरित कर दिया जाएगा। वह धनराशि अब ब्याज सहित पंद्रह लाख फ्रैंक हो गई है। एड्रीयन को विवाह में रुचि नहीं थी, खेलों का शौक है तथा पूर्णरूप से स्वच्छंद रहना चाहता है। कहता है, ''मुझे विवाह नहीं करना है। मेरी अपनी आमदनी एक लाख अस्सी हजार फ्रैंक है। मेरे अकेले के लिए बहुत है। ध्यान से, देखभालकर खर्च करने पर मेरा गुजारा आराम से हो जाएगा।'' संक्षेप में, वह भावी संकटपूर्ण तिथि 10 जनवरी के प्रति पूरी तरह से उदासीन था, यद्यपि वह जानता था कि वह उस दिन पच्चीस साल का हो जाएगा।

पिछले साल के अंत में हम लोगों में सट्टा खेलने की हानिकारक प्रवृत्ति, एक प्रकार से विधर्मी यहूदियों के प्रति व्यापारिक जिहाद की भावना बलवती हो गई थी। एड्रीयन भी सट्टा खेलने लगा—धन कमाने के विचार से नहीं, बल्कि उत्तेजना और मुश्किल में फँसे लोगों की मदद करने के विचार से। उसने कर्ज में डूबे बैंक की साख को बचाने की पूरी कोशिश की।

बाद में सट्टा बाजार में भारी गिरावट आ जाने के कारण बेचारे को चौदह लाख फ्रैंक का भारी नुकसान उठाना पड़ा। उसकी आमदनी केवल अस्सी हजार फ्रैंक रह गई। स्वाभाविक था कि उसको यह बात चुभने लगी। इस पर भी वह अवसादग्रस्त नहीं हुआ। उसने विपदा का सामना साहसपूर्वक किया। अपना खर्च कम करने के लिए अपने कुछ नौकरों की छुट्टी कर दी और कुछ घोड़ों को बेच दिया।

विवाह न करने का निर्णय अभी भी पूर्ववत् ही था। कुछ महीने पहले उसके कुछ दोस्तों ने उसे अपने तौर-तरीकों पर गौर करने की सलाह दी। उसको एहसास दिलाया कि इतनी बड़ी धनराशि हाथ से निकल जाने देना बहुत बड़ी मूर्खता थी, वह भी शादी न करने के कारण। आसानी से वह विवाह कर सकता था तथा बदले में अपार धनराशि प्राप्त कर सकता था। विवाह के प्रति उदासीनता दूर हो सकती थी। इन तर्कों से उसके संकल्प को थोड़ा झटका लगा। उसने अपनी चचेरी बहन मादाम-द-रेमन से अपने लिए पत्नी ढूँढ़ने का अनुरोध किया। खोजबीन करने पर उसने फट्टी की तरह दुबली-पतली, अत्यधिक धनी, महामूर्ख केथेरीन-द- फ्यूमेरीन की तलाश की। उसे देखते ही उसके मुँह से ये शब्द निकले, ''ज्यादा पतली है, घोड़े की पीठ पर अच्छी नहीं दिखेगी।'' उसी क्षण उसके मन में विवाह करने की इच्छा जाग्रत् हो गई। मन-ही-मन यह धारणा बना ली कि उसकी पत्नी को अच्छा घुड़सवार होना चाहिए।

समय तेजी से बीतता जा रहा था। एड्रीयन के दोस्त परेशान थे और उस पर दबाव डाल रहे थे। उसने 'न' कहने से शुरुआत की थी। फिर 'हाँ' या 'न' कहना बंद कर दिया। 24 नवंबर का दिन सौभाग्यशाली और नाटकीय था। उसके मुख से 'हाँ' निकलने की पूरी संभावना थी।

उस सनसनीखेज दिन, मैं प्रायः दोपहर के समय घुड़सवारी करने जाती हूँ, परंतु उस दिन मुझे मिस्टर कोटस के साथ सुबह के समय जाना पड़ा। वे मुझे अपने उत्कृष्ट शिष्यों में से एक मानते हैं तथा कभी-कभार मेरे साथ जंगल में शिकार पर भी चले जाते हैं।

सुबह दस बजे मैं मिस मार्टन के साथ कुत्तागाड़ी में बैठकर बाहर निकली। हम प्रवेशद्वार के दाईं ओर शैंपिगनान के पास रुक गए। मिस्टर कोटस वहाँ पर मेरी प्रतीक्षा कर रहे थे। साईस अपने साथ ट्रिबुले लाया था। ट्रिबुले का व्यवहार हमेशा संदिग्ध रहता है। उस दिन वह अस्तबल से अड़तालीस घंटे बाद बाहर आया था। शरारत करने पर तुला था। बड़े अच्छे ढंग से इठलाता हुआ उछल-कूद रहा था। मैं हमेशा की तरह जल्दी-जल्दी में तैयार हुई थी। वर्जिनि ने मेरे बालों के दो जूड़े बना दिए थे। उन्हें अपनी जगह टिके रहने के लिए उनमें दर्जनभर हेयरपिन ठूँस दिए थे।

ट्रिबुले असामान्य रूप से उछल कूद रहा था, किसी को अपने ऊपर बिठाने के लिए तैयार नहीं था। मिस्टर कोटस को मुझे घोड़े पर चढ़ाने में मदद करनी पड़ी। उन्हें भी परशानी हुई। ट्रिबुले ने जैसे ही मुझे अपनी पीठ पर बैठा हुआ महसूस किया, वह तेजी से उछला और पूरी रफ्तार से भागने लगा। घुड़सवारी करने का मुझे अच्छा अभ्यास है, मैं ट्रिबुले को काबू में करना जानती हूँ। मैंने उसे कड़ी सजा दी। हाँ, तो बातचीत अधूरी रह गई थी—मैंने अपने कंधों पर कोई चीज लटकती हुई महसूस की। मेरे बाल नीचे आ गए थे और बुरी तरह से इधर-उधर बिखर गए थे, हैट भी दूर जा गिरा था। मैं नंगे सिर थी। ट्रिबुले पूरी रफ्तार के साथ भाग रहा था, बाल पीछे कंधों पर झूल रहे थे।

उसी समय एड्रीयन काउंट-द-मार्शेल-सिमियस एली-द-पोताक से गुजरा। उसने यह सब देखा। मुझसे काफी दूरी पर अपना घोड़ा रोक लिया। इस असाधारण दृश्य को देखकर वह आश्चर्यचकित रह गया। हैरान होकर बिना कोई वक्त गँवाए उसने प्रशंसा के तीन छोटे वाक्य कहे—पहला घुड़सवारी करती युवती के लिए—"सचमुच, वह अच्छी घुड़सवारी करती है।"

दूसरा मेरे बालों के लिए, "हे भगवान्, कितने सुंदर बाल हैं!"

तीसरा मेरे चेहरे के लिए, "सचमुच, बहुत खूबसूरत है।"

इस बीच ट्रिबुले शांत हो गया था। साईस ने गिरे हुए पाँच हेयरपिन ढूँढ़ निकाले थे। बालों का जूड़ा बनाकर उन्हें उनमें लगा लिया था।

मैं मिस्टर कोटस के साथ-साथ चलने लगी। साईस अब पीछे आ रहा था। उसके पीछे अपने घोड़े पर काउंट-द-मार्शेल-सिमियस आ रहे थे। वे मेरे कारण दोबारा उधर आ रहे थे।

अपने सरल स्वभाव के कारण मैंने सपने में भी यह बात नहीं सोची थी। मौसम थोड़ा ठंडा और नम था। हम तेज गति से चल रहे थे। ठंडी हवा से परेशान ट्रिबुले ने विद्रोह करने के कई प्रयास किए, परंतु उसको शीघ्र ही पता चल गया कि उसका वास्ता मेरे साथ पड़ा था। मिस्टर कोटस यह देखकर बहुत खुश थे।

बाद में उन्होंने कहा, ''तुमने एक फरिश्ते की तरह उत्कृष्ट घुड़सवारी की। मेरे अपने साईस का भी यही विचार था। वह बार-बार दोहरा रहा था—''बहुत बढ़िया घुड़सवारी करती है, सचमुच, बहुत अच्छी घुड़सवारी करती है।''

मेरी घुड़सवारी को देखकर एड्रीयन के दिमाग में यह विचार आया, वह मेरी तुलना केथेरीन-द-फ्यूमेरीन से करने लगा।

घुड़सवारी का समय खत्म हो गया था। वापस आने पर मिस मर्ट्न मिल गई और कुत्तागाड़ी में बैठकर रयू-द-वर्नेस की तरफ चल पड़ी। युवा मार्शेल-सिमियस हमारा पीछा कर रहा था। प्रकट में उसने एक संरक्षक की तरह घर तक मेरा साथ दिया।

वह दरवाजा खुलने की प्रतीक्षा करता रहा। हम भीतर चले गए। वह पूरी तरह संतुष्ट था कि मैं संपन्न परिवार की हूँ तथा अच्छे मोहल्ले में रहती हूँ। किसी प्रकार की तिकड़मी नहीं हूँ।

वह उस साहसी नवयौवना का नाम जानना चाहता था। उसके दिमाग में यह बात आई कि उस समय नाम जानना जरूरी नहीं था। घर जाकर उसने डायरेक्टरी निकाली और उसमें 49, रयू-द-वर्नेस के मालिक बैरन तथा बैरनेस-द-लियोटी का नाम ढूँढ़ निकाला। शायद वह नवयौवना ही उसके सुख-दुःख की विश्वसनीय जीवनसाथी बननेवाली थी। बैरन-द-लियोटी। उसकी क्लब में पापा से जान-पहचान थी। क्या उनके एक बेटी थी? यह गुत्थी सुलझानी बाकी थी।

जल्दी ही यह गुत्थी भी सुलझ गई। उस दिन एड्रीयन का खाना मर्सरी दंपती के घर पर था। बातचीत के दौरान उसने सरसरी तौर पर मादाम मर्सरी से पूछा, ''क्या आप किसी मिस्टर लियोटी को जानती हैं?''

''बहुत अच्छी तरह से।''

"उनकी कोई बेटी भी है?"

"हाँ।"

"कितनी उम्र होगी उसकी?"

"लगभग बीस साल।" "क्या वह बहुत खूबसूरत है?"

उस समय शायद मर्सरी आंटी ने मेरे बारे में सामान्य उत्साहजनक बातें बताई होंगी। बेचारा, गरीब केवल उसे ही मेरे बारे में कुछ नहीं मालूम था। मादाम मर्सरी इस पूछताछ का कारण जानना चाहती थी। तब उसने सुबह की मेरी घुड़सवारी की कहानी, मेरे घोड़े के अड़ियलपन तथा साहसपूर्वक उस पर काबू करना, हवा में लहराते बाल, यह सब काफी सीमा तक संगीतमय रोचक विवरण था, सुना दी। उसकी बातें सुनकर सब स्तब्ध रह गए। इससे पहले कभी उसको इस स्वर में किसी की प्रशंसा करते नहीं सुना था।

मादाम मर्सरी ने विशिष्ट प्रशंसनीय बुद्धिकौशल का परिचय दिया। यहाँ पर यह बताना आवश्यक है कि वे मम्मी से प्रेम करती हैं तथा फ्यूमेरीन परिवार से दिल-ही-दिल में घृणा। यद्यपि छह सप्ताह पहले तक दोनों में घनिष्ठ मित्रता थी। उनके प्रति घृणा का कोई कारण रहा होगा।

इस साल फ्यूमेरीन परिवार ने तीन सांध्य-पार्टियों का आयोजन किया था। एक में ओरलीन के राजकुमार, दूसरी में ग्रैंड ड्यूक ब्लेडमीर तथा तीसरी में सामान्य लोगों को आमंत्रित किया था। हाँ तो, डचेस फ्यूमेरीन ने मर्सरी दंपती को सामान्य लोगों के साथ आमंत्रित किया था। कुल, पद, प्रतिष्ठा को ध्यान में रख वे अधिक आदर, मान-सम्मान पाने की हकदार थीं। बस इसी बात के कारण वे बहुत नाराज हैं। ठीक भी है।

मादाम मर्सरी की प्रतिभा का लोहा मानना पड़ेगा। बंदूक से गोली बाहर निकलने से पहले ही बिना किसी हिचकिचाहट के उन्होंने अपने पति को दृढ़ स्वर में कहा कि वे अगले दिन शाम को अपने घर पर पार्टी में कुछ मित्रों सहित मादाम और मिस लियोटी को आमंत्रित कर रही हैं। यह दृढ़ वक्तव्य सुनकर वे स्तब्ध रह गए। उन्होंने यह भी कह दिया कि यदि मिस्टर मार्शेल-सिमियस भी पार्टी में आना चाहें तो उनका भी हार्दिक स्वागत है। कुछ देर संगीत का कार्यक्रम चलेगा तथा उन्हें अपनी सुंदर नायिका से मिलने का अवसर भी मिल जाएगा। मिस्टर मर्सरी भी भौचक्के रह गए।

"प्रिये, क्या तुम तारीख तो नहीं भूल रही?" उन्होंने कहा, "कल रात हमें जीमनेस के यहाँ आकटेव फ्यूले की नई रचना को देखने जाना है।"

"नहीं प्रियतम, वहाँ पर परसों जाना है।"

"मेरे विचार में मैंने स्वयं सीटें बुक करवाई थीं।"

"मैं कह रही हूँ न, वहाँ पर परसों जाना है।"

यह सुनकर मिस्टर मर्सरी चुप हो गए। डिनर तक इस विषय पर कोई बात नहीं की। मादाम मर्सरी का काम वहीं पर समाप्त नहीं हुआ था। वे मि. मार्शेल-सिमियस के सामने मेरी प्रशंसा के पुल बाँधने लगीं।

"तुम्हारी पत्नी के रूप में आयरीन द लियोटी जैसी लड़की बिल्कुल ठीक रहेगी।"

एड्रीयन ने फिर वही बात दोहराई, "वह कितनी शानदार घुड़सवारी करती है!"

कल मम्मी से मिलने के बाद मादाम मर्सरी अपना सिरदर्द भुलाकर पूरे जोश के साथ काम में लग गईं। उन्होंने लोगों को बुलाने का मोर्चा सँभाला। संगीतकारों को बुलाया, कार्ड पर कार्यक्रम छपवाया। सबकुछ प्रशंसनीय था।

कभी-कभी छोटी-छोटी घटनाएँ हमारे भाग्य को कैसे बदल देती हैं! यदि वर्जिनि ने मेरे बालों का जूड़ा कसकर बाँधा होता, यदि ट्रिबुले शांत रहता, यदि फ्यूरेनीयम ने मर्सरी परिवार को सामान्य लोगों की सूची में शामिल न किया होता तो शायद मिस्टर मार्शेल-सिमियस को कल हमारे घर पर डिनर का न्योता न मिलता और मैं स्वयं से यह सवाल न कर रही होती, 'मुझे काउंटेस-द-मार्शेल-सिमियस बनना चाहिए अथवा नहीं।'

बेचारे फ्यूरेनीयम दंपती! पेरिस में वे केवल अपनी बाहरी शान-ओ-शौकत को प्रदर्शित करने के विचार से ही आए थे। बेचारी केथरीन-द-फ्यूमेरीन! क्या मैं उसको उसका काउंट लौटा दूँ अथवा स्वीकार कर लूँ!

अभी कुछ कह पाना संभव नहीं। इतना अवश्य जानती हूँ कि छठे प्रत्याशी की शुरुआत बुरी नहीं हुई। यदि उस पर कोई शर्त लगानी पड़ी तो इनकार नहीं करूँगी।

29 नवंबर, सुबह दस बजे।

डिनर के बारे में विचार-विमर्श हो रहा था। बड़े स्तर पर किया जाए अथवा छोटे स्तर पर। उसको कहाँ पर बिठाया जाएगा। मेरे सामनेवाली सीट पर अथवा मेरे बराबर में। मम्मी के विचार में मुझे उसके सामने बैठना चाहिए था, मेरे चेहरे का प्रभाव बराबर की बजाय सामने बैठने पर अच्छा पड़ता है, विशेष रूप से जब

मैं नीचे गले की ड्रेस पहनती हूँ। यह सही है कि मैं नीचे गले की ड्रेस पहनती हूँ, फिर भी उसके बराबर में बैठने के अपने निर्णय पर अड़ी रही। मुझे उसके बराबर में बैठने के विचार से तनिक भी डर नहीं लग रहा था। उसको जानने के लिए उसके साथ बातचीत करनी जरूरी थी। अभी तक मैं अपने संकल्प पर अटल थी कि ठीक से जाने बगैर मैं विवाह नहीं करूँगी। इसलिए वह मेरी दाईं तरफ बैठा। मैंने पाँच बजे भरपेट खाना खा लिया था ताकि भूख न होने के कारण उससे सवाल-जवाब कर सकूँ। बातचीत करने के लिए काफी समय था, मैंने खुलकर बात की।

हम दोनों मेज पर डेढ़ घंटा बैठे रहे। मुझे विश्वास होता जा रहा था कि हम दोनों एक-दूसरे के लिए बने हैं। हमने बग्घियों, शिकार की बातों से बातचीत की शानदार शुरुआत की। मुझे पता चला कि उसको भी वैसा ही घोड़ा पसंद था जैसा कि मुझे—अधिक दुबला-पतला, ऊँचा नहीं, कम वजन का, लेकिन कमजोर नहीं, समझदार और गठीला। शायद उसे इस बात से हैरानी हुई कि मुझे इन बातों का अच्छा-खासा ज्ञान था। बग्घी और उसके साजो-सामान के बारे में भी हमारे विचार पूरी तरह से मेल खाते थे।

वह आश्चर्यचकित और आकर्षित था। डिनर के शुरू होने के समय वह स्पष्ट रूप से उत्तेजित व व्यग्र दिख रहा था। बातचीत करने पर वह सहज हो गया, बातें होती रहीं। दोनों एक ही भाषा बोल रहे थे, दोनों के सुर-ताल मेल खा रहे थे।

उसने जंगली सूअरों का शिकार करने के लिए बढ़िया नस्ल के अस्सी शिकारी कुत्ते रखे हुए थे। उसने अपने शिकार करने का तरीका विस्तारपूर्वक बताया—सूखे पत्तों के रंग जैसा कोट, जिसकी बाँहें और जेबें नीले मखमल जैसी होती थीं। सूखे पत्तों जैसी पोशाक सचमुच में आकर्षक होती होगी। मेरे दिमाग में भी एक ऐसे सुरुचिपूर्ण हैट का विचार कौंध गया।

उसके प्रति आकृष्ट होने का एक विशिष्ट कारण था कि प्रायः हमें निठल्ले तथा आलसी पुरुषों में से पति का चुनाव करना पड़ता है। इसी नीरसता और थकावट के कारण अनेक खुशहाल परिवार बरबाद हो जाते हैं, वह ऐसा नहीं था।

उसकी दिनचर्या काफी व्यस्त है, वह एक मिनट के लिए भी खाली नहीं बैठता। वह अपनी ऊर्जा तथा बुद्धि का उपयोग सुरुचिपूर्ण कार्यों में करता है। कुछ समय पहले संगठित अतीव स्मार्ट संगठन के नेताओं में से एक है; कबूतर-शिकार सोसाइटी की कार्यकारी समिति तथा स्केटर्स लीग का सदस्य है। वह घुड़दौड़

सोसाइटी की स्थापना करना चाहता है तथा प्रतियोगिता में भाग लेनेवाले घोड़ों के अस्तबल में उसकी सहभागिता है। आग में एक साथ लोहे की इतनी ज्यादा छड़ें होने से स्पष्ट था कि वह पूरी तरह व्यस्त है।

आधे घंटे के भीतर ही मैंने यह सारी जानकारी ले ली थी। उसके बाद राजनीति पर बातें होने लगीं। उससे संबंधित प्रश्न पूछने लगी। यह अत्यधिक महत्त्वपूर्ण विषय था और मैं मन में उस बारे में किसी प्रकार की गलत धारणा रखना नहीं चाहती थी। बेचारी मम्मी, आज तक निर्ममतापूर्वक उसके परिणामों को सहन कर रही थी। मैंने किसी की परेशानी को न सुलझाने का निर्णय कर रखा था।

राजनीतिक मतभेदों के न रहने पर मम्मी-पापा के साथ ज्यादा खुश रह पाती। मम्मी की शादी कम उम्र में हो गई थी। उनका परिवार पारंपरिक तथा कठोर शाही नियमों का अनुपालन करनेवाला था। पापा भी ऐसे ही थे, बहुत अच्छे। 1865 ई. के अंत में पापा को राजदरबार में उपस्थित होने के लिए बाध्य होना पड़ा। विचार परिवर्तन के कारण नहीं अपितु सद्‌भावना के विचार से उन्होंने यह कदम उठाया था। मेरे पापा अच्छे हैं, सचमुच बहुत अच्छे। मेरे अंकल अरमेंड के प्रति निष्ठावान् होने के कारण ही उन्होंने राजनीति में प्रवेश किया। अब अंकल के भाई अपनी सैन्य टुकड़ी के जनरल हैं। उस समय वे केवल कैप्टन थे। वर्षों से पदोन्नति के लिए लालायित उनके कई बार कहने पर भी पापा ने ट्यूलिरिस में जाने से इनकार कर दिया था। अंकल से प्रेम होने के कारण उनके अनुरोध पर आखिरकार पापा ने मम्मी के साथ राजदरबार में उपस्थित होने का निमंत्रण स्वीकार कर लिया। सम्राट् की यह स्पष्ट विजय थी, क्योंकि उस समय मम्मी के परिवार से अधिक प्रतिष्ठित, कुलीन परिवार कोई नहीं था।

राजदरबार में उपस्थिति वाले दिन मम्मी रोती रही। आज्ञा पालन के लिए उन्हें विवश किया गया। जाते समय रास्ते में लंडाऊ में हास्यास्पद स्थिति उत्पन्न हो गई। मम्मी ने जिद पकड़ ली थी कि वे राजदरबार में नहीं जाएँगी। उन्होंने गुलाब के फूलों का मुकुट, सफेद साटिन के जूते पहन रखे थे, बाहर भारी बर्फबारी हो रही थी। इस पर भी वे घोड़ागाड़ी से बाहर जाने के लिए उद्यत थीं। हार-थककर उन्हें शांत होना पड़ा। सबकुछ भाग्य पर छोड़ दिया।

पंद्रह दिनों के बाद ही अंकल अरमेंड को उपाधि से अलंकृत किया गया। छह महीने बाद वे अपनी सशस्त्र सैन्य टुकड़ी के प्रमुख बन गए। इसके परिणामस्वरूप पापा-मम्मी के अनेक परिजनों से संबंध-विच्छेद हो गए। इनसे

उनको कोई परेशानी नहीं हुई—रत्ती-भर भी नहीं। इसके विपरीत वे खुश थे। उनको उच्च वर्ग के समाज में किसी प्रकार की अभिरुचि नहीं थी। पापा के लिए उनका क्लब था, परंतु मम्मी के लिए सामाजिक जीवन प्राणवायु के सदृश था, वे जॉकी क्लब नहीं जा सकती थीं। इसलिए उनको अत्यधिक मानसिक पीड़ा सहन करनी पड़ी।

जनतंत्र की स्थापना के बाद उनके लिए बंद लगभग सभी दरवाजे खुल गए हैं। तत्कालीन घटनाएँ ज्यादातर विस्मृत हो चुकी हैं। शेष दरवाजे मेरे काउंटेस-द मार्शेल-सिमियस बन जाने के बाद खुल जाएँगे। सब जगह मेरा स्वागत खुले हृदय से होगा। सदी के प्रारंभ से ही मार्शेल-सिमियस परिवार का राजनीतिक जीवन निष्कलंक रहा है। साम्राज्यकाल में भी वह पतनोन्मुख नहीं हुआ।

मार्शेल-सिमियस ने चौदहवीं शताब्दी से अपनी वंशावली की प्रतिष्ठा को बिना किसी छल-कपट के ईमानदारी के साथ बनाए रखा है। एड्रीयन की माँ; मैं उसको एड्रीयन नाम से संबोधित कर रही हूँ—प्रेसगनी-लारोशे थी। अपने पिता की वंशावली के बारे में एड्रीयन के पिता ने एक छोटी पुस्तिका लिखी है। उसकी केवल सौ प्रतियाँ ही छापीं और अपने मित्रों के बीच वितरित कीं। मादाम मर्सरी के पास भी उसकी एक प्रति थी। वह उन्होंने मम्मी को पढ़ने के लिए दी थी। मैंने उसको पढ़ा—बार-बार पढ़ती रही, जब तक वह मुझे पूरी तरह से याद नहीं हो गई। यह निर्विवाद तथ्य है कि फ्रांस के काउंट्स के मध्य एड्रीयन का तीसरा स्थान है, चौथा नहीं।

निश्चित रूप से सर्वप्रथम हृदय की निष्कलुषता तथा चारित्रिक श्रेष्ठता पर विचार करना चाहिए तथापि अन्य बातों से संबद्ध करने पर ही उनके वास्तविक महत्त्व को जाना जा सकता है। उन बातों का भी जीवन में अत्यधिक लाभ है। उस समय, जबकि कहीं पर भी आत्मघोषित कुलीनवंशज इटली के राजकुमार, स्पेन के ड्यूक्स मिल जाते हैं तथा हमारे ऊपर रोब झाड़ने तथा समाज में हमारा स्थान हथियाने की ताक में रहते हैं, तब यह सिद्ध करना कि हम वास्तव में कुलीन वंश से संबंधित हैं, आवश्यक है। डिनर टेबल पर मेरे दिमाग में साहूकारों अथवा साहित्यकारों का खयाल ही नहीं आया।

एक अन्य बात विचारणीय है—सुख-सुविधा से संपन्न दांपत्य जीवन को सुनिश्चित करने के लिए किसी भी बात पर गौर करना अनुचित नहीं। लक्ष्य तक पहुँचने के लिए दृढ़संकल्प के साथ प्रयास करना आवश्यक है। प्रत्येक सोमवार को मम्मी के लिए थियेटर में ओपेरा की सीट आरक्षित रहती है। मेरी धारणा है

कि विवाह के बाद हम बारी-बारी से वहाँ जाएँगी। मम्मी सोमवार को जाएगी और मैं अगले दिन मंगलवार को जाऊँगी। अत्युत्तम विचार है, अत्यधिक सुखद अनुभूति हो रही है।

एड्रीयन के साथ विवाह होने पर तो मैं थियेटर फ्रांसीसी में दिसंबर से जून तक प्रत्येक मंगलवार को जाऊँगी। इस प्रकार प्रबंध हो जाएगा कि पहली पंक्ति में मेरी सीट होगी। एड्रीयन की एक प्यारी सी, धनवान। निस्संतान (एड्रीयन ही उसका वारिस है) अस्थमा से पीड़ित अत्यधिक वृद्ध आंटी है। थियेटर फ्रांसीसी में वह सीट उनके लिए आरक्षित है। वे उस सीट को सहर्ष मुझे देने के लिए तैयार हैं, क्योंकि वे उसका इस्तेमाल नहीं कर पातीं। पिछले तीन साल से वे थियेटर गई ही नहीं। कितनी प्यारी वृद्ध आंटी हैं!

यह जानकारी सूप के साथ पनीर खाते समय उसके मुँह से उगलवा ली थी। डिनर खत्म होने के बाद मम्मी मेरे पास दौड़ी-दौड़ी, पूछने लगीं, "क्या हुआ।"

मैंने जवाब दिया, "मेरे विचार में इससे बेहतर साथी नहीं मिल सकता।"

"तो फिर बात पक्की?"

"विवाह के लिए दोनों की रजामंदी होनी जरूरी है।"

"ओफ्फोह, तुम उस बात से अपना ध्यान हटा लो। तुम दोनों तैयार हो। डिनर के समय मैं तुम दोनों को देख रही थी। उसके चेहरे पर दृढ़निश्चय झलक रहा था।"

मेरा विचार भी यही था। जब मम्मी मेरे पास आईं, तब वह मादाम मर्सरी के घर की तरफ भागा। निश्चित रूप से वे मध्यस्थ की भूमिका निबाह रही थीं। वह मुझसे असीम प्रेम करता है, वह मेरी पूजा करता है, केवल मुझ से ही विवाह करेगा, किसी और से नहीं। मादाम मर्सरी से विनती की कि वे तत्काल मम्मी के पास जाकर मेरा हाथ उसके लिए माँग लें।

उन्होंने उसे शांत करने की कोशिश की। समझाया कि किसी काम में जल्दबाजी करना ठीक नहीं। इधर मम्मी फटाफट विवाह करने के लिए तैयार थी। वे फ्यूरेमीन दंपती के षड्यंत्र से आशंकित थीं।

उनके भय में मुझे रत्तीभर भी रुचि नहीं थी। मुझे आभास था कि वह किस सीमा तक मुझसे प्रभावित था। मुझे विश्वास था कि स्थिति पूर्णरूप से मेरे नियंत्रण में थी। मैंने मम्मी को उनके वायदे याद दिलाए, अपना संकल्प दोहराया कि सावधानीपूर्वक प्रत्येक अच्छे-बुरे पक्ष की नाप-तौल करने के बाद ही अंतिम निर्णय लूँगी। बताया कि मैंने उसे केवल दो बार देखा है, वह भी शाम की पोशाक में। मैं उसको दिन के समय भी दो बार देखना चाहती हूँ, वह भी फ्रॉक-कोट

पहने हुए। मेरी चचेरी बहन मेथिल्डा ने क्या किया था, यह बात मुझे मालूम थी। उसने अपने होनेवाले पति को दो बार दिन में देखा था—एक बार लुव्रे में तथा एक बार हिप्पोड्रोम में। यहाँ हिप्पोड्रोम तो था नहीं, जहाँ एड्रीयन को देख पाती, इसलिए मैंने उसके स्थान पर क्लनी म्यूजियम का नाम प्रस्तावित कर दिया। दिन के उजाले में दो बार देखने का मेरा निर्णय अटल था।

इसलिए आज दिन में ठीक तीन बजे लुव्रे में मुरीलो की 'वर्जिन' की प्रतिमा के सामने अचानक मुलाकात करने की व्यवस्था हो गई थी।

उसी दिन, शाम पाँच बजे।

अभी-अभी गैलरी में एक घंटा घूमने-फिरने के बाद वापस लौटे हैं। हमारा ध्यान चित्रों की तरफ नहीं था। मुझे लगता है कि वह कलाकृतियों के बारे में बिल्कुल अनजान था। मैं भी किसी कला-समीक्षक के साथ विवाह नहीं करना चाहती थी। उसका डील-डौल आकर्षक है, सुरुचिपूर्ण कपड़े पहनता है, मितभाषी व संयमी है। एकदम सही है। सर्वोपरि बात यह है कि वह मूर्खतापूर्ण व्यंग्य नहीं कसता। सब बातों को मिलाकर मैं काफी संतुष्ट हूँ।

घोड़ागाड़ी में रयू-रिवाली जाते समय मुझे अकेले में मम्मी की बात को दोबारा ठुकराना पड़ा। "वह अत्यधिक आकर्षक है। मेरे खयाल से अब तुम्हें क्लनी में मिलने का विचार छोड़ देना चाहिए।"

"नहीं, मैं क्लनी में मिलने का आग्रह नहीं करती।"

"तो तुमने फैसला कर लिया है?"

"अभी नहीं मम्मी। किसी पुरुष की धन-दौलत, पद-प्रतिष्ठा के बारे में थोड़ी जानकारी लेने के बाद पागलों की तरह विवाह का फैसला कर लेना उचित नहीं।"

"तुम अब और क्या चाहती हो?"

"मैं उसको घुड़सवारी करते देखना चाहती हूँ। उसने मुझे घुड़सवारी करते हुए देखा है, लेकिन मैंने उसको नहीं देखा है।"

संक्षेप में, पूरी तरह से निष्ठावान् मादाम मर्सरी उसको सलाह देने जा रही हैं कि वह सुबह दस बजे एवन्यू-द-अकेसिया के प्रवेशद्वार के सामने से घोड़े पर सवार होकर निकले। विनम्रतापूर्वक बता देगी कि शायद वहाँ पर उसकी मुलाकात पापा और मेरे साथ हो जाएगी। पापा के लिए केवल इतना ही कहूँगी—उनका व्यवहार आश्चर्यजनक है। विवाह योग्य बेटी के विवाह के लिए कितनी तत्परता से प्रयास कर रहे हैं। पिछले चार सालों से उन्होंने घुड़सवारी नहीं की है, लेकिन कल वे मेरे लिए अपनी गर्दन तुड़वाने की जोखिम उठाने जा रहे हैं।

30 नवंबर।

बोई के इर्द-गिर्द हम तीनों—पापा, एड्रीयन और मैंने घुड़सवारी की। घोड़े पर बैठा वह बहुत सुंदर लग रहा था। वह शानदार, हिनहिनाती घोड़ी पर सवार था। उस घोड़ी को मैं अपने लिए ले लूँगी और ट्रिबुले को उसको दे दूँगी। ट्रिबुले को भली-भाँति जानती हूँ, उससे उकताहट होने लगी है।

वापस आने पर मैंने मम्मी के गले में बाँहें डाल दीं। "हाँ, हजार बार हाँ।" मैंने कहा। आँखों में आँसू भरकर उनको उनकी उदारता, उत्कृष्टता तथा धैर्य के लिए 'धन्यवाद' कहा।

4 दिसंबर।

वृद्ध आंटी, जिनकी थिएटर में मंगलवार को सीट आरक्षित रहती है, आज तीन बजे पारंपरिक रूप से मेरा हाथ माँगने के लिए आ रही हैं अर्थात्—10 जनवरी से पहले (दादी की वसीयत के मुताबिक विवाह अनिवार्य है) मैं काउंटेस-द-मार्शेल बन जाऊँगी। वसीयत के मुताबिक एड्रीयन को पंद्रह लाख फ्रैंक तथा सांत्वना पुरस्कार के रूप में मैं मिल जाऊँगी। उसको यह धनराशि परिश्रम किए बिना ही मिल जाएगी। इसलिए उस पर दया करने की ज्यादा जरूरत नहीं।

11, दिसंबर।

विवाह की तारीख 6 जनवरी निश्चित हुई है। ऐसे समय विवाह करना बेतुका है, लेकिन और कुछ किया भी नहीं जा सकता। वसीयत! वसीयत! वैसे भी विवाह की तारीख से मैं ज्यादा नाखुश नहीं हूँ। हम छोटे, बहुत छोटे हनीमून पर जाएँगे। कुछ दिन नाइस में, दस दिन अन्यत्र।

उसके बाद पेरिस में खूब रौनक हो जाती है, सब थियेटर खुल जाते हैं। बदकिस्मती से लुई-द-मोबरायन का विवाह पिछले वसंत-मई के अंत में हुआ था। छह सप्ताह हनीमून मनाने के बाद वापस लौटने पर पेरिस खुश्क, गरम और गंदा मिला।

मुझे विश्वास है कि हम दोनों बहुत खुश रहेंगे। वह मुझसे बेहद प्रेम करता है और मैं! क्या मैं भी उससे प्रेम करती हूँ? ठीक है, मुझे अपने प्रति पूरी तरह से ईमानदार होना चाहिए। अंग्रेजी उपन्यासों में सामान्य रूप से वर्णित, मैं उसके प्रेम में दीवानी हूँ; जब तक वह आँखों के सामने रहता है, तभी तक जिंदा हूँ;

उसकी आवाज सुनकर जान में जान आती है, कहना गलत होगा। नहीं, मैं इतनी ज्यादा भावुक नहीं हूँ। मेरा हृदय इतनी तीव्र गति से नहीं दौड़ सकता। फिर भी उसने मेरे हृदय में अपना स्थान बना लिया है। मुझे संदेह नहीं कि समय के साथ-साथ प्रेम भी करने लगूँगी।

घर-गृहस्थी के लिए प्रेम लाभदायक है। मेरे पास दस लाख हैं। उसमें लगभग दो लाख तीस हजार फ्रैंक की आय और जुड़ जाती है। आरंभ में यह आय अत्यधिक दिखाई देगी। वास्तव में ऐसा नहीं है। सर्वप्रथम हमें उसमें से सिमियस वेंडी के बँगले के रख-रखाव और शिकार के लिए अस्सी हजार फ्रैंक निकालने होंगे। रहने, खाने-पीने के खर्चे के लिए बचेंगे केवल डेढ़ लाख फ्रैंक। एक-दूसरे के साथ मैत्रीपूर्ण, प्रेमपूर्वक गृहस्थी चलाने के लिए यह धनराशि पर्याप्त है।

इसके विपरीत कुछ समय बाद अनेक परिवारों की यही कहानी है—यदि पति-पत्नी दोनों अलग-अलग दिशाओं में चलना शुरू कर दें तो प्रत्येक के पास केवल पचहत्तर हजार फ्रैंक ही बचेंगे, जो कष्टदायी हो सकता है। मान लो थियेटर, ओपेरा, थियेटर फ्रांसीसी को इसमें शामिल करते हैं, एक साथ जाने पर एक साल में दो अथवा तीन हजार फ्रैंक खर्च आएगा, अलग-अलग जाने पर यह खर्चा दुगुना हो जाएगा। अन्य प्रत्येक कार्य में खर्चा इसी प्रकार दुगुना हो जाएगा।

उदाहरणस्वरूप कैरोलीन और उसके पति को देखिए! उनकी वार्षिक आय एक लाख फ्रैंक है, वे बिना कटौती किए सुविधापूर्वक जीवनयापन कर रहे हैं। क्यों? क्योंकि वे एक-दूसरे से प्रेम करते हैं। दोनों का एक छोटा-सा घर है, कभी-कभार बाहर जाते हैं। वे ज्यादा से ज्यादा एक-दूसरे के साथ रहने की कोशिश करते हैं, एक-दूसरे को देखकर संतुष्ट रहते हैं। कैरोलीन बाथरूम पर बारह हजार फ्रैंक खर्च करके ही संतुष्ट है।

इसके विपरीत एदेले का उदाहरण लीजिए। बेचारी, दयनीय! उसका विवाह उसकी इच्छा व निर्णय के विरुद्ध हुआ था। उसकी माँ की आँखें पद-प्रतिष्ठा देखकर चौंधिया गई थीं। सच है कि पद-प्रतिष्ठा का अपना महत्त्व है, वास्तव में यह एक विशिष्ट गुण है, परंतु यही सबकुछ नहीं। हाँ तो, गोंतरान के साथ उसका विवाह दुःखद रहा। पहले सप्ताह में ही सबकुछ उलट-पुलट हो गया। ढाई लाख वार्षिक आय होने पर भी उनको कष्ट हो रहा था। वह कपड़ों और अनाप-शनाप शौकों पर अंधाधुंध खर्च करती है। एक व्यक्ति को संतुष्ट रखने की अपेक्षा पूरी दुनिया को संतुष्ट करना उसको महँगा पड़ रहा है। परिणामस्वरूप ड्यूक ने जुआ खेलना शुरू कर दिया और अपनी सारी धन-दौलत गँवा दी।

कुछ समय पहले कैरोलीन ने मुझसे कहा था, ''विवाह के तुरंत बाद पति से प्रेम करने की कोशिश करना। हमारी श्रेणी के परिवार में ऐसा करने पर कम से कम एक लाख फ्रैंक की वार्षिक बचत होती है। पति-पत्नी एक-दूसरे से हृदय से प्रेम न भी करें, तब भी सुखी दांपत्य जीवन के लिए प्रेम करना जरूरी है।''

अरे हाँ! मैं उससे प्रेम करूँगी। आज 11 दिसंबर ही तो है। आज और 6 जनवरी के बीच मेरे पास छब्बीस दिन बाकी हैं।

लूडोविक हेलेवी का जन्म 1 जनवरी, 1834 को व मृत्यु 8 मई, 1908 को पेरिस में हुई थी। वे लीओन हेलेवी के पुत्र तथा ओपेरा रंगकर्मी फ्रामेंटल के भतीजे थे। हेलेवी कालजयी उपन्यासकार व नाटककार थे। 1883 ई. में लिखी गई 'La Famille Cardinal' *उनकी उत्कृष्ट रचनाओं में से एक है।*

विशिष्ट शैली में लिखी हल्की-फुल्की रचनाओं के कारण हेलेवी साहित्य-जगत् में अतीव लोकप्रिय थे। 1884 में उनको फ्रेंच अकादमी का सदस्य मनोनीत किया गया।

प्रस्तुत कहानी 'शानदार विवाह प्रस्ताव' वृद्धावस्था में लिखी जाने पर भी युवा आकांक्षाओं को प्रतिबिंबित करती है। कहानी की नायिका मनोनुकूल पति का चुनाव किस प्रकार करती है, यही कहानी का कथानक है। कहानी की रोचकता पाठक को अंत तक बाँधे रखती है।

❑

दर्पण

—लियो लेपे

पत्र-एक

मेरी प्यारी ऐन, तुम्हारी इच्छा है कि मुझ-सी असहाय, नेत्रहीन लड़की, जिसके हाथ अँधेरे में लड़खड़ाते हैं, तुमको पत्र लिखूँ! क्या तुम्हें अंधकार में लिखे गए पत्रों में छिपी उदासी से भय नहीं लगता? क्या नेत्रहीन के संतप्त करनेवाले निराशाजनक विचारों से डर नहीं लगता?

प्रिय ऐन, तुम सुखी हो, तुम देख सकती हो। देखना! ओह! देख पाना! नीले आकाश, सूर्य तथा विभिन्न रंगों में अंतर कर पाना कितना सुखद होता है! वास्तव में, एक समय था, जब मैं देख सकती थी, अचानक आँखों की रोशनी चली गई। उस समय मैं मुश्किल से दस साल की थी। अब पच्चीस साल की हूँ। पिछले पंद्रह साल से मेरे पास की प्रत्येक वस्तु रात के अँधेरे की तरह काली है। प्रिय मित्र, प्रकृति के अद्‌भुत सौंदर्य को याद करना व्यर्थ है। मैं उसके सब रंग भूल गई हूँ, मैं गुलाब के फूलों की महक को सूँघती हूँ, छूकर उसके आकार का आभास कर लेती हूँ, परंतु उसके खूबसूरत रंगों को, जिनके साथ सुंदर युवतियों की तुलना की जाती है, या तो भूल गई हूँ या फिर उनका वर्णन नहीं कर सकती। कभी-कभी गहन अंधकार के बीच रोशनी की विचित्र किरणें दिखाई देती हैं। डॉक्टरों के विचार में यह रक्त संचार का संकेत है, चिकित्सा की कुछ आशा है। व्यर्थ का भ्रम है। पंद्रह साल पहले खोए पृथ्वी को आलोकित करनेवाले प्रकाश को केवल स्वर्ग में ही प्राप्त किया जा सकता है।

एक दिन मुझे असाधारण अनुभूति हुई। अपने कमरे में टटोलते हुए मेरा हाथ, ओफ्फोह तुम कभी सोच भी नहीं सकती, एक दर्पण पर पड़ गया। मैं उसके सामने

बैठ गई, एक नवयौवना की भाँति अपने बाल सँवारने बैठ गई। ओह! मैं यह क्या समझकर कर रही थी! क्या यह जानने के लिए कि मैं सुंदर हूँ, मेरी त्वचा गोरी-चिट्टी और कोमल है, भवों के नीचे सुंदर आँखें हैं। हाँ, अक्सर हमें स्कूल में बताया जाता था कि जो लड़कियाँ अपने आपको ज्यादा देर तक दर्पण में देखती रहती हैं तो दर्पण में शैतान आ जाता है। मैं तो केवल इतना जानती हूँ कि अगर शैतान मेरे दर्पण में आएगा तो वह बुरी तरह से फँस जाएगा। मैं उसको देख ही नहीं पाऊँगी।

अभी-अभी तुम्हारा स्नेहपूर्ण पत्र सुना है। तुमने लिखा है कि किसी साहूकार ने मेरे माता-पिता को दिवाला निकालने पर विवश कर दिया है। मैंने इस बारे में कुछ नहीं सुना है। ऐसा संभव नहीं। वे अमीर हैं; मुझे हर तरह की सुख-सुविधा प्रदान कर रहे हैं। हर जगह मेरे हाथ सिल्क, मखमल, फूलों और कीमती सामान को छूते हैं। हमारी डिनर टेबल बहुत बड़ी है। उस पर हर रोज मेरी पसंद के स्वादिष्ट व्यंजन परोसे जाते हैं। प्रिय ऐन, मेरे खयाल से मेरे प्रिय माता-पिता खुशहाल हैं।

पत्र लिखना! प्रिय, तुम समृद्ध, वैभव-संपन्न इंग्लैंड से वापस आ गई हो। तुम्हें इस असहाय, नेत्रहीन लड़की से सहानुभूति है।

पत्र-दो

ऐन जो बात मैं तुमको बताने जा रही हूँ, उसकी तुम कल्पना भी नहीं कर सकती। ओह! तुम पढ़कर हँसोगी, मुझको पागल कहोगी। तुम सोचोगी कि आँखों की रोशनी के साथ-साथ मैंने अपनी बुद्धि भी गँवा दी है। सुनो, मेरा एक प्रेमी है।

हाँ प्रिय, किसी सामंतिनी के प्रेमी के भाँति ही मुझ नेत्रहीन युवती का भी एक स्नेही तथा दुराग्रही प्रेमी है। इसके बाद बताने के लिए कुछ शेष नहीं। प्रेम पूर्ण रूप से सुखद होता है। निस्संदेह, मेरे लिए वह एक विशिष्ट पुरुष है। नहीं जानती कि वह यहाँ क्यों आया है, यह भी नहीं कि वह यहाँ पर क्या करेगा? केवल इतना बता सकती हूँ कि वह एक रात डिनर पर मेरी बाईं तरफ बैठ गया और उसने बेहद सावधानी के साथ मेरा ध्यान रखा।

''पहली बार,'' मैंने कहा, ''मुझे आपसे मिलने का सौभाग्य प्राप्त हो रहा है।''

''ठीक कह रही हो,'' उसने जवाब दिया, ''परंतु मैं तुम्हारे माता-पिता को जानता हूँ।''

''इस घर में आपका स्वागत है। आप जानते ही होंगे कि मेरे देवतुल्य माता-पिता का सम्मान किस प्रकार करना है?''

''मेरे मन में केवल उन्हीं के लिए प्रेम नहीं है,'' उसने धीमे स्वर में कहा।

''ओह!'' बिना सोचे-समझे पूछ लिया, ''तो फिर और किसको पसंद करते हो?''

''तुम्हें,'' उसने कहा।

''मुझे, तुम कहना क्या चाहते हो?''

''यही कि मैं तुमसे प्रेम करता हूँ।''

''मुझसे! तुम मुझसे प्रेम करते हो?''

''बेशक, पागलों की तरह।''

इन शब्दों को सुनकर मेरा चेहरा लाल हो गया। मैंने अपना स्कॉर्फ कंधों पर डाल लिया।

वह चुप हो गया।

''तुम अपनी बात कहते-कहते अचानक रुक क्यों गए?''

''ओह, तुम यह बात मेरे हाव-भाव तथा क्रियाकलापों में देख सकती हो।''

''देख नहीं सकती, मैं नेत्रहीन हूँ। किसी अंधी लड़की के सामने दूसरों की तरह प्रणय-निवेदन नहीं किया जा सकता।''

उसने निष्ठापूर्वक, आनंदपूर्ण स्वर में कहा, ''मुझे आँखों की ज्योति से क्या लेना-देना? मुझे इस बात से क्या फर्क पड़ता है कि तुम्हारी आँखों में ज्योति नहीं है। तुम्हारा रूप-सौंदर्य आकर्षक है, तुम्हारे पैर परियों की तरह नन्हे हैं, चाल मनमोहक है, तुम्हारे बाल रेशम की तरह मुलायम और लंबे हैं, तुम्हारी त्वचा का रंग सफेद है, तुम्हारे हाथ कुमुदिनी की तरह लाल हैं।''

इससे पहले कि उसके शब्द मेरे कानों को झंकृत करते, उसने अपना वर्णन बंद कर दिया था। इसका मतलब है कि उसके विचार में मेरा रूप-सौंदर्य आकर्षक है—परी जैसे पैर, बर्फ की तरह सफेद त्वचा, गुलाबी हाथ तथा लंबे और रेशमी बाल हैं। ओह! प्रिय ऐन, सामान्य युवतियों के लिए उनके गुण गिनानेवाला युवक एक प्रेमी हो सकता है, परंतु एक नेत्रहीन लड़की के लिए ऐसा युवक प्रेमी से अधिक दर्पण है।

मैंने बात दोबारा शुरू कर दी, ''क्या मैं सचमुच इतनी सुंदर हूँ?''

''मैं अभी भी सच्चाई से बहुत दूर हूँ।''

''तुम मुझसे क्या चाहते हो?''

"मैं तुमको अपनी पत्नी बनाना चाहता हूँ।"

यह बात सुनकर मुझे हँसी आ गई। "क्या तुम सचमुच ऐसा चाहते हो?" मैंने तेज आवाज में कहा। एक अंधी लड़की की शादी एक सुदृष्टिवाले से दिन और रात के मिलन के समान है! क्यों, मुझे अपने संगतरी फूलों को तलाशने की क्या जरूरत है? नहीं-नहीं! मेरे माता-पिता संपन्न हैं। मेरे लिए अकेले जीवन बिताना कठिन नहीं। मैं अकेली ही रहूँगी; डायना मेरी सहायता करेगी। मेरे माता-पिता के विचार में ऐसा करना स्वयं उसके लिए कष्टदायी होगा।

बिना अधिक कहे वह चला गया। इससे क्या अंतर पड़नेवाला था, उसने मुझे आभास दिला दिया था कि मैं सुंदर हूँ। मैं नहीं जानती कैसे? मैं भी तुमसे थोड़ा-थोड़ा प्रेम करने लगी हूँ—मिस्टर दर्पण।

पत्र-तीन

ओह, प्रिय ऐन! तुम्हें क्या समाचार दूँ। कभी-कभी हमारे जीवन में अचानक दुखद और आशा के विपरीत घटनाएँ घट जाती हैं। मेरे ऊपर क्या गुजरा है, यह बताते समय मेरी ज्योतिविहीन आँखों से आँसू बह रहे हैं।

अपने दर्पण, उस अजनबी से बातचीत करने के कई दिनों के बाद मैं अपनी मम्मी की बाँह पकड़कर बाग में सैर कर रही थी, तभी किसी ने उनको जोर से पुकारा। मैंने समझा कि जल्दी में मम्मी को ढूँढ़ते समय नौकरानी की आवाज में तीखापन आ गया था।

"क्या बात है, मम्मी?" मैंने कुछ भी जानने की कोशिश किए बिना पूछा।

"प्रिय बेटी, कोई बात नहीं है; जरूर कोई मिलने आया होगा। अपने समाज के प्रति हमारे भी कुछ कर्तव्य हैं।"

मैंने उनका आलिंगन कर कहा, "यदि ऐसी बात है तो मैं आपको रोकूँगी नहीं। आप जाइए और बैठक में जाकर शिष्टाचार निभाइए।"

उन्होंने बर्फ से ठंडे होंठों से मेरा माथा चूमा। उसके बाद पत्थरों की पगडंडी पर उनके दूर जाते कदमों की आवाज सुनाई दी। वे मुश्किल से गई होंगी कि मेरे कानों में दो पड़ोसी कामगारों की बातें पड़ीं। वे अकेले में बात कर रहे थे। ऐन, तुम जानती हो कि ईश्वर जब हमें किसी शक्ति से वंचित कर देता है तो तसल्ली देने के लिए दूसरी शक्तियों को बल प्रदान कर देता है। नेत्रहीन की श्रवणशक्ति सुदूर अंतरिक्ष में झाँक पाने में सक्षम सुदृष्टिवाले व्यक्ति की अपेक्षा अधिक तीव्र

होती है। यद्यपि वे दोनों बहुत धीमे स्वर में बात कर रहे थे, परंतु मुझे उनका एक-एक शब्द सुनाई दे रहा था। वे कह रहे थे, "बेचारे! कितने दुःख की बात है! दलाल फिर आ धमके हैं।"

"लड़की को जरा भी संदेह नहीं है। वह नहीं जानती कि उसको प्रसन्न रखने के लिए उसके माता-पिता उसके अंधेपन का लाभ उठा रहे हैं।"

"तुम कहना क्या चाहते हो?"

"इसमें संदेह की कोई बात नहीं है कि उसके हाथ महागनी की मेज अथवा मखमल को ही छूते हैं; अंतर केवल इतना है कि मखमल बदरंग है, महागनी की चमक फीकी पड़ गई है। खाने की मेज पर उसके सामने उसके मनपसंद स्वादिष्ट व्यंजन ही परोसे जाते हैं। उसको सपने में भी इस बात का खयाल नहीं कि घरेलू विपदा को उससे छिपाया जा रहा है। उसी मेज पर उसके माता-पिता सूखी डबलरोटी के सिवाय शायद ही और कुछ खाते हों।"

ओह! ऐन, तुम मेरी पीड़ा समझ सकती हो। उन्होंने मेरी विवशता का उपयोग मेरी खुशी के लिए किया। मेरे अंधकारपूर्ण जीवन में खुशियाँ भरने के लिए यह सब किया! ओह! कितना उत्कृष्ट प्रेम है! कोई भी कृतज्ञता से परिपूर्ण हृदय इस असीमित ऋण को विश्व की समस्त धन-दौलत से नहीं चुका सकता।

पत्र-चार

अभी तक मैंने किसी को यह नहीं बताया है कि मैं इस कष्टदायी, परंतु आकर्षक रहस्य को जान गई हूँ। मम्मी को यह जानकर दुख होगा कि अपनी निर्धनता को छिपाने के सभी प्रयास विफल हो गए हैं। प्रकट रूप से मैं अभी भी अपने घर की संपन्नता में विश्वास दिखाती हूँ। उनकी रक्षा करने का मैंने दृढ़ निश्चय कर लिया है।

एम-द-सावेस, मेरा प्रेमी, मुझसे मिलने आया, ईश्वर मुझे इस अपराध के लिए क्षमा करें। मैंने उसके साथ प्रेम का अभिनय करने का निर्णय कर लिया था। मैंने कहा, "क्या तुम अब भी मुझसे प्रेम करते हो?"

"हाँ," उसने कहा, "मैं तुमसे प्रेम करता हूँ, क्योंकि तुम निश्छल, विनम्र तथा असीम सौंदर्य से संपन्न हो।"

"मेरा रूप-रंग?"

"शराब की तरह मादक और लावण्यमयी हो।"

"अच्छा, मेरा माथा?"

"हाथी-दाँत की तरह विशाल और कोमल।"

"सचमुच!" मैं हँसने लगी।

"इसमें इतना खुश होने की क्या बात है?"

"यह विचार कि तुम मेरे दर्पण हो, तुम्हारे शब्दों में मुझे अपनी छवि दिखाई देती है।"

"प्रियतमे, मेरी इच्छा है कि सदा ऐसा ही हो।"

"तो क्या तुम्हें मंजूर है।"

"तुम्हारे गुणों, तुम्हारी विशिष्टताओं को तुम्हारे सामने प्रतिबिंबित करने के लिए विश्वसनीय दर्पण के रूप में तुम्हें अपनी पत्नी बनाना चाहता हूँ। मेरे पास पर्याप्त धन-दौलत है। तुम्हें किसी बात की कमी कभी महसूस नहीं होगी। अपनी पूरी सामर्थ्य के साथ तुम्हें प्रसन्न रखने की कोशिश करूँगा।"

यह सुनकर मुझे अपने माता-पिता की निर्धनता का खयाल आया। मेरी शादी के बाद उनके सिर से भारी बोझ उतर जाएगा। "मैं तुम्हारे साथ शादी करने के लिए तैयार हूँ।" मैंने जवाब दिया, "पुरुष होने के नाते तुम्हारे आत्मसम्मान को ठेस पहुँचेगी। मैं तुमको देख नहीं पाऊँगी।"

"अफसोस!" वह तेज आवाज में बोला, "मुझे भी तुमको अपने बारे में कुछ बताना है।"

"बताओ," मैंने कहा।

"मैं भी कुदरत का ठुकराया हुआ अभागा इनसान हूँ। न तो मेरी शक्ल-सूरत आकर्षक है और न ही उच्च मान-मर्यादा। इस बदकिस्मती में वृद्धि करती है वह बीमारी, जो आजकल टीके से ठीक है। उसने मेरे चेहरे को बदसूरत बना दिया है। इसलिए बिना किसी विनम्रता के एक अंधी युवती से शादी करने में मेरा अपना स्वार्थ छिपा है।"

मैंने उसको अपना हाथ पकड़ा दिया। "मैं नहीं जानती कि तुम अपने प्रति अत्यधिक निष्ठुर हो अथवा नहीं, परंतु मुझे विश्वास है कि तुम एक अच्छे और सच्चे इनसान हो। मैं जैसी हूँ, मुझे उसी रूप में स्वीकार करो। किसी भी मूल्य पर मेरे विचार तुमसे नहीं हटेंगे। मेरे रेतीले मरुस्थल में तुम्हारा उद्यान पुष्पित रहेगा।"

मैं ठीक कर रही हूँ अथवा नहीं, मैं नहीं जानती। प्रिय ऐन! मैं अपने मम्मी-पापा की रक्षा करना चाहती हूँ। हो सकता है अपनी तलाश में मुझे सही मार्ग मिल गया हो।

पत्र-चार

तुम्हारी उदार मैत्री, प्रशंसा तथा बधाई के पत्र के लिए बहुत-बहुत धन्यवाद।

हाँ, मेरी शादी को दो महीने हो गए हैं। मैं बहुत खुश हूँ। किसी चीज की इच्छा नहीं। मेरा पति मेरी पूजा करता है और मेरे मम्मी-पापा हमारे साथ ही हैं। वे मुझसे बेहद प्रेम करते हैं। अपनी इस कमी पर मुझे कोई अफसोस नहीं, क्योंकि एडमंड हम सबका ध्यान रखता है।

शादीवाले दिन—मेरे दर्पण, मैं उसे इसी नाम से पुकारती हूँ, आत्मसंतुष्टि के लिए मेरे दुल्हन के रूप को प्रतिबिंबित किया। मैं जानती हूँ कि मेरी ओढ़नी बहुत सुंदर थी, संगतरी फूलों के हार चारों तरफ सजे थे, यह सब बताने के लिए उसका धन्यवाद। वेनिस का दर्पण इससे ज्यादा क्या कर सकता था?

शाम को हम दोनों बाग में सैर के लिए निकल गए। उसने मुझे सुगंध से फूलों, संगीत से पक्षियों, कोमल स्पर्श तथा स्वाद से फलों की प्रशंसा करना सिखाया। कभी-कभी थियेटर चले जाते हैं। मेरी बंद आँखें जो नहीं देख पातीं, वह अपने बुद्धिकौशल से उसको मेरे सामने जीवंत कर देता है। ओह! उसकी कुरूपता से मुझे क्या फर्क पड़ता है। सुंदरता और कुरूपता के बीच अब भेद नहीं कर पाती। जानती हूँ केवल प्रेम और मैत्री।

अलविदा, प्रिय ऐन, मेरी प्रसन्नता का आनंद लो।

पत्र-पाँच

मैं माँ बन गई हूँ, ऐन। एक नन्ही-सी बेटी की माँ और मैं उसको देख नहीं सकती। सब कहते हैं कि वह मिठाई की तरह मीठी है। उन्हें मालूम है कि वह मेरी जीती-जागती प्रतिकृति है, परंतु मैं उसकी प्रशंसा नहीं कर सकती। ओह! माँ के प्रेम में कितनी शक्ति है! बिना एक शब्द कहे नीले आकाश, फूलों की सुंदरता, माता-पिता व अन्य परिजनों की शक्ल-सूरत न देख पाने की वेदना सहन कर रही हूँ, परंतु प्रतीत होता है कि अपनी बेटी को न देख पाने का त्याग सहन नहीं कर पाऊँगी। काश! मेरी आँखों के आगे पड़ा काला पर्दा एक मिनट, केवल एक सेकंड के लिए हट जाता। मैं लुप्त हो रहे प्रकाश की किरण की भाँति उसकी एक झलक देख पाती। मैं उसी से प्रसन्न हो जाती। उसके बाद शेष जीवन उस स्मृति को हृदय में सँजोए अभिमानपूर्वक जीती।

इस बार एडमंड मेरा दर्पण नहीं बन सकता। बेटी के सुंदर घुँघराले बाल हैं,

बड़ी-बड़ी प्यारी आँखें हैं, गुलाबी मुसकराहट के बारे में वर्णन करना बेकार है। मुझे इससे किसी प्रकार की खुशी नहीं मिलती। मैं अपनी प्यारी, नन्ही-सी गुड़िया को अपनी तरफ हाथ फैलाते नहीं देख सकती।

पत्र-छह

मेरा पति सचमुच देवता है। तुम नहीं जानती कि वह क्या कर रहा है? मुझे बताए बिना वह पिछले एक साल से मेरी आँखों का इलाज कर रहा है। वह मेरी आँखों में रोशनी लाना चाहता है। वह खुद एक डॉक्टर है। उसने मेरे कारण ऐसे पेशे को चुना, जिससे उसकी संवेदनशीलता प्रकट होती है।

''मेरे जीवन की सौंदर्यदेवी!'' उसने कल मुझसे कहा, ''मुझे पूरा विश्वास है।''

''क्या यह संभव है?''

''हाँ, जो 'लोशन' मैं तुमको त्वचा सुंदर बनाने के लिए दे रहा था, वास्तव में वे एक विशिष्ट ऑपरेशन की तैयारी के लिए थे।''

''कैसा ऑपरेशन?''

''मोतियाबिंद के ऑपरेशन के लिए।''

''क्या ऑपरेशन करते समय तुम्हारे हाथ काँपेंगे नहीं?''

''नहीं, मेरे हाथों को पूरा विश्वास होगा कि मेरा हृदय पूरी तरह से तुम्हारे प्रति समर्पित है।''

''ओह!'' मैंने उसको आलिंगनबद्ध कर कहा, ''तुम इनसान नहीं, ईश्वर के भेजे हुए एक देवदूत हो।''

''ओह,'' उसने कहा, ''प्रियतमे, फिर चुंबन लो। इन भ्रमपूर्ण अंतिम क्षणों का आनंद ले लेने दो।''

''प्रिय, तुम कहना क्या चाहते हो?''

''यही कि ईश्वर की कृपा से जल्दी ही तुम्हारी आँखों में रोशनी आ जाएगी।''

''और फिर...।''

''तब तुम मेरा छोटा, सामान्य, बदसूरत चेहरा देख पाओगी।''

इन शब्दों से मुझे अंधकार में प्रकाश की किरण दिखाई दी। मेरी कल्पना प्रकाशपुंज की भाँति आलोकित हो रही थी। ''प्रिय एडमंड,'' मैंने उठकर कहा, ''यदि तुम्हें मेरे प्रेम पर विश्वास नहीं, यदि तुम सोचते हो कि मैं तुम्हारी शक्ल-

सूरत देखकर तुम्हारे साथ रहना नहीं चाहूँगी, तब मुझे शून्य में, मेरी अनंत नीरव रात्रि में ही रहने दो।''

उसने कोई जवाब नहीं दिया, मेरा हाथ दबा दिया।

मम्मी ने बताया कि ऑपरेशन एक महीने बाद होगा। मुझे याद है कि मैंने मम्मी से अपने पति के बारे में विस्तारपूर्वक पूछा था। मम्मी ने बताया था कि उसके चेहरे पर चेचक के दाग हैं; पापा ने बताया कि उसके सिर पर इक्के-दुक्के बाल हैं; निसेट ने कहा कि वह अधेड़ उम्र का है।

चेचक के दाग दुर्घटना का परिणाम हैं; गंजा होना बौद्धिक प्रतिभा की निशानी है; परंतु अधेड़ उम्र का होना शोचनीय है। दुर्भाग्य से यदि प्राकृतिक कारणों से उसकी मृत्यु मुझसे पहले हो जाती है, तब मुझे उससे प्रेम करने का समय कम मिल पाएगा।

वास्तव में ऐन, हम दोनों जिन परी-कथाओं को एक साथ पढ़ा करती थीं, तुम देखकर और बोलकर और मैं मन-ही-मन हृदय से, उसी प्रकार मैं भी आज सुंदरता और कुरूपता की परिस्थिति में फँस गई हूँ। मेरे पास इसके समाधान का कोई जादुई साधन भी नहीं। इस बीच मेरे लिए प्रार्थना करो, शायद ईश्वर की कृपा से मैं जल्दी ही तुम्हारे अनमोल पत्रों को पढ़ पाऊँ!

अंतिम-पत्र

मेरी मित्र! आरंभ पढ़ने के बाद पत्र का अंत मत पढ़ना। मेरी वेदना, किस्मत का उतार-चढ़ाव, मेरी खुशियों में सहजता से अपना हिस्सा लेना।

ऑपरेशन पंद्रह दिन पहले हो गया था। मेरी आँखों के ऊपर एक काँपता हुआ हाथ रखा था। मैं दो बार जोर से चीखी; मुझे दिन के प्रकाश, रंग, सूरज दिखने का आभास हुआ। तत्काल मेरे तप रहे माथे पर पट्टी रख दी गई। मैं ठीक हो गई थी, केवल थोड़े धैर्य और साहस की जरूरत थी। एडमंड ने जीवन का माधुर्य प्रदान कर दिया था।

क्या मुझे यह स्वीकारना चाहिए कि मैंने एक मूर्खता की थी। मैंने डॉक्टर की आज्ञा नहीं मानी थी, वह यह बात जान जाएगा। जल्दबाजी करने में खतरा है। वे मेरी नन्ही गुड़िया को मेरे पास प्यार करने के लिए लाए। निसेट ने उसे गोद में ले रखा था। बच्ची अपनी मीठी, कोमल आवाज में बोली, ''मामा,'' मैं अपने आप को रोक नहीं पाई, अपनी पट्टी उतार दी।

"मेरी बच्ची! ओह! कितनी प्यारी है!" मैं चिल्लाई, "मैं उसको देख सकती हूँ। हाँ, मैं उसको देख सकती हूँ।"

निसेट ने जल्दी से दोबारा पट्टी बाँध दी, लेकिन अब अँधेरे में मैं अकेली नहीं थी। उसी क्षण से मानस-पटल पर अंकित वह परी जैसा चेहरा मेरे अंधकार में उजाला कर रहा था।

कल मेरी मम्मी मुझे तैयार करने के लिए आई। बहुत देर तक बाथरूम में रहे। मैंने लेस के कॉलरवाली खूबसूरत सिल्क की ड्रेस पहनी। मेरे बालों को मेरी स्टुअर्ट की तरह सजाया गया। पूरी तरह से तैयार हो जाने के बाद मम्मी बोली, "अब पट्टी उतार दो।"

उनकी बात मानकर पट्टी उतार दी। हालाँकि कमरे में हलकी सी रोशनी थी, फिर भी मुझे अहसास हुआ कि मैंने कभी इतनी सुंदर वस्तु नहीं देखी थी। अपने मम्मी, पापा और बिटिया को मैंने अपनी छाती से चिपटा लिया।

"तुम देख रही हो अपने सिवाय सबको," मेरे पापा ने कहा।

"और मेरा पति," मैं चिल्लाई, "मेरा पति कहाँ है ?"

"वह छिपा हुआ है," मम्मी ने कहा।

तब मुझे उसकी कुरूपता, उसकी पोशाक, उसके बालों और धब्बोंवाले चेहरे का ध्यान आया। "बेचारा, प्रिय एडमंड," मैं बोली, "उसे मेरे सामने आने दो। वह एडोनिस से ज्यादा सुंदर है।"

"हम जब तक तुम्हारे प्राणाधार, स्वामी की प्रतीक्षा करते हैं।" मम्मी ने जवाब दिया, "तब तक दर्पण में देखकर तुम अपनी प्रशंसा कर लो। तुम बिना किसी दोषारोपण के देर तक अपनी प्रशंसा कर सकती हो।"

कुछ दंभ से, कुछ उत्सुकता से मैंने उनकी आज्ञा का पालन किया। मैं कुरूप होती, तब क्या होता, यदि निर्धनता की तरह मेरी कुरूपता भी मुझसे छिपाई जाती ? वे मुझे एक बड़े दर्पण के सामने ले गईं। मैं खुशी से चिल्ला पड़ी, दुबली-पतली, छरहरी काया, गुलाबी रंग, जगमगाते नीलम की तरह मुग्धकारी दो आँखें, मैं आकर्षक थी। मैं अपने आपको सहजता से नहीं देख पा रही थी, क्योंकि दर्पण बिना रुके लगातार काँप रहा था। उसके शानदार फलक पर मेरा प्रतिबिंब ऐसा दिखाई दे रहा था, मानो खुशी से नाच रहा हो। मैंने दर्पण के पीछे देखा कि वह हिल क्यों रहा था। वहाँ पर एक सुंदर, काली आँखों, प्रभावशाली आकृतिवाला युवक खड़ा था। उसके कोट पर 'लीजन ऑफ ऑनर' का प्रतीक गुलाब शोभित

था। यह सोचकर मैं शर्मिंदा हो गई कि एक अजनबी के सामने मैं कितनी मूर्ख दिखाई दे रही थी।

उसकी ओर देखे बिना मम्मी ने कहा, "देखो, तुम कितनी गोरी हो, एकदम सफेद गुलाब की तरह।"

"मम्मी!" मैंने कहा।

बिना किसी संकोच के मम्मी ने मेरी ड्रेस की आस्तीन कुहनी से ऊपर तक उठाकर कहा, "केवल अपनी इन सफेद बाँहों को देखो।"

"लेकिन मम्मी," मैंने कहा, "एक अजनबी के सामने तुम यह क्या कर रही हो?"

"अजनबी! यह दर्पण है।"

"मेरा मतलब शीशे से नहीं, उस युवक से है, जो किसी कॉमेडी के प्रेमी की तरह उसके पीछे खड़ा है।"

"ऐ बुद्धू," पापा चिल्लाए, "इतना शरमाने की जरूरत नहीं, वही तुम्हारा पति है।"

"एडमंड!" मैं चिल्लाई, उसको बाँहों में लेने के लिए एक कदम आगे बढ़ी, फिर पीछे हट गई। वह बहुत सुंदर था। मेरी खुशी का ठिकाना नहीं था। ज्योतिहीन! विश्वास के साथ प्रेम किया था। मेरा दिल नए प्रेमी के लिए धड़क रहा था। एक सच्चे सज्जन व्यक्ति के नि:स्वार्थ प्रेम के प्रति सहृदयता से परिपूर्ण था। अंधेपन की हीनभावना से मुक्त करने के लिए उसने सबको आदेश दे रखा था कि वे उसको कुरूप बताएँ।

एडमंड मेरे सामने घुटनों के बल बैठ गया। मम्मी ने अपनी आँखों के आँसू पोंछे और मुझे उसकी बाँहों में सौंप दिया।

"धोखेबाज," मैंने नजरें झुकाकर कहा।

"नहीं, जब केवल मैं तुम्हारा दर्पण था, तब मैं तुमसे ऐसा कहता था। अब देखो मेरे साथियो, जिनसे तुमने अभी-अभी बात की है, का भी वही विचार है। इसका मतलब कि मैं सही हूँ।"

लियो लेपे बनाम टीमोथी ट्रिम का जन्म सन् 1815 में बोहबेन में हुआ था। 20 वर्ष की आयु में लेखन प्रारंभ किया। समुचित शिक्षा तथा मार्गदर्शन के अभाव में प्रारंभ में अनेक कठिनाइयों का सामना करना पड़ा, लेकिन वे निरंतर अपनी गलतियों में सुधार करते रहे।

शीघ्र ही उन्होंने पत्रकारिता जगत् में अपना विशिष्ट स्थान बना लिया। लेपे कहानियाँ एवं रेखाचित्र लिखने लगे। वे 'Petit Journal' के संस्थापकों में से एक थे। उन्होंने पत्रकारिता को नए आयाम दिए। फ्रेंच साहित्य को अपने लेखन से समृद्ध किया। वे सुरुचिपूर्ण पत्रकार एवं कथाकार थे। साहित्य के अगणित पाठक होते हुए भी उनकी ख्याति फ्रांस तक ही सीमित रही।

सन् 1875 में उनके निधन पर साहित्य तथा पत्रकारिता जगत् में शोक छा गया। एक प्रतिभा-संपन्न, उत्साही लेखक उनके बीच से चला गया था। इस क्षति को पूर्ण कर पाना असंभव था।

'दर्पण' एक सुंदर, नेत्रहीन युवा बालिका की हृदयस्पर्शी प्रेम कहानी है। बालिका का प्रेमी सर्वगुण संपन्न होते हुए भी अपनी नेत्रहीन प्रेमिका के लिए दर्पण का काम करता है। वह उसको बाह्य जगत् के सौंदर्य से परिचित करवाता है। उसको आश्वस्त करने के लिए कुरूप होने का नाटक करता है।

कहानी का कथानक भिन्न तथा रोचक है।

❑

नन्हा जासूस

—अल्फोंसे डाडेट

उसका नाम स्टेन था। सब उसको नन्हा स्टेन कहकर पुकारते थे। वह नाजुक, दुबला-पतला दस-पंद्रह वर्ष के बीच की उम्र का पूरी तरह से पेरिस का बालक दिखाई देता था। दुबले-पतले बच्चों की उम्र का सही अंदाजा लगाना कठिन होता है। उसकी माँ की मृत्यु हो चुकी थी, पिता चर्च के परिसर के चौक पर चौकीदारी करनेवाले सेवानिवृत्त सैनिक थे। पेरिस की शान-ओ-शौकत से भरपूर बगीचों में घूमनेवाली बग्घियां से दूर रहते बच्चे, काम करनेवाली आयाएँ, व्हीलचेयर में बैठी महिलाएँ, निर्धन माताएँ वृद्ध स्टेन को जानती थीं; उसको ईश्वर का रूप मानती थीं। वे सब जानती थीं कि बड़ी-बड़ी डरावनी मूँछों के पीछे एक संवेदनशील, विनम्र, प्रेमपूर्ण मुस्कराहट छिपी है। उस मुसकराहट को देखने के लिए भद्र पुरुष स्टेन से केवल इतना कहना ही काफी था, "आपका बेटा नन्हा स्टेन कैसा है?"

पिता स्टेन को अपने बेटे नन्हे स्टेन से अत्यधिक प्रेम था। शाम के समय, स्कूल के बाद जब नन्हा स्टेन उसको लेने के लिए आता था, तब उसकी खुशी का ठिकाना नहीं रहता। दोनों एक साथ सैर करते; बेंचों पर बैठे परिचित लोगों से बात करते, उनके शिष्टाचारपूर्ण अभिवादन का मुसकराकर जवाब देते।

दुर्भाग्यवश शत्रुओं द्वारा शहर की घेराबंदी हो जाने पर सबकुछ बदल गया। चौक पर आवाजाही रोक दी गई। वहाँ पर पेट्रोलियम के गोदाम बन गए थे। वृद्ध, गरीब स्टेन को वीरान, टूटे पेड़ों के जंगल में बिना सिगरेट, बिना बेटे के अकेले लगातार देर शाम तक उनकी निगरानी करनी पड़ती थी। पर्शियन लोगों के बारे में बात करते समय उसकी मूँछों का ताव देखनेवाला होता था।

नन्हे स्टेन को अपनी इस नई जिंदगी से ज्यादा शिकायत नहीं थी। गली-मोहल्ले के लड़कों के लिए तो घेराबंदी एक खेल था। स्कूल नहीं, पढ़ाई नहीं।

बस छुट्टी-ही-छुट्टी, सारा दिन गलियों में मौज-मस्ती। नन्हा स्टेन भी सारा दिन शाम होने तक बाहर रहता था। वह अपने इलाके के परकोटे पर बटालियनों की ड्यूटी बदलने के समय उनके साथ रहता था, विशेष रूप से जिनके पास अच्छे बैंड होते थे। इस बारे में नन्हे स्टेन की जानकारी अतिविशिष्ट थी। वह बैंड सुनकर बता देता था कि छियानबेवें बटालियन का बैंड ज्यादा अच्छा नहीं, परंतु पचपनवीं बटालियन का बैंड श्रेष्ठ है, अक्सर वह खाइयाँ खुदते और उनमें छिपने के लिए लोगों की लंबी कतारें देखता रहता।

सर्दी के धुँधलके में ठिठुरते हुए, बाँह पर टोकरी लटकाए मीट और बेकरीवालों के दरवाजे पर लंबी लाइनों में खड़ा होकर अपनी बारी आने का इंतजार करता। राशन का इंतजार करते, कीचड़ में पाँव रखे लोग राजनीति पर बातचीत करते हुए आपस में जान-पहचान कर लेते थे। एम स्टेन का बेटा होने के कारण प्रत्येक व्यक्ति उस नन्हे बालक के विचार जानने के लिए उत्सुक रहता था। घेराबंदी के दौरान ब्रिटिश सैनिकों द्वारा शुरू किया गया कॉर्क फेंकने का मशहूर खेल 'गेलोश' सर्वाधिक लोकप्रिय था। नन्हा स्टेन यदि किले की दीवार पर न दिखाई दे तो निश्चित रूप से समझ लो कि वह 'प्लेस चेट्यू दयू' में होगा। यह समझना होगा कि वह स्वयं 'गेलोश' खेलना नहीं जानता था, उसके लिए पैसों की आवश्यकता होती है। वह अपने दिल-दिमाग की आँखों से खिलाड़ियों को खेलता देखकर ही संतुष्ट हो जाता था।

नीली जैकेट पहने एक किशोर ने, जिसके पास कभी पाँच फ्रैंक से ज्यादा नहीं रहते थे, नन्हे स्टेन को उकसाने की कोशिश की। स्टेन के पास से गुजरते समय वह अपनी जेब में भरे सिक्कों को खनखनाता रहता।

एक दिन हमारे नायक नन्हे स्टेन के पैरों के नीचे लुढ़कते सिक्के को उठाता हुआ वह किशोर बालक कहने लगा, "इसे देखकर तुम्हारे मुँह में पानी आ गया है न? तुम चाहो तो मैं तुम्हें भी ऐसे सिक्के पाने का रास्ता बता सकता हूँ।"

खेल खत्म होने के बाद वह किशोर बालक स्टेन को प्लेस के एक कोने में ले जाकर कहने लगा, "तुम चाहो तो जर्मन लोगों को अखबार बेचने के लिए मेरे साथ चल सकते हो। एक बार में तीस फ्रैंक मिलेंगे।"

शुरू में स्टेन ने नाराज होकर इनकार कर दिया। तीन दिन, कष्टदायी तीन दिनों तक वह खेल देखने ही नहीं गया। न कुछ खाया, न ही सोया। रात को सपनों में चारपाई के पावों तले गेलोशे का ढेर और रोशनी में जगमगाते पाँच फ्रैंक के सिक्के लुढ़कते दिखाई देते। अत्यधिक तीव्र प्रलोभन था। चौथे दिन स्टेन ने 'चेट्यू

दयू' जाकर उस किशोर बालक से मुलाकात की, गलत रास्ते पर चलने को तैयार हो गया।

एक बर्फीली सुबह वे दोनों अपनी कमीजों के अंदर अखबार ठूँसकर, हाथ में कपड़े का थैला लेकर चल दिए। फ्लेंडरस गेट तक पहुँचते-पहुँचते अँधेरा हो गया था। बड़े लड़के ने स्टेन का हाथ पकड़ लिया। लाल नाकवाले संतरी ने विनम्र हाव-भाव से ऊँची आवाज में कहा, ''रुक जाओ।''

बड़ा लड़का गिड़गिड़ाते हुए बोला, ''सर, हमें जाने दीजिए। हमारी माँ बीमार है, पापा मर चुके हैं। अपने छोटे भाई के साथ खेतों में कुछ आलू लेने के लिए जा रहा हूँ।''

उसने रोना शुरू कर दिया। स्टेन ने शर्म से अपना सिर नीचे झुका लिया। संतरी कुछ देर तक उनकी तरफ देखता रहा, फिर सुनसान खाली सड़क पर नजर डाली। ''जल्दी से चले जाओ,'' उसने कहा।

वे दोनों अब आबरविलियर सड़क पर थे। बड़ा लड़का खिलखिलाकर हँस रहा था। नन्हा स्टेन सपने की तरह हैरानी के साथ देख रहा था कि फैक्टरियाँ बैरेक्स में तब्दील हो गई थीं। धुँधले आसमान के नीचे टूटे-फूटे, गीले, फटे-चीथड़े कपड़ों से ढके खाली मोरचे बिना किसी धुएँ के खड़े थे। बुझते अलाव के साथ पिघलती बर्फ से ढके तंबुओं में निश्चित दूरी पर तैनात संतरी, अफसर लबादा और टोप पहने दूरबीनों से चारों तरफ देख रहे थे। बड़े लड़के को रास्ता पता था। वह चौकियों से बचता हुआ खेतों के बीच से जा रहा था।

अब वे हट्टे-कट्टे फ्रांसीसी गार्ड के सामने खड़े थे। उससे बचकर निकल पाना संभव नहीं था। सोयसनस रेलवे लाइन के साथ पानी से भरी खाइयों में छिपी छोटी-छोटी झोंपड़ियों में आदमी बैठे थे। उन पर बड़े लड़के की कहानी का कोई असर नहीं हुआ। फ्रांसीसी सैनिकों ने उन्हें वहाँ से जाने नहीं दिया। जब बड़ा लड़का रो-धो रहा था, तब गार्डहाउस से झुर्रीदार चेहरे और सफेद बालोंवाला एक सार्जेंट बाहर आया, वह फादर स्टेन जैसा दिखाई दे रहा था।

''बच्चो, यहाँ आओ, ज्यादा रोने-धोने की जरूरत नहीं है। तुम जाकर आलू ले सकते हो, परंतु पहले अंदर आकर थोड़ी गरमाहट ले लो। वह छोटा लड़का सर्दी से काँप रहा है।''

अफसोस! नन्हा स्टेन सर्दी से नहीं, डर और शर्म से काँप रहा था।

गार्डहाउस में कुछ सिपाही बुझती आग, राख के अंगारों पर अपनी संगीन की नोक पर बिस्कुट रखकर सेंक रहे थे। बच्चों को जगह देने के लिए वे सब सटकर

बैठ गए। बच्चों को पीने के लिए थोड़ी कॉफी दी। जब बच्चे कॉफी पी रहे थे, तब एक अफसर दरवाजे पर आया, उसने सार्जेंट को बुलाकर धीमी आवाज में जल्दी-जल्दी कुछ कहा और फौरन वहाँ से चला गया।

सार्जेंट खुश होकर मुड़ा और बोला, ''मेरे बच्चो, आज रात हमला होगा। पर्शियंस का गुप्त संकेत पता चल गया है और इस बार हम उनसे अभिशप्त बोरगेट छीनने में कामयाब हो जाएँगे।''

वहाँ पर वाह-वाह होने लगी और खुशी का माहौल छा गया। सभी नाचने-गाने लगे और एक-दूसरे के साथ संगीनें भिड़ाने लगे। लड़कों ने शोर-शराबे का फायदा उठाया और अपने रास्ते चल दिए।

खाई पार करने के बाद उनके सामने सपाट मैदान था; उसके सामने बंदूक चलाना सीखने के लिए एक लंबी दीवार थी। वे दीवार के साथ-साथ चल रहे थे। कुछ कदम चलकर रुक जाते, मानो आलू चुन रहे हों।

''हम वापस चलते हैं, वहाँ पर मत जाओ।'' नन्हा स्टेन कहता रहा, परंतु दूसरे लड़के ने कंधे उचका दिए और आगे बढ़ता रहा। अचानक उनको बंदूक चलने की आवाज सुनाई दी। ''नीचे लेट जाओ,'' बड़ा लड़का चिल्लाया और यह कहकर खुद जमीन पर लेट गया। लेटने के बाद उसने सीटी बजाई। जवाब में दूसरी तरफ से भी सीटी की आवाज आई। दोनों लड़के रेंगते हुए आगे बढ़ते रहे। दीवार के सामने, मैदान में सैनिकोंवाली गंदी टोपी पहने दो पीली मूँछोंवाले सिपाही दिखाई दिए। बड़ा लड़का पर्शियन के साथ खाई में कूद गया। अपने साथी की तरफ इशारा करके बोला, ''यह मेरा भाई है।''

नन्हा स्टेन इतना छोटा था कि उसको देखकर पर्शियन हँसने लगा। उसको दीवार में बने झरोखे तक ले जाने के लिए कंधे पर उठाना पड़ा। दीवार की दूसरी तरफ मिट्टी के ऊँचे-ऊँचे टीले, कटे पेड़, अँधेरे बर्फीले गड्ढे थे। प्रत्येक गड्ढे में से एक गंदी टोपी और पीली मूँछ झाँक रही थी। पास से गुजरने पर मुच्छड़ मुसकराने लगता।

कोने में पेड़ों के तनों से ढकी माली की झोंपड़ी थी। निचली मंजिल पर सिपाही ताश खेल रहे थे। कुछ सिपाही आग पर सूप बनाने में मशगूल थे। पत्तागोभी और सूअर के मांस की बढ़िया खुशबू आ रही थी। फ्रांसीसी सिपाहियों के अस्थायी पड़ाव से यहाँ पर बहुत फर्क था। ऊपर अफसरों का निवास स्थान था। कुछ अफसर पियानो बजा रहे थे। रुक-रुककर शैंपेन की बॉटल खुलने की आवाज आ रही थी।

जब ये लड़के अंदर घुसे, तब तालियों के साथ उनका स्वागत हुआ। लड़कों ने अपने अखबार दिए। उनको कुछ पीने के लिए दिया गया और फिर अफसर उन्हें खींचकर बाहर ले गए। ये अफसर बेहद घमंडी और क्रूर थे। बड़ा लड़का अपनी गँवार भाषा और भद्दी हाजिरजवाबी के साथ उनका मनोरंजन करता रहा। नन्हा स्टेन कहना चाहता था कि वह मूर्ख नहीं था, परंतु किसी कारण से वह ऐसा नहीं कह पाया। उसके दूसरी तरफ अन्य लोगों की अपेक्षा गंभीर तथा वृद्ध पर्शियन सिपाही बैठा हुआ कुछ पढ़ रहा था या फिर पढ़ने का नाटक कर रहा था, क्योंकि उसकी नजरें नन्हे स्टेन पर ही टिकी थीं। उसकी स्थिर नजरों में स्नेह तथा उलाहना था, मानो उसके घर पर भी स्टेन की उम्र का बच्चा था और वह अपने आपसे कह रहा हो, 'अपने बेटे को ऐसा घिनौना काम करते देखने से पहले मैं मर जाना अच्छा समझता।'

उस पल स्टेन को महसूस हुआ कि उसके दिल पर भारी बोझ आ पड़ा हो, उसके दिल की धड़कन रुक गई और दम घुटने लगा। इस डरावने खयाल से बचने के लिए उसने शराब पीनी शुरू कर दी। जल्दी ही कमरे के सब लोग उसकी तरफ मुड़ गए। उसने मदहोशी में अपने साथी की जोर से हँसने की आवाज सुनी। वे नेशनल गार्ड उनके अभ्यास करने के तरीके का मखौल उड़ा रहे थे; हथियारों पर कब्जा करने की नकल और चारदीवारी पर रात को चौकसी करने की नकल उतार रहे थे। बाद में बड़े लड़के की आवाज धीमी हो गई। अफसर पास आ गए, उनके चेहरे गंभीर थे। वह कमीना उन्हें फ्रांसीसी सैनिकों के प्रस्तावित हमले के बारे में बताने जा रहा था।

तभी नन्हा स्टेन, मानो उसको बुद्धि आ गई हो, खड़ा होकर चिल्लाने लगा, "बड़े लड़के ऐसा मत करो, ऐसा मत करो।" बड़ा लड़का हँसता रहा, उसने अपनी बात जारी रखी। बात खत्म होते ही सब चौकन्ने हो गए। एक अफसर ने दरवाजा खोला और लड़कों से कहा, "बाहर निकल जाओ, चले जाओ।"

उसके बाद अफसरों ने जर्मन भाषा में बात करनी शुरू कर दी। बड़ा लड़का बुलडॉग की तरह सिर उठाकर बाहर निकल आया। उसकी जेब में सिक्के खनक रहे थे। स्टेन उस वृद्ध पर्शियन के पास से गुजरा, उसकी नजरों ने उसको बेचैन कर दिया था। उसने उसको टूटी-फूटी फ्रेंच भाषा में कहते सुना, "बुरा हुआ, बहुत बुरा हुआ।" वह शर्म से सिर झुकाए बड़े लड़के के पीछे चल रहा था।

स्टेन की आँखों में आँसू थे। मैदान में आने के बाद वे लड़के दौड़ने लगे, जल्दी ही वापस आ गए। थैले में आलू भरे थे। वे आलू पर्शियंस ने उनको दिए थे।

उन्हें लेकर वे फ्रांसीसी सैनिकों के सामने से बिना किसी परेशानी के निकल गए। उस रात फ्रांसीसी सेना आक्रमण की तैयारी कर रही थी। सैनिक दबे पाँव आकर दीवार के पीछे इकट्ठे हो रहे थे। वृद्ध सार्जेंट अपने सिपाहियों को तैनात कर रहा था और काफी खुश दिखाई दे रहा था। जब लड़के पास से गुजरे, तब उसने सिर हिलाया और उनको पहचानकर उदारतापूर्वक मुसकराया।

उसको मुसकराते देखकर स्टेन को बहुत बुरा लगा। वह चिल्लाकर कहना चाह रहा था, 'आगे मत बढ़ो, हमने तुम्हें धोखा दिया है।' परंतु बड़े लड़के ने उसको कह रखा था कि अगर उसने कुछ भी कहा तो उन दोनों को गोली मार दी जाएगी। डर ने उसको कुछ भी कहने से रोक दिया।

ला कार्नेव्यू में वे दोनों धन का बँटवारा करने के लिए एक खाली घर में चले गए। मैं यह सच्चाई स्वीकारता हूँ कि पैसों का बँटवारा ईमानदारी से किया गया था। स्टेन ने जब अपनी जेब में सिक्कों की खनक सुनी और 'गलोश' के खेल के बारे में सोचा तो उसे अपना अपराध बहुत बड़ा नहीं लगा।

बेचारा! दुखी बालक! वह अकेला रह गया था। गेट से बाहर आने पर उसका साथी अपने रास्ते चला गया था। उसकी जेब भारी थी और उसने अपना दिल मजबूती के साथ थाम रखा था। पेरिस पहले जैसा नहीं था। आस-पास से गुजर रहे लोग उसे कठोरता से देख रहे थे, मानो उन्हें उसके कृत्य का पता चल गया था। उसके कानों में 'जासूस' शब्द गूँज रहा था। उसे यह शब्द गाड़ियों के शोर तथा नहर के किनारे लुढ़क रहे ड्रमों की आवाज में सुनाई दिया।

आखिरकार वह घर पहुँच गया, खुश था कि उसके पापा घर नहीं आए थे। वह तेजी से ऊपर अपने कमरे में गया और बोझ लग रहे सिक्कों को छिपा दिया।

फादर स्टेन पहले कभी इतने ज्यादा खुश अथवा जिंदादिल नहीं दिखाई दिए थे, जितना उस दिन शाम को घर वापस लौटने पर दिखाई दिए। राज्यों से समाचार मिल रहा था कि स्थिति में सुधार हो रहा था। खाना खाते समय वह दीवार पर लटक रही अपनी बंदूक को देखकर बोला, "मेरे बच्चे, अगर तुम बड़े होते तो पर्शियंस का मुकाबला कैसे करते?"

लगभग आठ बजे तोप की आवाज सुनाई दी। वृद्ध स्टेन सभी किलों को जानता था, कहने लगा, "आवरविले से आवाज आ रही है। बोरगे में लड़ाई हो रही है।"

नन्हे स्टेन का रंग पीला पड़ गया था। थकान महसूस करता हुआ वह बिस्तर में घुस गया; नींद नहीं आई। तोपों के गरजने की आवाज आती रही। उसने

फ्रांसीसी सिपाहियों को अँधेरे में पर्शियंस पर अचानक धावा बोलते देखा और फिर उनके बिछाए जाल में फँसते देखा। उसको दूसरे सिपाहियों के साथ बैठे सार्जेंट की मुसकराहट याद आई, जो बर्फ में निर्जीव दिखाई दे रही थी। इस सारे खून-खराबे की कीमत उस बच्चे के तकिए के नीचे पड़ी थी। वह एम स्टेन एक सैनिक का बेटा था। उसने क्या कर डाला था! आँसुओं से उसका गला रुँध गया था। वह बराबर के कमरे में अपने पापा के चलने की आवाज सुन रहा था। उसने खिड़की खुलने की आवाज भी सुनी। प्लेस के नीचे पुराने सिपाहियों को ड्यूटी पर हाजिर होने के लिए बिगुल बजाया जा रहा था। पैदल सिपाहियों की बटालियन इकट्ठी हो रही थी। हाँ, यह सचमुच लड़ाई ही थी। इसमें कोई संदेह नहीं था। दुःखी बालक की सिसकियाँ थम नहीं रही थीं।

''क्यों, क्या बात है?'' फादर स्टेन बेडरूम में आकर चिल्लाया।

बच्चा और ज्यादा बरदाश्त नहीं कर पाया। वह बिस्तर से छलाँग लगाकर अपने पापा के पैरों में गिरने ही वाला था कि चाँदी के सिक्के खनखनाते हुए फर्श पर आ गिरे।

''यह क्या है, क्या तुमने किसी को लूटा है?'' वृद्ध सिपाही ने गरजती हुई आवाज में पूछा।

नन्हे स्टेन ने बता दिया कि वह कैसे पर्शियन खेमे में गया था और उसने क्या किया था। जैसे-जैसे वह बता रहा था, उसका दिल हलका हो रहा था। अपराध स्वीकार कर लेने के बाद उसको आराम मिला। फादर स्टेन सुन रहे थे। उनको देखकर डर लगने लगा था। जब बच्चे ने अपनी कहानी पूरी की, तब वृद्ध आदमी ने अपना चेहरा दोनों हाथों में छिपा लिया और जोर-जोर से रोने लगा।

''पापा, पापा!'' बालक ने कहने की कोशिश की, लेकिन वृद्ध आदमी ने उसे परे धकेल दिया और एक शब्द कहे बिना पैसे उठा लिये। ''सब यही हैं?'' उसने पूछा।

नन्हे स्टेन ने 'हाँ' में सिर हिला दिया। वृद्ध आदमी ने अपनी बंदूक और कारतूस का डिब्बा उठाया, चाँदी के सिक्के जेब में रखे और शांत स्वर में बोला, ''ठीक है, मैं यह उनको लौटाने जा रहा हूँ।''

और कुछ कहे बगैर, बिना पीछे मुड़े, वह सीढ़ियों से उतरकर अँधेरे में जा रहे पैदल सिपाहियों में शामिल हो गया। उसके बाद वह दोबारा किसी को नहीं दिखाई दिया।

अल्फोंसे का जन्म 13 मई, 1840 को फ्रांस के नीमस नगर में हुआ था। दिसंबर, 1897 में पेरिस में देहांत हो गया। दक्षिणी फ्रांस के जनजीवन के बारे में लिखी गई उनकी कहानियाँ जनमानस में आज भी जीवंत हैं। 14 वर्ष की आयु में उनका पहला उपन्यास प्रकाशित हुआ था। 1857 में पिता के दिवालिया हो जाने पर शिक्षा अधूरी छोड़कर पेरिस आ गए। बड़े भाई के संरक्षण में लेखन क्षेत्र में ख्याति अर्जित की। 37 वर्ष की अल्पायु में वात रोग से पीड़ित रहने लगे। 20 वर्ष तक मृत्युपर्यंत रोग ने पीछा नहीं छोड़ा।

उनकी विशिष्ट कृतियाँ हैं–आत्मकथ्यात्मक उपन्यास 'The Little Thing' (1868), काव्य-संग्रह 'The lovers' (1858) व 1872 में प्रकाशित उपन्यास 'Tartarian de Tarscon' ।

'नन्हा जासूस' कहानी में लेखक ने बाल-मनोविज्ञान का सुंदर चित्रण किया है। फ्रेंको-पर्शियन युद्ध के समय मातृविहीन नन्हा स्टेन पिता की व्यस्तता, अभावों के कारण अपने से बड़े लड़के के बहकावे में आकर उसके साथ जाकर पर्शियन फौजों को गुप्त सूचनाएँ दे देता है। बदले में कुछ सिक्के मिलते हैं। उन सिक्कों को पाकर पहले खुश होता है, परंतु सूचना के फलस्वरूप फ्रेंच आक्रमण की विफलता, पिता के दुःख को देखकर वह पिता को सबकुछ सच-सच बता देता है।

पिता वह सहन न कर पाने पर अंधकार में विलीन हो जाता है।

बिल्लियों का स्वर्ग

—एमिल जोला

मेरी आंटी मेरे पास एक अंगोरा बिल्ली छोड़ गई थी। अपने प्रिय पालतू जानवरों में वह बिल्ली मुझे सबसे ज्यादा बेवकूफ लगी। सर्दी की एक शाम को अलाव (आग) के सामने बैठकर उस बिल्ली ने यह कहानी सुनाई—

1

उस समय मेरी उम्र दो साल थी। बेहद सीधी-सादी और मोटी-ताजी थी। घरेलू जीवन की मिठास को कम करनेवाले जानवरों के सभी गुर मैंने इतनी कम उम्र में ही सीख लिये थे। किस्मत की शुक्रगुजार थी कि उसने मुझे तुम्हारी आंटी के पास भेज दिया था। वह भद्र महिला मुझे बहुत प्यार करती थी। अ लमारी के नीचे मेरा शानदार बेडरूम था। वहाँ पंखों का मुलायम गद्दा और ओढ़ने के लिए तिहरी चादर थी। खाना भी बेडरूम की ही तरह बढ़िया था। किसी प्रकार की डबलरोटी नहीं, सूप नहीं। केवल मीट, स्वादिष्ट मीट।

इतने ऐश-ओ-आराम के बीच रहने पर भी मेरी एक इच्छा थी कि खुली खिड़की से बाहर जाकर छतों पर दौड़ लगाऊँ। पुचकारने-चुमकारने से खुशी नहीं मिलती थी, मोटापे से परेशान हो गई थी; नरम-मुलायम गद्दा घिनौना लगने लगा था। मैं तुम्हें बताना चाहती हूँ कि एक दिन गर्दन बाहर निकालने पर मुझे सामने की छत दिखाई दी। वहाँ पर चार बिल्लियाँ अपने खुरदरे बालों से पूँछ को ऊपर हिला रही थीं। सूरज की तेज रोशनी में खिलखिलाती आपस में लड़ रही थीं। ऐसे अनूठे दृश्य के बारे में मैंने पहले कभी सोचा भी नहीं था। उसी समय मन में एक धारणा उत्पन्न हो गई—सच्ची खुशी खिड़कियों के पीछे नहीं, उस खुली छत पर है। इसी

सिलसिले में मुझे याद आया कि घर में मीट वाली अलमारी को भी सावधानीपूर्वक बंद रखा जाता था।

मैंने बाहर भागने की योजना बनाई। जिंदगी में लाल मीट के अतिरिक्त भी और कुछ खाने के लिए होगा। एक दिन रसोई की खिड़की खुली रह गई। मैं उसके ठीक नीचे वाली छोटी-सी छत पर कूद गई।

2

कितनी बढ़िया छतें थीं। किनारों के साथ-साथ बड़े परनाले थे। उनमें से बढ़िया महक आ रही थी। खुश होकर मैं उन परनालों के साथ-साथ चलती गई। वहाँ बेहद मुलायम, महकती, चिकनी मिट्टी में मेरे पंजे धँस गए। मुझे ऐसा अहसास हुआ मानो मैं मखमल पर चल रही हूँ। सूरज की गरमी से शरीर को गरमाहट मिली और उस गरमी से मेरी चर्बी पिघलने लगी। मैं तुमसे छिपाऊँगी नहीं कि मेरा अंग-अंग रोमांचित हो रहा था। खुश होने के साथ-साथ मन में डर भी रही थी। जब पटरी पर लगभग उलट ही गई, तब बहुत ज्यादा डर गई थी। एक घर की छत के ऊपर से तीन बिल्लियाँ चीखती-चिल्लाती भद्दे ढंग से मेरे ऊपर आ गिरीं। मैं तो डरकर बेहोश ही हो गई थी। उन्होंने मुझे पहले दर्जे की बेवकूफ समझा, बताया कि वे तो खुशी से म्याऊँ-म्याऊँ करती हुई खेल रही थीं। मैंने भी उनके सुर-में-सुर मिलाकर म्याऊँ-म्याऊँ करनी शुरू कर दी। बड़ा ही मजा आया। वे खुशमिजाज बिल्लियाँ मेरी तरह मोटी-ताजी नहीं थीं। मैं तेज धूप में रास्ते के गरम पत्थरों पर गेंद की तरह उछलने लगी तो वे सब मुँह चिढ़ाने लगीं। उन खुशमिजाज बिल्लियों में एक बुजुर्ग बिलाव ने मेरे साथ दोस्ती कर ली। उसने मुझसे अपने तौर-तरीके सिखाने का वायदा किया। मैंने उसके इस शुभ प्रस्ताव को कृतज्ञतापूर्वक स्वीकार कर लिया।

"अच्छा तो, तुम्हारी आंटी का आरामदेह घर कितना दूर है? मुझे तो परनालों का पानी ही पीने को मिलता है, चीनीवाले दूध का स्वाद मैंने कभी चखा ही नहीं।"

मुझे सबकुछ ठीक-ठाक और अच्छा लग रहा था। एक बिल्ली के पास से दूसरी खूबसूरत बिल्ली गुजरी। उसको देखकर मन में अनजान खुशी की लहर दौड़ गई। अभी तक केवल सपनों में ही इतनी लचीली, गठीली, खूबसूरत और आकर्षक बिल्ली को देखा था। नए मेहमान का स्वागत करने के लिए मैं अपने

तीनों साथियों के साथ दौड़ पड़ी। मैं सबसे आगे थी। उस मनभावनी, खूबसूरत बिल्ली के साथ मिलने ही वाली थी कि मेरी साथी बिल्लियों में से एक ने मेरी गर्दन पर काट लिया। मैं दर्द से चिल्लाने लगी।

बुजुर्ग बिलाव मुझे घसीटकर दूर ले गया और समझाने लगा, "चिंता मत करो। ऐसी और बहुत सारी बिल्लियाँ हमें देखने को मिल जाएँगी।"

3

एक घंटे के सैर-सपाटे के बाद मुझे जोर से भूख लग गई।

"घरों की छत पर खाने का क्या इंतजाम है?" मैंने अपने दोस्त से पूछा।

"जो भी मिल जाए," उसने होशियारी के साथ जवाब दिया।

उसका जवाब सुनकर मैं परेशान हो गई। देर तक ढूँढ़ने के बाद भी कुछ नहीं मिला। मुझे बरसाती में एक युवती खाना बनाती दिखाई दी। खिड़की के नीचे मेज पर लाल बढ़िया, स्वादिष्ट मीट का टिक्का रखा हुआ था। 'तुम्हारा काम बन गया,' मैंने सहज भाव से मन-ही-मन सोचा।

छलाँग लगाकर मैंने मेज पर रखा मीट का टिक्का उठा लिया। युवती ने जब देखा तो मेरी रीढ़ की हड्डी पर जोर से झाड़ू दे मारी। मैंने मीट वहीं छोड़ दिया, डर से काँपती, कसमें खाती हुई वहाँ से भाग निकली।

"तुम्हें अपनी सीमा से बाहर जाने की क्या जरूरत है?" बिलाव ने कहा, "मेज पर रखा मीट हमारे खाने के लिए नहीं है। तुम्हें अपने खाने की तलाश परनालों में ही करनी होगी।"

मेरी समझ में आज तक यह बात नहीं आई कि रसोई में रखे मीट पर बिल्लियों का कोई अधिकार क्यों नहीं होता? मुझे जोर से भूख लगी थी। बिलाव की यह बात सुनकर कि हमें अँधेरा होने तक इंतजार करना पड़ेगा, मैं अत्यधिक निराश हो गई थी। "रात को नीचे गलियों में पड़े कूड़े-कचरे में खाने की तलाश करनी पड़ेगी। रात होने का इंतजार करो," उसने एक महान दार्शनिक की भाँति शांत स्वर में कहा। मैं इतने लंबे उपवास की कल्पना से ही बेहोश हुई जा रही थी।

4

धीरे-धीरे रात का अँधेरा छा गया। बूँदा-बाँदी हो रही थी। मुझे सर्दी लगने लगी। जल्दी ही तेज हवा के झोंकों के साथ-साथ शरीर में चुभनेवाली बारिश

भी शुरू हो गई थी। तारों की टिमटिमाती रोशनी में हम सीढ़ियों से नीचे उतरे। गली में गंदगी के ढेर लगे थे। अब न तो सूरज की गरम रोशनी थी, न ही धूप से चमचमाती सफेद छतें, जिन पर आनंद से लेटा जा सकता था। चिकने फर्श पर मेरे पाँव फिसल गए। अब पंखों से बने अपने नरम, मुलायम गद्दे और तिहरी चादर की बुरी तरह से याद आ रही थी।

मुश्किल से हम गली में पहुँचे ही थे कि मेरा दोस्त बिलाव डर से थरर-थरर काँपने लगा। उसने अपने आपको सिकोड़ लिया, छोटा—बहुत छोटा हो गया। घरों के साथ-साथ छिपकर चलने लगा। मुझे भी अपने पीछे जल्दी-जल्दी चलने के लिए कहा। एक गाड़ी का दरवाजा देखकर वह जल्दी से उसमें छिप गया और चैन की साँस ली। मैंने उससे भागने का कारण पूछा।

"क्या तुमने टोकरी और कँटीली लाठी लिये हुए आदमी को देखा था?" उसने पूछा।

"हाँ।"

"वह अगर हमें देख लेता तो अपनी कँटीली लाठी को हमारे सिर पर मारकर हमें नीचे गिरा देता और भूनकर खा जाता।"

"भूनकर खा जाता! इसका मतलब यह गली हमारी नहीं है। यहाँ पर हमको खाना नहीं दिया जाता है, बल्कि हमको खाया जाता है।"

5

खैर, जो भी हो। लोगों ने अपने घरों के आगे कूड़ा-कचरा फेंक रखा था। मैं निराश होकर कचरे के ढेर में खाना तलाशने लगी। मुझे कोयले की राख से सने बिना मांस की हड्डियों के दो-तीन टुकड़े मिले। उस समय मुझे अहसास हुआ कि ताजी, नरम कलेजी कितनी स्वादिष्ट और रसीली होती है। मेरा दोस्त बिलाव कुशलता के साथ कूड़े-कचरे के ढेर को खँगाल रहा था। वह इसी तरह से पूरी रात हर फुटपाथ पर दौड़ता-भागता रहा। दस घंटे तक लगातार बारिश में भीगने के कारण मैं बुरी तरह से सर्दी से ठिठुर रही थी। कितनी गंदी होती हैं गलियाँ! कितनी कष्टदायी है यह आजादी! मुझे अपना कैदखाना याद आ रहा था।

दिन निकलने पर मुझे लड़खड़ाते देखकर बिलाव बोला, "अब तुम्हें काफी अनुभव हो गया है," वह मुझे अजीब नजरों से देख रहा था।

"हाँ।"

"क्या तुम घर वापस जाना चाहती हो?"

"बेशक! लेकिन मैं अपना घर ढूँढूँगी कैसे?"

"मेरे साथ आओ। आज सुबह तुम जैसी मोटी-ताजी बिल्ली को देखकर समझ गया था कि तुम आजादी के संघर्षपूर्ण जीवन के लिए नहीं बनी हो। मुझे तुम्हारा घर मालूम है। चलो, तुम्हें तुम्हारे घर के दरवाजे तक छोड़ आता हूँ।"

उस भले बिलाव ने यह बात सहज भाव से कही। घर पहुँचने पर उसने भावशून्य स्वर में कहा, "अलविदा!"

"नहीं," मैं चिल्लाई, "हम इस तरह अलग नहीं हो सकते। तुम्हें मेरे साथ आना होगा। हम एक ही बिस्तर पर सोएँगे, मिल-बाँटकर एक जैसा खाना खाएँगे। मेरी मालकिन बहुत दयालु है।"

उसने मुझे बीच में ही रोक दिया, "चुप रहो," वह जोर से बोला, "तुम बेवकूफ हो। तुम्हारे पंखों से बने नरम बिस्तर में मेरा दम घुट जाएगा। तुम्हारी जैसी बिल्लियों को ही उसमें आराम मिल सकता है। हम जैसे आजाद बिलाव को तुम्हारे कैदखाने का मांस और बिस्तर नहीं चाहिए।"

वह दोबारा छत पर चढ़ गया। उगते सूरज की रोशनी में उसके दुबले-पतले, लंबे शरीर की परछाईं खुशी से काँपती हुई दिखाई दे रही थी। अंदर जाने पर तुम्हारी आंटी ने मुझे चाबुक से मारा। मैंने खुश होकर वह मार सहन कर ली। मुझे मार खाने और अंदर की गरमी में आनंद आ रहा था। मार खाते समय मेरे दिमाग में उस मीट का स्वाद घूम रहा था, जो वह मुझे देनेवाली थी।

इस प्रकार वह अंगोरा बिल्ली आग के सामने पसरकर बोली, "मेरे प्यारे मालिक, मीट के लिए कमरे में बंद होकर मार खाने में भी सुख और स्वर्ग का आनंद है।"

यह बात मैं बिल्लियों की ओर से कह रहा हूँ।

फ्रेंच साहित्यकारों में एमिल जोला का नाम अग्रगण्य है। उनका जन्म 1840 में पेरिस में हुआ था।

स्कूली शिक्षा पूरी करने के बाद युवा जोला ने पब्लिशिंग हाउस में नौकरी कर ली। वहीं पर जोला ने लेखन आरंभ किया।

वर्ष 1867 में उनके उपन्यास 'There's a Requim' ने फ्रेंच साहित्य-जगत् में तहलका मचा दिया। 1871-1893 के मध्य जोला ने बीस से अधिक उपन्यास लिखे। 'Nana' उपन्यास उनका विश्व

प्रसिद्ध कालजयी उपन्यास है। जोला की कहानियों में हास्य-व्यंग्य का पुट देखने को मिलता है। 'बिल्लियों का स्वर्ग' उनकी एक ऐसी ही हल्की-फुल्की, व्यंग्यात्मक कहानी है। प्रसिद्ध गंभीर उपन्यासों के सर्वथा विपरीत हैं उनकी कहानियाँ। छोटी होते हुए भी पाठकों को रोमांचित कर देती हैं। संभ्रांत, सुविधा-संपन्न, पराधीन जीवन तथा अभावग्रस्त, स्वतंत्र जीवन पर व्यंग्यात्मक कहानी है–'बिल्लियों का स्वर्ग'।

1902 में 62 वर्ष की अल्पायु में जोला का निधन हो गया।

❑

प्युतोए

—अंतोले फ्रांस

"हमारे बचपन में यह बाग," मि. बरग्रेट ने कहा, "यह बाग, जिसकी पूरी लंबाई हम बीस कदमों में नाप लेते थे, हँसी और कभी-कभी निराशा से पूर्ण, हमारे लिए पूरी दुनिया था।"

"लूसीन, क्या तुम्हें 'प्युतोए' याद है?" होंठ बंद कर, नजरें अपनी कढ़ाई पर गड़ाए हुए उसने हमेशा की तरह मुसकराते हुए पूछा।

"क्या मुझे प्युतोए याद है! मैंने उसे बचपन में देखा है और किसी दूसरे की अपेक्षा मुझे वह ज्यादा अच्छी तरह से याद है। उसके चेहरे का प्रत्येक नैन-नक्श, उसके चरित्र का प्रत्येक गुण मेरी स्मृति में स्पष्ट रूप से विद्यमान है। उसकी खोपड़ी अंडाकार थी।"

"नीचा माथा," जो ने कहा। भाई-बहन ने अत्यधिक गंभीरता से एक-एक करके उसकी विस्तृत रूप से व्याख्या करनी शुरू कर दी।

"उसकी आँखों का रंग भिन्न था।"

"परिवर्तनशील, कपटी था।"

"कनपटी पर झुर्रियाँ थीं।"

"गालों की हड्डियाँ लाल, चमकती, उभरी हुई थीं।"

"उसके कानों पर चश्मे की कमानी नहीं थी।"

"उसका नाक-नक्शा, चेहरा एकदम भावशून्य, सपाट था।"

"उसके हर वक्त हिल रहे हाथों से ही उसके विचार पता चल जाते थे।"

"दुबला-पतला, झुकी कमर, कमजोर।"

"वास्तव में वह असाधारण रूप से ताकतवर था।"

''वह पाँच फ्रेंक के सिक्के को अपनी अँगुली और अँगूठे के बीच दबाकर मोड़ देता था।''

''यह बहुत बड़ा काम था।''

''वह धीरे-धीरे बोलता था।''

''वह चिकनी-चुपड़ी बातें करने में माहिर था।''

अचानक मि. बरग्रेट उत्तेजित होकर बोले, ''जो, हम उसके पतले भूरे बालों के बारे में तो भूल ही गए। चलो, दोबारा शुरू करते हैं।''

पौलीन हैरानी के साथ इस विचित्र वार्त्तालाप को सुन रही थी। अपने पापा और बुआ से पूछने लगी कि उन्होंने इस उबाऊ वर्णन को कहाँ पढ़ा और किस प्रकार मुँहजबानी सुना रहे हैं।

मि. बरग्रेट ने गंभीरतापूर्वक जवाब दिया, ''जो शब्द तुमने अभी सुने हैं, वे बरग्रेट परिवार में पवित्र माने जाते हैं, किसी पवित्र आदेश की भाँति। ये मेरे और तुम्हारी बुआ के साथ लुप्त न हो जाएँ, इसलिए इन्हें अगली पीढ़ी को सौंपना हमारा कर्तव्य है। तुम्हारे दादाजी, जो आसानी से हँसते नहीं थे, मुख्य रूप से इसकी उत्पत्ति के कारण थे। उन्होंने इसको सहेजकर रखा था। वे इसको 'प्युतोए' का शारीरिक विश्लेषण कहते थे। वे 'प्युतोए के शारीरिक विश्लेषण' को अनेक प्रकार से 'ओरेसमप्रेनेंट' के 'शारीरिक विश्लेषण' की तुलना में अच्छा समझते थे। वे कहते थे—यदि जेनोमेंस व्याख्या अधिक विद्वत्तापूर्ण तथा दुर्लभ आदिकालीन भावों को प्रकट करने में सक्षम है तो प्युतोए की व्याख्या विचार तथा शैली के दृष्टिकोण से स्पष्ट तथा विस्तृत रूप से उत्कृष्ट है। निस्संदेह, तब तक टूरज के डॉ. लेडबल रेबले की चौथी पुस्तक के तीस, इकतीस तथा बत्तीसवें अध्याय की व्याख्या नहीं हुई थी।''

''तुम क्या कह रहे हो, मुझे कुछ नहीं समझ में आ रहा है,'' पौलीन ने कहा।

''मेरी प्यारी बेटी, क्योंकि तुम प्युतोए को नहीं जानती, इसलिए ऐसा कह रही हो। तुम्हें समझना चाहिए कि मेरे और तुम्हारी बुआ के बचपन में प्युतोए सर्वाधिक परिचित नाम था। तुम्हारे दादाजी के घर में सबसे ज्यादा चर्चा उसी के बारे में होती थी। प्रत्येक व्यक्ति यही समझता था कि उसने उसको देखा है।''

''परंतु वह था कौन?'' पौलीन ने पूछा।

जवाब देने की बजाय मि. बरग्रेट हँसने लगे, उनके साथ ही बिना होंठ खोले मिस बरग्रेट ने भी हँसना शुरू कर दिया।

पौलीन उन दोनों को एक-एक करके देख रही थी। आमतौर पर भाई-बहन

का किसी भी बात में एक सा दृष्टिकोण न होने के कारण उसे अपनी बुआ का भाई के साथ खुलकर हँसना अजीब लगा।

''पापा, मुझे बताओ कि प्युतोए कौन था? यदि आप चाहते हैं कि मैं उसके बारे में जानूँ तो मुझे बताइए।''

''मेरी प्यारी बेटी, प्युतोए एक सम्मानित भूमि जोतनेवाले किसान का बेटा, एक माली था। उसने सेंट आमेर में नर्सरी (पौधे बेचने) का काम शुरू किया, लेकिन अपने ग्राहकों को संतुष्ट नहीं कर पाया और सब काम उलटा-पुलटा हो गया। उसने अपना काम बंद कर दिया और दिहाड़ी पर काम करने लगा। जो लोग उसको काम पर रखते थे, उनको पछताना पड़ता था।''

यहाँ पर मिस बरग्रेट, जो अभी तक हँस रही थी, ने बीच में टोका, ''लूसीन, क्या तुमको याद है कि जब पापा को अपनी मेज पर कलम-दवात, चिपकानेवाली गोंद, कैंची नहीं मिलती थी, तब वे कहा करते थे—मुझे शक है कि प्युतोए यहाँ पर आया होगा?''

''हाँ, सचमुच,'' मि. बरग्रेट ने कहा, ''प्युतोए के बारे में किसी की राय अच्छी नहीं थी।''

''केवल यही बात है?'' पौलीन ने पूछा।

''नहीं, मेरी बच्ची, यह बात नहीं है। प्युतोए की सर्वाधिक विशिष्ट बात थी कि हम सब उसको अच्छी तरह से जानते थे, फिर भी…''

'जो' ने वाक्य पूरा किया, ''उसका कोई अस्तित्व नहीं था।''

मि. बरग्रेट ने अपनी बहन को तिरस्कृत नजरों से देखा।

''क्या कह रही हो, जो! बात का मजा क्यों खत्म कर रही हो? प्युतोए का अस्तित्व नहीं था, क्या तुम सचमुच ऐसा कह सकती हो, क्या तुम्हें वास्तव में ऐसा विश्वास है, क्या तुमने उन विभिन्न दृष्टिकोणों से विचार किया, जिनमें व्यक्ति का अस्तित्व विद्यमान रहता है? हाँ, प्युतोए का अस्तित्व है। यह सच है कि उसका अस्तित्व विशिष्ट प्रकार का है।''

''मेरी समझ में कुछ नहीं आ रहा है,'' पौलीन ने निराशाजनक स्वर में कहा।

''धीरे-धीरे तुम्हारे सामने सबकुछ स्पष्ट हो जाएगा, मेरी प्रिय। अभी तुमको बताने का समय आ गया है कि प्युतोए एक अधेड़ उम्र में पैदा हुआ था। मैं अभी बच्चा था, परंतु तुम्हारी बुआ उस समय अच्छी बड़ी लड़की थी। हम उस समय सेंट ओमर के बाहर की तरफ छोटे-से घर में रहते थे। वहाँ पर मेरे माता-पिता शांत, एकांत जीवन व्यतीत कर रहे थे। तभी मादाम कोर्नोलियर नामक वृद्ध

महिला, जो शहर से पाँच फर्लांग की दूरी पर मान्प्लेजर के जागीरदार के घर में रहती थीं, ने उनको ढूँढ़ निकाला। उन्होंने पता लगाया कि वह मेरी माँ की परदादी थी। इस रिश्ते का फायदा उठाकर वह हर रविवार को मेरे माता-पिता को अपने साथ डिनर पर ले जाने की जिद करती। इस बात से वे दोनों बहुत ज्यादा उकता गए थे। वह कहती कि रविवार को परिवार के साथ डिनर करना उचित था और केवल कुसंस्कारी लोग ही इस पुरानी प्रथा को नहीं मानते। मेरे पापा मान्प्लेजर में उकताहट के कारण रुआँसे हो जाते थे, उनकी निराशा देखी नहीं जाती थी, परंतु मादाम कोर्नोलियर इस बात से अनजान बनी रहीं, उन्होंने कभी कुछ देखने की कोशिश ही नहीं की। मेरी माँ ज्यादा साहसी थीं। वे भी पापा की तरह, बल्कि उनसे भी ज्यादा, परेशान होती थीं, परंतु मुसकराती रहती थीं।''

''महिलाएँ वेदना सहन करने के लिए ही पैदा होती हैं,'' जो ने कहा।

''जो! पृथ्वी पर प्रत्येक वस्तु कष्ट सहन करने के लिए ही है। मेरे माता-पिता ने कष्टदायक निमंत्रणों को अस्वीकार करने की असफल कोशिश की। प्रत्येक रविवार की दोपहर को मादाम कोर्नोलियर की बग्घी उनको लेने के लिए आ जाती थी। उन्हें मानप्लेजर जाना पड़ता था, बचने का कोई रास्ता नहीं था। अब यह जीवन में दिनचर्या का एक सुनिश्चित नियम बन गया था, केवल खुला विद्रोह ही इस नियम को तोड़ सकता था। आखिरकार मेरे पिता ने विद्रोह कर डाला। उन्होंने कसम खाई कि वे मादाम कोर्नोलियर का अगला निमंत्रण स्वीकार नहीं करेंगे। मेरी माँ के ऊपर इससे कुशलतापूर्वक निपटने के लिए विभिन्न प्रकार के बहाने ढूँढ़ने का जिम्मा सौंप दिया। माँ इस काम को अकेले करने में सर्वथा अक्षम थीं। उन्हें लोगों को धोखा देना नहीं आता था।''

''शायद उनको ऐसा करना पसंद नहीं था,'' जो ने कहा, ''यदि वे चाहतीं तो वे भी अन्य व्यक्तियों की तरह झूठ बोल सकती थीं।''

''यह सच है, जब उनके पास बताने के लिए तर्कसंगत कारण होते थे तो वे गलत बहाने क्यों ढूँढ़तीं? तुम्हें याद है जो, एक दिन उन्होंने कैसे कहा था—कितनी अच्छी बात है कि जो को काली खाँसी हो गई है, अब हम लंबे समय तक मान्प्लेजर नहीं जा पाएँगे।''

''लेकिन वह सच था,'' जो ने कहा।

''तुम ठीक हो गई, जो और एक दिन मादाम कोर्नोलियर माँ के पास आकर बोली—प्रिय बेटी, मैं तुम्हारी प्रतीक्षा कर रही हूँ। अगले रविवार को तुम और तुम्हारे पति मेरे पास डिनर के लिए आ रहे हो।''

माँ को लोहे की तरह पक्का बहाना बनाने की सख्त हिदायत थी। वे स्थिति को भाँपकर झूठ बोलने पर विवश हो गईं, ''मुझे अत्यधिक खेद है, प्रिय मादाम, इस रविवार को आपके यहाँ आ पाना असंभव होगा। आप नहीं जानतीं कि इस रविवार को मुझे अपने माली की प्रतीक्षा है।''

इन शब्दों को सुनने के बाद मादाम कोर्नोलियर ने ड्राइंगरूम की खिड़की से बाहर हमारे छोटे, उजाड़ गार्डन को देखा। वहाँ पर लीलेक (हल्के बैंगनी रंग के फूलोंवाली झाड़ी) और स्पिंडल बेरी के पेड़ ऐसे दिखाई दे रहे थे, मानो उनपर छँटाई करनेवाली कैंची न तो कभी चली होगी और न ही चलेगी।

''तुम्हें माली का इंतजार है, परंतु क्यों?''

''मादाम, गार्डन में काम करवाने के लिए।''

मेरी माँ ने अनिच्छा से आधे जंगली पौधों और उनमें फैली जंगली घासवाले छोटे से जमीन के टुकड़े को, जिसे उन्होंने गार्डन कहा था, निराशा से देखा। उनका झूठ कितना बेतुका था।

''ठीक है, वह आदमी तुम्हारे गार्डन में काम करने के लिए सोमवार या मंगलवार को आ सकता है,'' मादाम कोर्नोलियर बोलीं, ''वास्तव में वही ज्यादा ठीक रहेगा। रविवार को काम करना गलत है।''

माँ इसके जवाब के लिए तैयार थीं, ''सप्ताह के और दिनों में वह व्यस्त रहता है,'' उन्होंने कहा।

मैंने प्रायः देखा है कि सर्वाधिक मूर्खतापूर्ण और हास्यास्पद कारणों पर कम बहस होती है, वे सामनेवाले को उलझन में डाल देते हैं। इतनी अड़ियल औरत से जितनी बहस की आशा थी, उसने उतनी बहस नहीं की। अपनी आरामकुरसी से उठते हुए मादाम कोर्नोलियर ने पूछा, ''तुम्हारे माली का नाम क्या है?''

मेरी माँ ने बिना किसी हिचकिचाहट के तुरंत उत्तर दिया, ''प्युतोए।''

प्युतोए का नामकरण हो गया था। इसलिए उसका अस्तित्व था। मादाम कोर्नोलियर बुदबुदाती हुई जाने लगीं, ''प्युतोए! प्युतोए!' लगता है, मैंने यह नाम सुना है। हाँ, विश्वास है कि मैं इसको जानती हूँ, लेकिन ठीक से याद नहीं आ रहा है कि वह कहाँ रहता है?''

''वह दिन में दिहाड़ी पर काम करता है। जरूरत पड़ने पर उसको, जिन घरों में वह काम करता है, वहाँ संदेश भेजकर बुलवा सकते हैं।''

''हाँ, मैं भी यही सोच रही थी। निठल्ला और आवारागर्द, एकदम नीच! उससे होशियार रहना मेरी बेटी।''

इस प्रकार प्युतोए का चरित्र निर्धारित हो गया।

उसी समय मि. गौबिन और मि. मार्टेयू कमरे में दाखिल हुए। मि. बरग्रेट उनको बातचीत का विषय समझाने लगे, ''हम माली के बारे में बात कर रहे थे, जिसे हमारी माँ ने सेंट ओमेर में जन्म दिया था और नामकरण किया था। उसी समय से उसका अस्तित्व है।''

''क्या तुम वही बात दोबारा बताने की तकलीफ करोगे?'' मि. गौबिन अपना चश्मा साफ करते हुए बोले।

''खुशी से,'' मि. बरग्रेट ने जवाब दिया, ''वहाँ कोई माली नहीं था, उसका कोई अस्तित्व नहीं था। जिस क्षण मेरी माँ ने कहा कि उसको माली का इंतजार है, उसी क्षण उसका जन्म हुआ, वह जीवित है और सक्रिय है।''

''परंतु जब वह है ही नहीं, तब उसका अस्तित्व कैसे हो सकता है?''

''उसका अस्तित्व विशिष्ट प्रकार का है,'' मि. बरग्रेट ने जवाब दिया।

''तुम्हारा अभिप्राय काल्पनिक अस्तित्व से है।'' मि. गौबिन ने हास्यास्पद स्वर में कहा।

''यह कोई काल्पनिक अस्तित्व नहीं है। धर्मग्रंथों में वर्णित पात्रों पर दृष्टिपात करो; क्या वे मानवजाति को प्रभावित करने में सक्षम नहीं हैं? केवल एक क्षण के लिए उन पर विचार करो, मि. गौबिन, तुम अनुभव करोगे कि काल्पनिक होते हुए भी उन्होंने मानव पर अत्यधिक गहन एवं अंतहीन प्रभाव डाला है। प्रत्येक काल एवं स्थान पर प्युतोए सदृश काल्पनिक पात्रों ने ही प्रेम-घृणा, आतंक, आशा-निराशा, अपराध को जन्म दिया, चढ़ावे को स्वीकार किया, नियमों तथा प्रथाओं को निर्धारित किया। धर्मकथाओं पर विचार करो, मि. गौबिन, ये अनादिकाल से विद्यमान हैं। मैं मानता हूँ कि प्युतोए एक निम्न तथा अस्पष्ट काल्पनिक प्राणी है। ला फोंटेन की नीतिकथा में जोरडाल ने असभ्य वनदेवता, जो एक बार हमारे उत्तर ग्रामवासियों के साथ मेज पर बैठे थे, को चित्रित करने योग्य समझा था। शेक्सपियर के भव्य संसार में साइकोरेक्स के बालोंवाले बेटे का अपना स्थान था। प्युतोए कम भाग्यशाली था; कवि तथा चित्रकार सदैव उसका तिरस्कार करेंगे। वह न तो अधिक भव्य था, न ही अधिक विचित्र। उसमें चरित्र और रहन-सहन दोनों का अभाव था। उसका जन्म अत्यधिक तर्कशील मस्तिष्कों में हुआ था, सुशिक्षित लोगों के बीच हुआ था, परंतु हमारी नीतिकथाओं में वर्णित काल्पनिक आनंदप्रद शक्ति का उसमें पर्याप्त अभाव था। मेरे विचार में मैंने प्युतोए के वास्तविक चरित्र पर प्रकाश डालने के लिए काफी कह दिया है।''

''मेरे मस्तिष्क में उसकी छवि निर्मित होने लगी है।'' मि. गौबिन ने कहा।

मि. बरग्रेट ने अपनी कहानी चालू रखी, ''प्युतोए का अस्तित्व था। मैं दावे के साथ कह सकता हूँ कि वह विद्यमान था। मित्रो, ध्यान से विचार करने पर तुम जान जाओगे कि आवश्यक नहीं कि अस्तित्व किसी पदार्थ विशेष की ओर संकेत करे, यह केवल किसी पदार्थ तथा उसकी चारित्रिक विशेषताओं के मध्य के संबंध को भी दरशा सकता है, केवल किसी संबंध को अभिव्यक्त कर सकता है।''

''निस्संदेह,'' मि. मार्टेयू बात काटते हुए बोले, ''बिना चारित्रिक विशेषताओं के होने का अर्थ है—शून्य कुछ भी नहीं। मुझे नहीं मालूम कि ये शब्द किसने कहे थे, 'मैं वही हूँ, जो है।' अपनी कमजोर याददाश्त के लिए माफी चाहता हूँ। कोई भी व्यक्ति सबकुछ याद नहीं रख सकता, परंतु जिसने भी ये शब्द कहे हैं, उसने भयानक भूल की है। उसके कहने का तात्पर्य था कि वह चारित्रिक विशेषताओं से स्वतंत्र तथा सभी संबंधों से वंचित था, इसलिए उसने कह डाला कि उसका कोई अस्तित्व नहीं था। अत: उसने मूर्खतापूर्ण तरीके से अपना अस्तित्व समाप्त कर डाला। मैं दावे के साथ कह सकता हूँ कि इसके बाद किसी ने उसके बारे में नहीं सुना होगा।''

''तब तुम हार जाओगे,'' मि. बरग्रेट ने जवाब दिया, ''उसने अपने आत्मकेंद्रित दंभपूर्ण वक्तव्य के दुष्प्रभाव की भरपाई अपने ऊपर छिछले विश्लेषणों को थोपकर की तथा चर्चा का महत्त्वपूर्ण केंद्र बना रहा, प्राय: मूर्खतापूर्ण तरीके से नहीं।''

''मेरी समझ में आपकी बात नहीं आई।'', मि. गौबिन बोले।

''समझने की जरूरत भी नहीं है।'' मि. मार्टेयू ने जवाब दिया। उन्होंने बरग्रेट से अभ्यर्थना की कि वे प्युतोए की कहानी चालू रखें।

''धन्यवाद,'' मि. बरग्रेट ने कहा, ''प्युतोए का जन्म उन्नीसवीं सदी के उत्तरार्ध में सेंट ओमेर में हुआ था। ज्यादा अच्छा होता यदि वह अनेक सदियों पहले आर्डेन अथवा ब्रोसलीआंडे के जंगल में पैदा होता। तब वह दुष्टात्मा, आश्चर्यजनक रूप से चतुर होता।''

''एक कप चाय लेंगे, मि. गौबिन?'' पौलीन ने कहा।

''तो क्या प्युतोए एक दुष्टात्मा था?'' मि. मार्टेयू ने पूछा।

''हाँ भी और नहीं भी,'' मि. बरग्रेट ने जवाब दिया, ''वह तथाकथित अत्यधिक दुष्ट दैत्यों की तरह था, परंतु उसके घनिष्ठ संपर्क में रहने के बाद कुछ अच्छे गुणों का पता चलता है। मैं यह सोचने पर विवश हो जाता हूँ कि प्युतोए के साथ अन्याय हुआ था। मादाम कोर्नोलियर की उसके संबंध में गलत धारणा थी। उन्होंने तत्काल उसको शराबी, चोर, उचक्का समझ लिया, फिर उनको खयाल आया

कि मेरी माँ, जो धनी नहीं थी, ने उसको काम पर रखा है, इसलिए वह निश्चित रूप से थोड़ी पगार में संतुष्ट होनेवाला व्यक्ति होगा। यही नहीं, उन्होंने सोचा कि अपने माली, जो अधिक कार्यकुशल होने के साथ-साथ अधिक कठोर भी था, को हटाकर उसको काम पर रखना फायदेमंद रहेगा। यू (सदाबहार पेड़) पेड़ों की छँटाई करने का मौसम समीप था। उनको लगा कि यदि गरीब मादाम इलोई बरग्रेट प्युतोए को ज्यादा तनख्वाह नहीं देंगी तो वह धनी औरत उसको उनसे भी कम तनख्वाह देगी। धनी लोगों द्वारा निर्धन लोगों की तुलना में कम तनख्वाह देना सामान्य बात है। उसने पहले से ही यू पेड़ों की छँटाई के मामूली खर्च की कल्पना कर डाली थी।''

'मैं ध्यान रखूँगी,' उसने मन ही मन में कहा, 'प्युतोए वक्त न बरबाद करे और मुझे लूटे न। मेरा कुछ नुकसान नहीं होगा, मेरे लिए फायदे का सौदा रहेगा। कभी-कभी ये आवारागर्द लोग ईमानदार मजदूरों से ज्यादा अच्छे कामगार होते हैं।' इसलिए उन्होंने उसको आजमाने का फैसला किया। ''माई डीयर,'' उसने मेरी माँ से कहा, ''क्या तुम प्युतोए को मेरे पास भेज दोगी? मैं उससे मान्प्लेजर में कुछ काम करवाना चाहती हूँ।''

मेरी माँ खुशी-खुशी वायदा कर लेती और उसको भेज देती, लेकिन यह संभव नहीं था। मादाम कोर्नोलियर मान्प्लेजर में प्युतोए का इंतजार करती रही, उसका व्यर्थ इंतजार करती रही, लेकिन वे स्पष्ट विचारोंवाली तथा अपने इरादों पर दृढ़ रहनेवाली महिला थीं। अगली बार माँ से मिलने पर शिकायत की कि प्युतोए उनके पास नहीं गया था। ''क्या तुमने उसको बताया नहीं था कि मैं उसका इंतजार कर रही हूँ, माई डीयर?''

''सचमुच, मैंने उसको बताया था, लेकिन वह ऐसा ही अजीब-सा आदमी है।''

''ओह, मैं ऐसे लोगों को जानती हूँ। मैं तुम्हारे प्युतोए को अच्छी तरह से समझ सकती हूँ, लेकिन कोई भी आदमी इतना पागल नहीं होगा, जो मान्प्लेजर में आने और काम करने से इनकार कर दे। मेरा घर सब जानते हैं, ठीक है न? प्युतोए को मेरे आदेश का पालन करना चाहिए और इस पर फौरन ध्यान देना चाहिए। मुझे बताओ कि वह कहाँ रहता है, मैं खुद जाकर उसको पकड़ लाऊँगी।''

मेरी माँ ने जवाब दिया कि उसे उसके घर का पता नहीं मालूम था। केवल यही मालूम था कि उसका कोई ठौर-ठिकाना नहीं था। ''मैंने उसको दोबारा नहीं देखा है, मेरे खयाल में वह कहीं पर छिपा होगा।'' वे इससे ज्यादा और कह भी क्या सकती थीं।

परंतु मादाम कोर्नोलियर को निश्चित रूप से उनकी बात पर विश्वास नहीं हुआ। उनको संदेह था कि प्युतोए को उनसे दूर रखने के लिए वे उनके साथ दोहरी चाल चल रही थीं कि कहीं वे उससे हाथ न धो बैठें या फिर वह ज्यादा पैसे न माँगने लगे। उनको माँ की यह बात अधिक स्वार्थपरक लगी। अनेक निर्णय, जिन्हें दुनिया ने स्वीकृति प्रदान की है तथा इतिहास ने मान्यता प्रदान की है, इसी प्रकार लिये गए हैं।

''इसमें कितनी सच्चाई है?'' पौलीन ने कहा।

''क्या सच है?'' आधी सोई जो ने पूछा।

''यही कि इतिहास के निर्णय प्राय: असत्य होते हैं। पापा, मुझे याद है कि आपने एक दिन कहा था—मादाम रौलेंड की भावी पीढ़ियों से निर्णय लेने के लिए आग्रह करना निरी मूर्खता है। उन्होंने इस बात पर विचार नहीं किया कि जब उनके समकालीन अच्छे नहीं हैं तो भावी पीढ़ियाँ उनसे बेहतर नहीं होंगी।''

''पौलीन,'' जो ने कठोर स्वर में पूछा, ''उसमें और प्युतोए की कहानी में क्या संबंध है?''

''अत्यधिक घनिष्ठ।''

''मुझे तो दिखाई नहीं देता!''

मि. बरग्रेट, जो विषय परिवर्तन के विरुद्ध नहीं थे, ने कहा, ''यदि इसी दुनिया में सभी अन्याय हो जाएँ तो मनुष्य कभी दूसरी दुनिया की कल्पना ही नहीं कर पाता। भावी पीढ़ियाँ सभी मृतकों के लिए उचित निर्णय किस प्रकार ले सकती हैं। जिस छाया में उनको प्रश्रय मिला है, उसपर संदेह किस प्रकार कर सकती हैं, उनके प्रति न्यायपूर्ण स्थिति में होने से पहले उनको भूलना होगा, परंतु क्या कोई न्यायोचित रहा है, ईमानदारी क्या है?'' खैर, जो भी हो, आखिर में मादाम कोर्नोलियर को यह बात माननी पड़ी कि मेरी माँ उनको धोखा नहीं दे रही थी। प्युतोए का कहीं कोई अता-पता नहीं था।

परंतु उसने कोशिश नहीं छोड़ी। उसने अपने सभी संबंधियों, मित्रों, पड़ोसियों, नौकरों तथा दुकानदारों से पूछा कि क्या वे किसी प्युतोए नामक व्यक्ति को जानते थे। केवल दो-तीन ने ही बताया कि उन्होंने प्युतोए का कभी नाम ही नहीं सुना था। ज्यादातर ने कहा कि शायद उन्होंने उसको देखा है।

''मैंने नाम सुना है,'' रसोइए ने कहा, ''लेकिन शक्ल नहीं देखी है।''

''प्युतोए! उसे तो मैं बहुत अच्छी तरह से जानता हूँ।'' सड़क ठीक करनेवाले एक व्यक्ति ने सिर खुजलाते हुए कहा, ''लेकिन यह नहीं बता सकता कि वह है कौन?''

नोटेरी मि. ब्ले ने इस बात का ब्योरेवार प्रमाण दिया। उन्होंने बताया कि जिस साल धूमकेतु दिखाई दिया था, उस साल उन्होंने 19 अक्तूबर से 23 अक्तूबर तक पीछे अहाते में लकड़ी काटने के लिए प्युतोए को रखा था।

एक दिन सुबह मादाम कोर्नोलियर हाँफती हुई मेरे पिता के स्टडीरूम में आईं, ''मैंने अभी-अभी प्युतोए को देखा है। हाँ, मैं सच कह रही हूँ, मैंने उसे देखा है।''

''क्या! तुमने देखा है?''

''निश्चित रूप से। वह मि. तेनशा की दीवार पर चढ़ रहा था। उसके बाद वह एबेसस की गली में तेजी से चलता हुआ मुड़ा और मेरी नजर से ओझल हो गया।''

''क्या तुम्हें विश्वास है कि वह वही था?''

''पूरा विश्वास है। वह लगभग पचास साल का, दुबला-पतला, झुकी कमरवाला था। उसने ढीला-ढाला, गंदा कुर्ता पहना हुआ था, आवारागर्द दिखाई दे रहा था।''

''यह सच है,'' मेरे पापा ने कहा, ''तुम्हारे ब्योरे से वह प्युतोए ही था।''

''हाँ, यही बात है। यही नहीं, जब मैंने 'प्युतोए' कहकर पुकारा तो उसने पीछे मुड़कर देखा।''

मेरे पापा बोले, ''भगोड़े अपराधियों की पहचान निर्धारित करने के लिए पुलिस यही तरीका अपनाती है।''

''हाँ, तो जैसा कि मैं बता रही थी,'' मादाम कोर्नोलियर ने अपनी बात जारी रखी, ''वह वही था, मैंने तुम्हारे प्युतोए को ढूँढ़ ही निकाला, लेकिन मुझे उसकी शक्ल पसंद नहीं आई। तुमने और तुम्हारी पत्नी ने उसको काम देकर सबसे बड़ी गलती की। मैं लोगों का चेहरा देखकर ही उनके चरित्र के बारे में बता सकती हूँ। हालाँकि मैंने उसको केवल पीछे से ही देखा है, फिर भी दावे के साथ कह सकती हूँ कि वह चोर था, हो सकता है, हत्यारा भी हो। उसके कानों पर कोई गोलाई नहीं थी, यह हमेशा एक चिह्न होता है।''

''ओह! तो तुमने देखा कि उसके कानों पर गोलाई नहीं थी?''

''मेरी आँखों से कुछ नहीं छिप सकता। माई डीयर बरग्रेट! अगर तुम अपनी हत्या नहीं करवाना चाहते हो, अपनी पत्नी और अपने बच्चों की खैरियत चाहते हो तो प्युतोए को दोबारा घर में मत आने देना। एक और सलाह—अपने सभी ताले बदल डालो।''

कुछ दिनों के बाद मादाम कोर्नोलियर के किचन गार्डन से तीन खरबूजे चोरी हो गए। चोर का अता-पता न चलने पर उनके शक की सुई प्युतोए पर जा टिकी। पुलिस बुलाई गई और जाँच-पड़ताल में उन्होंने मादाम कोर्नोलियर के संदेह की पुष्टि की। पिछले कुछ समय से उस जिले में चोर बागों में चोरी कर रहे थे, लेकिन इस बार चोरी एक अकेले आदमी ने की थी और वह भी असाधारण कुशलता से की गई थी। वह अंदर कैसे घुसा, यह साफ नहीं था, गीली मिट्टी में उसके पैरों के निशान नहीं थे। केवल प्युतोए ही चोर हो सकता था। चीफ कांस्टेबल, जिसने प्युतोए के बहुत सारे किस्से सुन रखे थे और जो उसको पकड़ने के लिए बेताब था, का यही विचार था।

शहर में प्राप्त सूचना के आधार पर निर्मित प्युतोए के सहित मादाम कोर्नोलियर के खरबूजों पर 'दी-जर्नल-द-ओमेर' में विस्तृत आलेख प्रकाशित हुआ। आलेख में लिखा था, 'उसका छोटा माथा, आँखों के बदलते रंग, कनपटी के नीचे झुर्रियाँ, चमकती, लाल, उभरी हुई गालों की हड्डियाँ हैं। दुबला-पतला, कमर थोड़ी झुकी हुई, दिखने में कमजोर, वास्तव में असाधारण शक्ति से संपन्न, अँगूठे और तर्जनी के बीच पाँच फ्रेंक के सिक्के को रखकर वह आसानी से मोड़ सकता है। अत्यंत कुशलतापूर्वक चोरी की कई वारदातों को अंजाम देने के लिए उस पर संदेह करने के कई कारण हैं।

पूरा शहर प्युतोए के बारे में जानने के लिए उत्सुक था। एक दिन खबर मिली कि उसको बंदी बनाकर जेल में डाल दिया गया था। जल्दी ही उन्होंने स्वीकार किया कि जिस आदमी को प्युतोए समझकर हिरासत में लिया गया था, वह वास्तव में रिगोबर नामक कैलेंडर बेचनेवाला था। उसके खिलाफ कोई सबूत न मिलने पर उसको चौदह महीने हवालात में रखने के बाद छोड़ दिया। प्युतोए का अभी तक कोई अता-पता नहीं था। मादाम कोर्नोलियर के घर पर पहले से ज्यादा साहसी और गंभीर चोरी हो गई, उनकी रसोई की अलमारी से चाँदी के तीन चम्मच चोरी हो गए थे। दोबारा प्युतोए का हाथ होने की सम्भावना के कारण उन्होंने बेडरूम के दरवाजे पर एक साँकल लगवा ली। अब वे रात को सो नहीं पाती थीं। दस बजे के करीब जब पौलीन ऊपर सोने चली गई, तब मिस बरग्रेट ने अपने भाई से कहा, ''प्युतोए ने किस प्रकार मादाम कोर्नोलियर के रसोइए को बहकाया था, यह बात बताना मत भूलना।''

''मैं तो भूल ही गया था,'' मि. बरग्रेट ने कहा, ''उसके बिना तो कहानी का सर्वाधिक महत्त्वपूर्ण भाग ही छूट जाता है, ''परंतु सबकुछ ठीक प्रकार से चल

रहा है। कानून सतर्कता के साथ प्युतोए की तलाश करने लगा, लेकिन उसको ढूँढ़ नहीं पाया। जब इस बात का पता चला तो प्रत्येक आदमी ने उसकी तलाश करना गौरव की बात समझा। चालाक लोग सफल हो गए। सेंट ओमेर में तथा जिले में अनेक चालाक लोग थे, फलस्वरूप प्युतोए एक साथ गलियों, खेतों, जंगलों में दिखाई देने लगा।

इस प्रकार उसके चरित्र में एक और विशिष्टता जुड़ गई। उसके पास सर्वव्यापक होने की शक्ति विद्यमान थी, जो अनेक लोकप्रिय नायकों के पास होती है। ऐसा व्यक्ति एक पल में विशाल दूरी को माप सकता है तथा अचानक किसी भी स्थान पर प्रकट हो सकता है। निश्चित रूप से यह थोड़ी चिंताजनक बात थी। सेंट ओमेर में प्युतोए का आतंक फैल गया। मादाम कोर्नोलियर को पूरा विश्वास था कि प्युतोए ने उनके तीन चम्मच और तीन खरबूजे चुराए थे। उन्होंने अपने आपको घर में बंद कर लिया और मौत से डरने लगीं। कुंडी, साँकल, ताले उनको तसल्ली देने के लिए काफी नहीं थे। उनके विचार में प्युतोए शैतानी ताकत से संपन्न प्राणी था, जो बंद दरवाजों से भी भीतर घुस सकता था। एक घरेलू घटना ने उनके डर को दोगुना कर दिया। उनके रसोइए को किसी ने संभोग के लिए राजी कर लिया था, एक समय आया, जब वह अपने इस पाप को छिपा नहीं पाई। उसने संभोगकर्ता का नाम बताने से स्पष्ट इनकार कर दिया।

"उसका नाम 'गुडुला' था," जो ने जोड़ा।

"उसका नाम 'गुडुला' था, उसकी ठोड़ी पर लंबी कँटीली दाढ़ी होने के कारण लोग उसको प्रेम के खतरों से सुरक्षित समझते थे। तुम्हें याद होगा कि बोहेमिया के सम्राट की पुत्री के अचानक दाढ़ी उग आने से उसके कौमार्य की रक्षा हो गई थी।" दाढ़ी, जो कि किशोरावस्था से कहीं अधिक थी, 'गुडुला' के कौमार्य की रक्षा नहीं कर पाई। मादाम कोर्नोलियर ने उस पर बहुत दबाव डाला कि वह उस आदमी का नाम बता दे, जिसने उसके साथ संभोग किया था और बाद में उसको भाग्य के सहारे छोड़ दिया था। गुडुला रोने लगी, लेकिन कुछ नहीं बताया। धमकी तथा अनुनय-विनय करने का उस पर कोई असर नहीं पड़ा। मादाम कोर्नोलियर ने लंबी और सावधानीपूर्वक जाँच-पड़ताल की। उसने चतुराई से पड़ोसियों, दुकानदारों, सड़क पर काम करनेवालों, मालियों और पुलिसवालों से सच्चाई उगलवाने की कोशिश की—"तुम्हारी भलाई इसी में है कि उसका नाम बता दो।" गुडुला चुप रही। अचानक मादाम कोर्नोलियर सब समझ गई। "मैं जानती हूँ कि वह प्युतोए है।" वह रोने लगी और कुछ नहीं बोली। "निस्संदेह,

यह प्युतोए का काम है। मुझे यह बात पहले क्यों नहीं समझ में आई! अभागी! अभागी लड़की।''

उसके बाद तो मादाम कोर्नोलियर को पूरा विश्वास हो गया कि प्युतोए ही खाना बनानेवाली के बच्चे का पिता था। सेंट ओमेर में मैजिस्ट्रेट से लेकर लैंपलाइटर का कुत्ता गुडुला और उसकी खरीदारी की टोकरी को जानता था। जब पता चला कि प्युतोए ने उसके साथ संभोग किया है, तब पूरा शहर आश्चर्य, प्रशंसा तथा खुशी से भर गया। प्युतोए को एक साथ 'कैसेनोक' तथा 'डौन जुआन' की उपाधि मिल गई। धुँधले प्रमाणों के आधार पर उन्होंने प्युतोए को उस साल पैदा होनेवाले पाँच-छह बच्चों का पिता होने का दावा किया। यही नहीं, उनका भी, जो बच्चे पृथ्वी की खुशियों का इंतजार कर रहे थे और जिनके आने की खुशी उनकी माताओं के लिए दुःख का कारण थी। उनमें एक कैफे-मालिक की नौकरानी, एक बेकरीवाले की सामान वितरण करनेवाली लड़की, एक छोटी कुबड़ी लड़की थी। सभी प्युतोए की बातें सुनने के बाद ही गर्भवती हुई थीं। 'दुष्टात्मा' (काल्पनिक दैत्य)! अफवाहों का बाजार गरम था।

वृद्ध पुरुषों की दृष्टि में प्युतोए, अदृश्य लंपट प्राणी से शहर की सभी नव-युवतियों को क्षति पहुँचने की आशंका थी। उनके विचार में नव-युवतियाँ सदैव सभ्य-सुशील होती थीं।

यद्यपि वह पूरे शहर तथा आस-पास के गाँवों में मौजूद था, फिर भी वह हमारे घर के साथ हजारों अदृश्य बंधनों से जुड़ा था। वह हमारे दरवाजे के आगे से गुजरता, कहते हैं कि कभी-कभी उसको हमारे गार्डन की दीवार फाँदते देखा गया था। कभी किसी ने उसको प्रत्यक्ष में नहीं देखा था। हम सदैव उसकी परछाईं, उसकी आवाज, उसके पदचिह्न पहचान जाते। कई बार हमें मध्यम रोशनी में नुक्कड़ पर मुड़ते हुए उसकी पीठ दिखने का आभास हुआ। मेरी बहन और मेरे लिए उसके चरित्र में थोड़ा बदलाव आ गया था। वह अभी भी दुष्ट तथा पापी था, परंतु युवा और बहुत सीधा था। वह कम यथार्थवादी, मैं कहूँगा कि अधिक काव्यात्मक था। वह बाल-परंपराओं के संसार का हिस्सा था। वह 'सैंडमैन' की तरह बन गया था, जो रात को बच्चों को सुलाता है। वह शैतान (वनपरी) नहीं था, जो रात के समय अस्तबल में बछेड़ों की पूँछ एक साथ बाँध देता, वह बेहद गँवार तथा महाठग नहीं था, लेकिन अपने शरारती स्वभाव के कारण उसने मेरी बहन की गुड़ियों की स्याही से मूँछें बना दी थीं। हम सोने से पहले उसकी बातें सुनते थे; वह छतों के ऊपर बिल्लियों के साथ चीखता था; कुत्तों के साथ भौंकता था; अनास पर उसके कराहने

की आवाज आती थी; वह गली में शराबियों के गाने की नकल उतारता था।

उसकी बातें हमारे इर्द-गिर्द की हर चीज में बसी थीं। इसीलिए प्युतोए हमारे साथ मौजूद रहता था, हमारा परिचित था। जो की गुड़ियाँ, मेरे स्कूल की किताबें, जिनके पन्ने अक्सर तुड़े-मुड़े अथवा फटे होते थे, गार्डन की दीवार पर हमें अक्सर उसकी चमकती आँखें दिखाई देती थीं, नीला चीनी का बरतन, जिसे एक रात उसने तोड़ दिया था (बशर्ते कि वह पाले से न टूटा हो), गलियों, बेंचों, सभी में प्युतोए कि यादें बसी थीं, हमारे प्युतोए की। हमारी निजी दुनिया का एक काल्पनिक प्राणी, बच्चों का प्रिय प्युतोए! हो सकता है उसमें थेंसाली अथवा सिसली के सर्वाधिक गँवार-काल्पनिक वनदेवता अथवा असभ्य व्यक्ति की मनोहरता या काव्यात्मकता न हो, फिर भी वह आधा देवता था।

हमारे पापा के लिए वह थोड़ा भिन्न था—उसका आकर्षण अधिक प्रतीकात्मक तथा अधिक दार्शनिक था। हमारे पिता को अपने साथियों के ऊपर बहुत तरस आता था। वे उनको ज्यादा बुद्धिमान नहीं समझते थे। कष्टकारक न होने पर वे उनकी गलतियों पर मुसकराने लगते। प्युतोए में सामान्य विश्वास उनके विचार में सभी मानवीय विश्वासों का एक उदाहरण था। उनका दिमाग भी हास्य-व्यंग्य से भरपूर था, इसलिए वे भी प्युतोए के बारे में ऐसे बात करते, मानो वह कोई सजीव प्राणी हो! वे उसका वर्णन इतना अधिक विस्तार से करते कि मेरी माँ हैरान रह जाती और सहज-सरल भाव से कहती, "कोई भी व्यक्ति यह समझेगा कि तुम गंभीरता से बात कर रहे हो, जबकि तुम्हें अच्छी तरह से मालूम है…।"

वे गंभीरता से जवाब देते थे, "पूरे सेंट ओमेर को प्युतोए के अस्तित्व में विश्वास है, यदि मैं उसको नकारूँगा तो क्या एक अच्छा नागरिक कहलाऊँगा? सामान्य विश्वास की वस्तु को नष्ट करने से पहले व्यक्ति के लिए सावधानीपूर्वक विचार करना अत्यावश्यक है।"

ऐसी नैतिकता संबंधी बातें केवल पूर्णरूप से ईमानदार मस्तिष्क में ही उत्पन्न होती हैं। हृदय से मेरे पिता गैसेंडी के सिद्धांतों के समर्थक थे। वे अपनी भावनाओं को जनराय के अनुरूप ढाल लेते थे। इसलिए सेंट ओमेर की जनता के साथ-साथ उनको भी प्युतोए में विश्वास था, साथ ही साथ वे यह बात नहीं स्वीकारते थे कि वह खरबूजों और चम्मचों की चोरी के लिए सीधा जिम्मेवार था। संक्षेप में एक अच्छा नागरिक होने के नाते वे प्युतोए के अस्तित्व में विश्वास का समर्थन करते थे। जब शहर में हो रही घटनाओं की विवेचना का अवसर आता, तब अनदेखी कर देते थे। इस प्रकार वे अन्य बातों के साथ-साथ एक सहृदय और बुद्धिमान व्यक्ति थे।

जहाँ तक हमारी माँ का प्रश्न है, वे प्युतोए को जन्म देने के लिए स्वयं को थोड़ा दोषी समझती थी। उनकी सोच निराधार नहीं थी। आखिरकार, प्युतोए का जन्म मेरी माँ के झूठ से उसी प्रकार हुआ था, जिस प्रकार केलिबन का जन्म कवि के माध्यम से हुआ था। निस्संदेह, दोनों अपराध समान नहीं थे। मेरी माँ शेक्सपियर की तुलना में कम दोषी थी। इसपर भी वह थोड़ी दुविधाग्रस्त एवं डरी हुई थी। जब उसने अपने छोटे से झूठ को सभी सीमाओं को पार करते देखा, अपने छोटे से धोखे की सफलता को अधिकाधिक होते देखा, उसने पूरे सेंट ओमेर को लपेट में ले लिया था और पूरी दुनिया को अपने आगोश में लेने के लिए आतुर था।

एक दिन ऐसा आभास हुआ, मानो उसका झूठ सच बनकर सामने आ खड़ा हुआ हो। उसका रंग पीला जर्द पड़ गया और वह बेहोश हो गई। घर तथा जिले में नई आई हुई नौकरानी ने बताया कि कोई आदमी उनसे मिलना चाहता था।

"वह कौन है ?"

"उसने ढीला-ढाला कुर्ता पहन रखा है। कोई कामगार दिखाई देता है।"

"क्या उसने अपना नाम बताया है ?"

"हाँ, मादाम।"

"क्या नाम है ?"

"प्युतोए, मादाम।"

"क्या ?"

"प्युतोए, मादाम।"

"वह यहीं पर है ?"

"हाँ, मादाम, वह रसोई में इंतजार कर रहा है।"

"तुमने उसको देखा है ?"

"हाँ, मादाम।"

"उसे क्या चाहिए ?"

"उसने कुछ बताया नहीं, कह रहा था कि केवल आप ही को बताएगा।"

"जाओ, जाकर पूछ आओ कि वह क्या चाहता है ?"

नौकरानी जब रसोई में गई, तब प्युतोए गायब हो चुका था। प्युतोए और नई नौकरानी की यह मुलाकात कभी समझ में नहीं आई, परंतु मेरा खयाल था कि उस दिन से माँ ने यह विश्वास करना शुरू कर दिया था कि प्युतोए का वास्तव में अस्तित्व था और संभवत: उन्होंने कोई झूठ नहीं बोला था।

वर्ष 1921 के साहित्य के नोबल पुरस्कार विजेता अंतोले फ्रांस का जन्म 16 अप्रैल, 1844 को हुआ था। पूरा नाम जैक्स अंतोले फ्रांस था। स्टेनलियास के जीसस कॉलेज में शिक्षा ग्रहण की। इतिहास में डिग्री प्राप्त करने के बाद 'टेंपस' पत्रिका के साहित्यिक संपादक का कार्यभार सँभाला।

सन् 1881 में अंतोले फ्रांस को उनके उपन्यास 'दी क्राइम ऑफ सिल्वेस्टर बोनार्ड' के लिए अकादमी पुरस्कार प्रदान किया गया। अपने समय में वे फ्रांस के बहुमुखी प्रतिभा संपन्न साहित्यकार, उत्कृष्ट कलाकार, व्यंग्य लेखक एवं आलोचक समझे जाते थे। उन्होंने अनेक पुस्तकें, कहानी-संग्रह एवं उपन्यास लिखे। साम्यवादी विचारधारा के प्रति रुझान होने के कारण नोबल पुरस्कार मिलने से पहले उनकी पुस्तकें पुस्तकालयों में नहीं रखी जाती थीं।

'प्युतोए' एक मनोविश्लेषणात्मक कहानी है। लेखक के विचार में किसी भी पदार्थ, वस्तु, व्यक्ति को साकार रूप देने के लिए उसकी कल्पना करनी पड़ती है। कहानी का मुख्य पात्र प्युतोए काल्पनिक है, परंतु अंत में उसका अस्तित्व सिद्ध हो जाता है।

❑

मुक्ति

—रोम्या रोलाँ

उसके पास कोई नहीं था। सभी दोस्त दूर चले गए थे। प्रिय दोस्त गोट फ्राई भी, जो उसके कठिन समय में उसकी मदद करता था और जिसकी अब उसको सख्त जरूरत थी, कुछ महीने पहले चला गया था। इस बार हमेशा के लिए। पिछले साल गरमी में एक शाम किसी दूर गाँव से बड़े-बड़े अक्षरों में लिखा एक पत्र आया था कि उसका आवारागर्द भाई खराब सेहत के बावजूद किसी नशीली दवाएँ बेचनेवाले के चक्कर में पड़कर मर गया था। उसको वहीं के कब्रिस्तान में दफना दिया गया था। क्रिस्टोफे का आखिरी मैत्रीपूर्ण सहारा भी खत्म हो गया था। वह अपनी बूढ़ी माँ, जो उसकी भावनाओं से एकदम अनजान थी, के पास बिल्कुल अकेला रह गया था। माँ उसको प्यार करती थी, परंतु उसको उसकी भावनाओं की बिल्कुल चिंता नहीं थी। उसे अपने चारों तरफ जर्मनी का विस्तीर्ण मैदान और हरा सागर दिखाई देता था। उससे बाहर निकलने की कोशिश करने पर वह और अधिक गहराई में डूब जाता। दुश्मन का नगर उसको डूबते हुए देखता रहता।

संघर्ष के इस काल में एक दिन आधी रात को उसको प्रकाश की किरण दिखाई दी। प्रख्यात संगीतज्ञ हेसलर, जिससे वह बचपन में बहुत ज्यादा प्रेम करता था, की छवि। पूरे जर्मनी में उसकी ख्याति की धूम थी। बचपन में हेसलर ने उससे जो वायदे किए थे, वे सब उसको याद थे। निराशा में डूबते हुए जहाज का एक किनारा उसके हाथ में आ गया था। हेसलर उसकी रक्षा कर सकता था। हेसलर को उसे बचाना ही होगा। वह माँग भी क्या रहा था! कोई मदद नहीं, कोई धन नहीं, किसी तरह की भौतिक सुविधा नहीं। उसको कुछ नहीं चाहिए था। आवश्यकता थी केवल सहानुभूति की। हेसलर को भी उसी की तरह उत्पीड़ित किया गया था।

वह एक स्वच्छंद व्यक्ति था, स्वच्छंद व्यक्ति। सामान्य जर्मन जनता दुर्भावना के साथ उसकी आलोचना कर रही थी तथा उसको बरबाद करने पर तुल गई थी। वे दोनों एक ही लड़ाई लड़ रहे थे।

दिमाग में यह विचार आते ही उसने उसको कार्यान्वित करने का निर्णय कर लिया। माँ से कह दिया कि वह एक सप्ताह के लिए बाहर जा रहा था। उसने उसी शाम को उत्तरी जर्मनी के बड़े शहर, जहाँ पर हेसलर 'कैपलमिस्टर' था, के लिए ट्रेन ले ली। वह ज्यादा इंतजार नहीं कर सकता था। खुली हवा में साँस लेने की आखिरी कोशिश थी।

हेसलर प्रख्यात संगीतज्ञ था। आलोचकों ने उस पर ध्यान नहीं दिया, परंतु मित्रों ने एक स्वर में कहा कि वह भूत, वर्तमान, भविष्य का सबसे बड़ा संगीतज्ञ है। उसके अंधभक्त व मूर्ख आलोचक उसको घेरे रखते थे। सशक्त व्यक्तित्व के अभाव में; जब उसको आलोचकों पर क्रोध आता था, अंधभक्त (चापलूस) उसको शांत कर देते थे। वह अपनी संपूर्ण शक्ति आलोचकों की निंदा करने में खर्च कर देता था। वह एक खिलंदड़े बालक की तरह खिलवाड़ करता। अक्सर ये शरारतें अत्यधिक अशोभनीय होती थीं। वह न केवल अपनी विलक्षण प्रतिभा का संगीतज्ञ के रूप में दुरुपयोग कर रहा था अपितु उसकी विचित्र धुनों, भयावह विषयों एवं संदिग्ध व अश्लील कामवृत्ति में भी रुचि थी। सामान्य, सभ्य, सद्बुद्धिवाले व्यक्ति की भावनाओं को उसकी हरकतों से ठेस पहुँचती थी। लोगों के चिल्लाने पर उसको खुशी मिलती थी, वह भी उनको निराश नहीं करता था। बाह्य रूप से कला के शौकीन सम्राट भी अपने गुस्ताख, नौसिखिए राजकुमारों के साथ हेसलर की प्रसिद्धि को सार्वजनिक धोखाधड़ी मानते थे। उसकी अश्लील कृतियों की तिरस्कारपूर्वक भर्त्सना करने का कोई अवसर हाथ से नहीं जाने देते थे। हेसलर को इस विरोध से प्रसन्नता भी मिलती थी तथा क्रोध भी आता था। उसका संगीत जर्मन कला का प्रगतिशील विचारधारा का द्योतक बन गया था। लोग आवेश में आकर खिड़कियाँ तोड़ डालते थे। प्रत्येक नई उन्मादक कृति के लिए उसके चाटुकार मित्र हर्षोन्माद में चिल्लाते कि वह विलक्षण प्रतिभासंपन्न था।

हेसलर के चाटुकारों में मुख्य रूप से लेखक, चित्रकार, पतनोन्मुख आलोचक थे। वे निस्संदेह प्रतिक्रियावादी विद्रोही गुट की भूमिका निभाते थे। यह उत्तरी जर्मनी में धार्मिक प्रवृत्ति तथा राजकीय नैतिकता के लिए बड़ा संकट था। स्वच्छंदता के नाम पर वे इसको गहरे पतन की तरफ ले जा रहे थे। वे इस तथ्य से अनभिज्ञ थे। उनमें से अनेक में अपरिष्कृत प्रतिभा छिपी थी, परंतु उनमें

ज्ञान तथा सुरुचि का अभाव था। वे स्वनिर्मित दूषित वातावरण से बाहर निकल पाने में असमर्थ थे। अन्य गुटों की भाँति वे वास्तविक जीवन के प्रति संवेदनहीन हो चुके थे। उन्होंने अपनी तरह सैकड़ों मूर्खों को मान्यता प्रदान कर रखी थी। वे उनकी समीक्षाओं को पढ़ते तथा प्रत्येक आलोचनात्मक बात को हजम कर लेते थे। उनकी चाटुकारिता हेसलर के लिए घातक थी, क्योंकि इसने उसको अत्यधिक घमंडी बना दिया था। दिमाग में उपजे प्रत्येक संगीत संबंधी विचार को वह बिना सोचे-समझे कार्यान्वित कर डालता। उसको अपने ऊपर इतना दृढ़ विश्वास था कि अपने स्तर से किसी भी सीमा तक गिर जाने के बाद भी वह अन्य सभी सगीतज्ञों की तुलना में श्रेष्ठ था। यद्यपि उस समय यह धारणा पर्याप्त सीमा तक सत्य थी तथापि कालजयी कृतियों की रचना के लिए दिमाग की यह सोच सही नहीं थी। हृदय में हेसलर अपने मित्रों, शत्रुओं से समान रूप से घृणा करता था। यह हास्यास्पद कटु घृणा उसके अपने सामान्य जीवन में घर कर गई थी। यही नहीं, उसने अपने आपको एक व्यंग्यात्मक मुखौटे में छिपा रखा था। किसी समय वह अत्यधिक संवेदनशील, उदार तथा साधारण वस्तुओं में विश्वास करनेवाला व्यक्ति था। दृढ़ इच्छाशक्ति के अभाव में वह अपने धीरे-धीरे विनाश की ओर बढ़ते कदम नहीं देख पाया, वह इतना पाखंडी भी नहीं था कि अपनी विलुप्त आस्था में पुनर्विश्वास कर पाता। वह उन दिनों को याद कर हमेशा हँसता रहता। वह दक्षिणी जर्मनी की प्रवृत्ति के अनुरूप कोमल तथा आलसी था। उसको सौभाग्य-दुर्भाग्य; सर्दी-गरमी की अधिक चिंता नहीं थी। संतुलन बनाए रखने के लिए उसको सामान्य तापमान की आवश्यकता थी। अज्ञानतावश वह जीवन के क्षणिक उपभोगों में लीन रहता था। उसको स्वादिष्ट भोजन, बेहिसाब शराब, बेकार लेटे रहना तथा विषय-वासनाओं से युक्त विचार पसंद थे। उसकी संपूर्ण संगीत कला में इसी की गंध आती थी। यद्यपि प्रतिभा को उजागर करने की उसमें पर्याप्त सामर्थ्य थी, परंतु फैशन के अनुरूप ढीले-ढाले संगीत में मग्न रहने के कारण वह आगे नहीं बढ़ पा रहा था। कभी-कभी वह एकांत में इस संबंध में सोच सकता था, परंतु वह ऐसा करने से कतराता था। यही नहीं, वह मानवमात्र के प्रति द्वेषभाव रखता था। अपनी भयभीत मनःस्थिति, अहंकार में तल्लीनता, स्वाध्याय के प्रति उदासीनता के कारण वह उन सब वस्तुओं के प्रति उदासीन हो गया था, जो किसी समय उसमें उत्साह उत्पन्न करती थीं।

ऐसा था वह व्यक्ति, जिसके पास क्रिस्टोफे सहायता माँगने जा रहा था। अत्यधिक प्रसन्नता तथा आशा के साथ एक सर्द, नम सुबह वह उस शहर में जा

पहुँचा, जहाँ पर वह रहता था। क्रिस्टोफे के विचार में वह संगीत कला की स्वतंत्र अभिव्यक्ति का प्रतीक था। उससे उसको मैत्री तथा उत्साहवर्धक शब्दों की आशा थी। वे शब्द, जो इस अपमानजनक लड़ाई लड़ने में सहायक सिद्ध हो सकते थे। यह एक ऐसी लड़ाई थी, जिसे एक सच्चा कलाकार अपनी पूरी शक्ति के साथ अपनी आखिरी साँस तक लड़ता रहता है। शीलर ने कहा है, ''जिस एक संबंध के लिए मनुष्य को सार्वजनिक रूप से पश्चात्ताप नहीं करना पड़ता, वही वास्तविक संघर्ष है।''

अधीर क्रिस्टोफे ने स्टेशन के पास पहले ही होटल में अपना बैग रखा और हेसलर का पता पूछने के लिए थिएटर चला गया। हेसलर शहर से बाहर किसी उपनगर में रहता था। क्रिस्टोफे ने भूख शांत करने के लिए एक ब्रेडरोल खाया और इलेक्ट्रिक ट्रेन पकड़ ली। जैसे-जैसे मंजिल पास आती जा रही थी, उसके दिल की धड़कन भी बढ़ती जा रही थी।

वह उपनगर, जिसमें हेसलर का घर था, पूरी तरह से विचित्र, नवीन वास्तुशैली से निर्मित था। निश्चित रूप से यह जर्मनी के युवा विद्वज्जनों, अशिष्ट, संघर्षरत प्रतिभासंपन्न लोगों के लिए था। शहर के सार्वजनिक स्थल की सीधी-सपाट गलियों में सहसा दिखाई दे रहे थे—मिस्र के चित्र, नॉर्वे के लकड़ी के घर, आश्रयस्थल, बुर्ज, प्रदर्शनी पेवेलियन, विशाल घर, पृथ्वी पर पड़े भावशून्य चेहरे, एक आँखवाला फकीर, भारी-भरकम गेट, लोहे के जँगले, जालीदार खिड़कियों के शीशों पर उत्कीर्ण सुनहरे, सांकेतिक लेख, सामने के दरवाजे पर जीभ निकाले दैत्याकार आकृति, आशातीत गलत स्थानों पर लगी पोर्सलेन की टाइलें, रंग-बिरंगे पत्थरों से बनी आदम-ईव की प्रतिमाएँ, भद्दे रंगों की टाइलों से ढकी छतें, किले जैसे विशाल घर, जिनकी दीवारें भी किले की तरह थीं, छतों पर विकृत पशुओं की आकृतियाँ, बिना खिड़की के मकान; चौरस, लाल, एककोणीय, त्रिकोणीय जख्मों की तरह एक-दूसरे के समीप बड़े-बड़े छिद्र; एक खिड़की वाली बालकनी वाली दूर तक फैली सपाट दीवार; क्रोशिअन शैली निबेलूंगसक पर बनी बालकनी, जिसमें से बोकलीन के लंबे बालों, दाढ़ीवाले दो बूढ़े आदमियों के सिर झाँक रहे थे। इनमें एक 'फराऊ' शैली में निर्मित एक मंजिला नीचा बँगला था। गेट पर दो दैत्याकार प्रतिमाएँ थीं। वास्तुशिल्पी ने लिखा था—

''कलाकार को अपना ब्रह्मांड प्रदर्शित करने दो, जो न कभी था और न ही कभी होगा।''

क्रिस्टोफे हेसलर से मिलने की परिकल्पना में खोया हुआ था। उसने यह सब

आश्चर्यभरी नजरों से देखा जरूर, परंतु समझने की कोशिश नहीं की। वह अपने मनोवांछित स्थान पर पहुँच गया था। कैरोलिंगीयन शैली में निर्मित यह साधारण-सा घर दिखाई दे रहा था। भीतर से यह भव्य ऐश्वर्य, विशाल सार्वजनिक स्थलवाला था। सीढ़ियों में गरम हवा का भारी झोंका आ रहा था। लिफ्ट थी, परंतु क्रिस्टोफे ने उसका इस्तेमाल नहीं किया। सीढ़ियों से ऊपर चढ़ते समय वह स्वयं को बातचीत के लिए तैयार करना चाहता था। उसकी टाँगें काँप रही थीं, उत्तेजनावश दिल की धड़कन तेज हो गई थी। इस थोड़े से समय में ही हेसलर से अपनी पहली मुलाकात, उसका बच्चों की तरह उत्साहित होना, उसके दादाजी की छवि उसके मस्तिष्क में इस प्रकार स्पष्ट उभर आई थी, मानो वह सब कल ही की बात हो।

ग्यारह बजे के लगभग उसने घंटी बजाई। एक तेज-तर्रार नौकरानी ने अक्खड़पन से दरवाजा खोला। वह उसको तीखी नजरों से देखते हुए कहने लगी, ''सर हेसलर आपसे नहीं मिल सकते। वे थके हुए हैं।''

क्रिस्टोफे के चेहरे पर सहज, निश्छल, निराशाजनक भाव देखकर वह खुश हुई। बिना हिचकिचाहट के सिर से पाँव तक निरीक्षण करने के बाद सहसा उसके स्वर में कोमलता आ गई। वह उसको हेसलर के स्टडीरूम में ले गई और बोली, ''मैं जाकर देखती हूँ कि क्या सर हेसलर आपसे मिलने के लिए तैयार हैं?'' धीरे से उसने आँख मारकर दरवाजा बंद कर दिया।

दीवारों पर कुछ उत्कृष्ट चित्र तथा अठारहवीं सदी की भव्य नक्काशीदार कलाकृतियाँ लगी थीं। हेसलर कला का पारखी होने का दावा करता था। चाटुकारों की सलाह पर उसकी अभिरुचि में 'मेन' तथा 'वात्यो' भी शामिल हो गए थे। फर्नीचर में भी इसी प्रकार का मिश्रण दिखाई दे रहा था। लुई xv के समय का कालीन, अतीव सुंदर कलात्मक मेज के चारों ओर नवीन, आधुनिक शैली की आरामकुरसियाँ तथा ओरियंटल दीवान रखा था। उनपर रंग-बिरंगे कुशनों का पहाड़ सजा था। दरवाजे पर दर्पण शोभायमान थे। शेल्फों पर छोटे-छोटे जापानी शोपीस तथा अँगीठी के ऊपर हेसलर की प्रतिमा रखी थी। गोल मेज पर बड़ी सी ट्रे में गायकों, महिला प्रसंशकों तथा मित्रों के चित्रों का अंबार लगा था। उनपर हास्यपूर्ण वाक्य तथा उत्साहवर्धक विस्मयादिबोधक शब्द लिखे थे। मेज अविश्वसनीय रूप से गंदी पड़ी थी, पियानो खुला था। शेल्फों पर धूल-मिट्टी जमी थी। चारों तरफ अधजले सिगार के टुकड़े फैले थे।

क्रिस्टोफे को बराबर के कमरे में किसी की गुस्से में भरी आवाज सुनाई दी। नौकरानी तीखे स्वर में जवाब दे रही थी। जाहिर था कि वह नीच हेसलर किसी से

मिलने के लिए तैयार नहीं था। यह भी स्पष्ट था कि युवा नौकरानी ने मन में ठान ली थी कि हेसलर को बाहर आना ही होगा। उसने सुपरिचित स्वर में उत्तर दिया। उसकी तेज आवाज दीवारों के बाहर आ रही थी। उसने अपने मालिक के लिए जो शब्द उपयोग किए, उन्हें सुनकर क्रिस्टोफे थोड़ा परेशान हो गया। लग रहा था कि हेसलर पर उन शब्दों का कोई प्रभाव नहीं पड़ा था, बल्कि हेसलर को नौकरानी की धृष्टता पर आनंद आ रहा था। वह चिल्ला रहा था, लड़की के साथ छेड़छाड़ करने में उसे खुशी मिल रही थी। आखिरकार क्रिस्टोफे को दरवाजा खुलने की आवाज सुनाई दी। बुदबुदाता, हँसता हुआ हेसलर धीरे-धीरे बाहर आ रहा था।

वह भीतर आया। क्रिस्टोफे का दिल बैठा जा रहा था। उसने उसको पहचान लिया था। हे भगवान्! यह वह नहीं था। हेसलर ही था, फिर भी वह हेसलर नहीं था। अभी भी उसकी भवें बच्चे की तरह बड़ी-बड़ी कोमल थीं, बिना झुर्रियोंवाला चेहरा था; परंतु वह मोटा-ताजा, पीला रंग और मदहोश दिखाई दे रहा था; उसका निचला होंठ थोड़ा नीचे लटक गया था; उसका चेहरा नीरस और फूला-फूला था। उसने कंधे सिकोड़े, अपनी खुली बास्केट की जेब में हाथ ठूँसे। पैरों में पूराने जूते पहन रखे थे, कमीज पैंट के ऊपर लटक रही थी, कमीज के बटन बंद नहीं कर रखे थे। अपनी उनींदी आँखों से उसने क्रिस्टोफे को देखा। क्रिस्टोफे ने जब उसका नाम लिया, तब उसकी आँखों में कोई चमक नहीं दिखाई दी। वह चुपचाप नीचे झुक गया। एक कुरसी की तरफ इशारा किया, लंबी साँस खींचकर दीवान में धँस गया। अपने चारों तरफ कुशन रख लिये। क्रिस्टोफे ने दोहराया, ''आपने मुझसे मिलने की कृपा की, इसके लिए आपका बहुत आभारी हूँ। मेरा नाम क्रिस्टोफे क्राफ्ट है।''

हेसलर दीवान पर टाँग-पर-टाँग रखकर लेट गया, दाएँ घुटने को दोनों हाथों में लेकर अपनी ठोड़ी तक लाकर जवाब दिया, ''मुझे याद नहीं।''

क्रिस्टोफे का गला सूख गया। वह उसको अपनी मुलाकात के बारे में याद दिलाने की कोशिश कर रहा था। उसे उन घनिष्ठ यादों के बारे में बात करने में कठिनाई के साथ-साथ पीड़ा हो रही थी। वह गलत-सलत वाक्य बोल रहा था, बताने के लिए शब्द नहीं मिल रहे थे, बेसिर-पैर की बातें कर रहा था, जिन्हें कहते उसको शर्म आ रही थी। हेसलर ने उसको बोलने दिया, उसकी तरफ उदासीन, धुँधली आँखों से लगातार देखता रहा। क्रिस्टोफे की कहानी पूरी हो जाने के बाद हेसलर थोड़ी देर तक चुपचाप अपना घुटना हिलाता रहा, मानो वह क्रिस्टोफे के बोलने की प्रतीक्षा कर रहा हो। फिर वह बोला, ''ठीक है, इन बातों से हम दोबारा जवान नहीं बन सकते।'' और अपनी टाँगें फैला लीं। जम्हाई लेते हुए कहा, ''माफ

करना, सो नहीं पाया, कल रात थियेटर में डिनर था,'' दोबारा जम्हाई लेने लगा।

क्रिस्टोफे को आशा थी कि उसकी बातें सुनकर हेसलर अपनी कुछ प्रतिक्रिया व्यक्त करेगा, परंतु हेसलर ने उसकी कहानी में कोई रुचि नहीं दिखाई, न कुछ पूछा, न ही क्रिस्टोफे से उसके जीवन के बारे में कुछ पूछा। जम्हाई लेकर उसने कहा, ''क्या बर्लिन में काफी समय से रह रहे हो?''

''मैं आज सुबह ही आया हूँ।'' क्रिस्टोफे ने जवाब दिया।

''ओह!'' हेसलर ने बिना किसी आश्चर्य के कहा, ''किसी होटल में रुके हो?''

उत्तर की प्रतीक्षा किए बिना सुस्ती में उठा और इलेक्ट्रिक-ब्रेल का बटन दबाया।

''एक मिनट रुको,'' उसने कहा।

वह साधारण नौकरानी अपने उसी गुस्ताख अंदाज में प्रकट हुई। ''किटी,'' वह बोला, ''क्या आज तुम मुझे नाश्ता नहीं दोगी?''

''क्या आपके विचार में जब आपके पास कोई बैठा हुआ हो, तब मुझे आपको नाश्ता देना चाहिए?''

''क्यों नहीं?'' उसने आँख मारी और क्रिस्टोफे की तरफ इशारा करके कहा, ''वह मेरे दिमाग को भोजन दे रहा है, मेरे लिए अपने शरीर को भोजन देना भी जरूरी है।''

''क्या तुम्हें किसी के सामने, बाड़े में बँधे जानवर की तरह खाना खाते हुए शर्म नहीं आएगी?''

नाराज होने की बजाय वह हँसने लगा, उसकी भूल को सुधारते हुए बोला, ''एक पालतू जानवर की तरह, लेकिन ले आओ, मैं उसके साथ अपनी शर्म भी खा जाऊँगा।''

क्रिस्टोफे देख रहा था कि हेसलर ने यह जानने की जरा भी कोशिश नहीं की कि वह क्या कर रहा था, न ही बात को आगे बढ़ाने की कोशिश की। क्रिस्टोफे शहरी जीवन की कठिनाइयों, लोगों की उदासीनता, संकुचित विचारधारा तथा अपने अकेलेपन के बारे में बताता रहा। उसने अपने नैतिक कष्टों के बारे में भी बताने की कोशिश की। हेसलर दीवान के कुशन पर सिर टिकाए आराम से अधखुली आँखों से उसको देख रहा था। उसकी बातों पर कोई ध्यान नहीं दे रहा था। कुछ देर के लिए पलकें उठाकर रूखेपन से व्यंग्यात्मक शब्दों में प्रांतीय लोगों के संबंध में कुछ नीरस मजाक कर लेता था।

क्रिस्टोफे ने घनिष्ठतापूर्वक बात करने का प्रयास छोड़ दिया था। किटी नाश्ते की ट्रे में कॉफी, मक्खन, मांस इत्यादि लेकर आ गई थी। उसने मेज पर पड़े गंदे कागजों के बीच तिरछा रख दिया। क्रिस्टोफे ने उसके जाने की प्रतीक्षा की तथा मुश्किल से अपनी दुखद कहानी के टूटे तारों को दोबारा जोड़ने की कोशिश की। हेसलर ने ट्रे अपनी तरफ खींच ली। कप में कॉफी डालकर घूँट भरने लगा। अकस्मात् बीच में अंतरंग तथा मैत्रीपूर्ण स्वर तथा तिरस्कृत लहजे में एक वाक्य कहा कि क्या वह एक कप कॉफी लेगा।

क्रिस्टोफे ने इनकार कर दिया। वह अपने वाक्य के टूटे धागे को जोड़ने की कोशिश में अधिकाधिक व्याकुल होता जा रहा था। समझ नहीं पा रहा था कि वह क्या करे, क्या न करे! हेसलर अपनी ठोड़ी के नीचे प्लेट रखकर बच्चों की तरह अँगुलियों में पकड़कर डबलरोटी, मक्खन और मांस के टुकड़े मुँह में ठूँसे जा रहा था। यह देखकर क्रिस्टोफे का ध्यान बँट गया। वह यह कहने में सफल हो गया कि उसने एक धुन तैयार की थी, जिसे हेबल द्वारा मंचित ओपेरा 'जूडिथ' के लिए अनुमोदित किया गया था। हेसलर ने बिना ध्यान दिए पूछा, "क्या?"

क्रिस्टोफे ने शीर्षक दोहराया।

"हाँ, अच्छा है, अच्छा है," हेसलर अपनी डबलरोटी और अँगुलियों को कप में डुबोते हुए बोला। केवल यही शब्द कहे।

क्रिस्टोफे निराश होकर जाने के लिए खड़ा हो गया, फिर उसने सोचा कि उसकी इतनी लंबी यात्रा व्यर्थ ही जाएगी। अपनी पूरी शक्ति बटोरकर धीमे स्वर में प्रस्ताव रखा कि वह अपनी कुछ रचनाएँ हेसलर को सुनाना चाहता था। हेसलर ने सुनने से इनकार कर दिया। "नहीं-नहीं, मैं इस बारे में कुछ नहीं जानता," उसने अपने मजाकिया, विशेष रूप से तिरस्कारपूर्ण व्यंग्य के साथ कहा, "इस सबके लिए मेरे पास समय नहीं है।"

क्रिस्टोफे की आँखों में आँसू आ गए। मन-ही-मन उसने भी संकल्प कर लिया था कि वह अपनी रचनाओं के बारे में हेसलर की प्रतिक्रिया जाने बिना नहीं जाएगा। उसने दुविधा तथा आक्रोश के साथ कहा, "क्षमा चाहता हूँ, आपने एक बार मुझसे मेरी रचनाएँ सुनने का वायदा किया था। मैं जर्मनी के दूसरे कोने से आपसे मिलने के लिए आया हूँ। आपको मेरी रचनाएँ सुननी ही पड़ेंगी।"

हेसलर को ऐसे शब्द सुनने की आदत नहीं थी। उसने उस क्रोध से लाल चेहरे तथा आँसुओं से भरी आँखोंवाले विचित्र नौजवान को देखा। उसे देखकर वह मन-ही-मन खुश हुआ। बेरुखी से अपने कंधे उचकाकर उसने पियानो की तरफ

इशारा किया तथा हास्यजनक रूप से स्वीकृति देते हुए कहा, ''ठीक है, तुम सुना सकते हो।''

यह कहकर वह दीवान पर इस तरह लेट गया, मानो सोने जा रहा हो। कुशन अपनी फैली हुई बाँहों के नीचे रखकर दबा लिये, आँखें मूँद लीं, एक क्षण के लिए यह देखने के लिए खोलीं कि क्रिस्टोफे की संगीत रचना, जिसके पृष्ठों को उसने अपनी जेब से निकाला था, कितनी लंबी थी। हलकी सी साँस ली और भावशून्य होकर सुनने के लिए लेट गया।

क्रिस्टोफे आहत व अपमानित अनुभव कर रहा था। उसने पियानो बजाना शुरू कर दिया। व्यावसायिक कलाकार की अभिरुचि के अनुरूप उस मधुर संगीत को सुनकर हेसलर ने न चाहते हुए भी आँखें खोल लीं। पहले वह कुछ नहीं बोला, निश्चल पड़ा रहा, उसकी आँखों का तेज क्षीण हो गया था, उसके गीले होंठ हिल रहे थे। सहसा वह जाग्रतावस्था में आश्चर्य तथा अनुमोदन से सिर हिला रहा था। अस्फुट स्वर में उद्गार प्रकट कर रहा था, निस्संदेह; इससे उसकी भावनाएँ प्रकट हो रही थीं। क्रिस्टोफे को इससे अनिवर्चनीय आनंद की अनुभूति हुई। हेसलर पृष्ठों की संख्या गिनना भूल गया था, उसने उन्हें बजाने दिया। एक रचना के समाप्त हो जाने पर बोला, ''बजाते रहो, बजाते रहो।'' उसने मानवीय भाषा बोलनी शुरू कर दी थी, ''बहुत अच्छा है, अच्छा है,'' वह स्वयं से कह रहा था, 'उत्कृष्ट, अद्वितीय, परंतु निंदनीय है।' वह आश्चर्य से चिल्लाया, ''यह क्या है?''

वह अपनी जगह पर बैठ गया, हाथ की बाँसुरी बनाकर साँस लेते हुए अपने आपसे बातें करने लगा। आनंद तथा लयबद्धता पर खुश हो रहा था, होंठों को गीला करने के लिए जीभ फेर रहा था। लय को आशातीत रूप से कम अथवा अधिक करने से वह इतना अधिक प्रभावित हुआ कि वह विस्मित होकर खड़ा हो गया, पियानो पर क्रिस्टोफे के साथ आकर बैठ गया। उसे इस बात का ध्यान ही नहीं रहा कि क्रिस्टोफे भी वहीं पर बैठा था। वह संगीत में मग्न था, रचना की समाप्ति पर उसने पुस्तक ले ली और उस पृष्ठ को दोबारा पढ़ना शुरू कर दिया। उसके बाद अगला पृष्ठ पढ़ा। प्रशंसनीय उद्गार तथा आश्चर्य व्यक्त करता रहा, मानो वह कमरे में अकेला बैठा हो। ''शैतान!'' उसने कहा, ''इस नन्हे जंगली जानवर ने इन्हें कहाँ पाया?''

उसने क्रिस्टोफे को कंधे पकड़कर पीछे धकेल दिया तथा पियानो पर बैठकर स्वयं कुछ अंश बजाने लगा। पियानो पर उसकी पकड़ अद्भुत, अति कोमल, प्रिय तथा हलकी थी। क्रिस्टोफे ने उसके लंबे, गठीले हाथों को देखा, जो दूसरों से अलग तथा अमीरों की तरह नाजुक थे। हेसलर एक स्वर-ताल में निकली तान

पर रुका। उसके शब्दों को अपनी जुबान से जल्दी-जल्दी दोहराया। वह वाद्ययंत्र की ध्वनि पर अपने होंठों से गुनगुना रहा था, अपने शब्दों से संगीत में फेर-बदल कर रहा था। इसमें प्रसन्नता और छेड़छाड़ दोनों ही मिश्रित थे, उसको मन-ही-मन गहन ईर्ष्या हो रही थी, साथ-ही-साथ असीम आनंद की अनुभूति भी हो रही थी।

क्रिस्टोफे की उपस्थिति से अनभिज्ञ वह स्वयं से बातें करता रहा। क्रिस्टोफे का चेहरा प्रसन्नता से खिल उठा था। हेसलर द्वारा की गई प्रशंसा को वह अपनी प्रशंसा समझ रहा था। उसने हेसलर को समझाया कि वह क्या करना चाह रहा था। आरंभ में हेसलर ने क्रिस्टोफे की बातों पर ध्यान नहीं दिया तथा अपने विचारों में लीन रहा। अचानक क्रिस्टोफे की कोई बात उसको चुभ गई और वह पियानो पर निगाह टिकाए एकदम चुप हो गया, मानो उसने कुछ सुना ही न हो। क्रिस्टोफे ने उत्तेजना में विश्वस्त होकर सहज उत्साह से अपने भावी जीवन और योजनाओं के बारे में बता दिया।

हेसलर मौन था, सुनने के बाद वह अपने दुर्भाग्य पर विचार करने लगा। उसने क्रिस्टोफे को अपने हाथ की किताब पकड़ा दी, पियानो की रैक पर कुहनी टिकाए तथा माथे पर हाथ रखकर क्रिस्टोफे को देख रहा था। क्रिस्टोफे उत्कंठा तथा उत्साहपूर्वक अपनी रचना की व्याख्या कर रहा था। वह अपनी प्रारंभिक आकांक्षाओं तथा क्रिस्टोफे की आकांक्षाओं व निराशाओं के बारे में सोचकर कटुतापूर्वक मुसकरा रहा था।

क्रिस्टोफे नीची आँखें करके बातें कर रहा था। उसको डर था उसकी वांछनीय बातों का धागा फिर से बीच में न टूट जाए। हेसलर के मौन से वह उत्साहित हो गया। उसे आभास हुआ कि हेसलर उसको देख रहा था, उसकी बातों को अक्षरशः सुन रहा था। वह खुश था कि आखिरकार दोनों के बीच अवरोध समाप्त हो गया था। बात समाप्त होने पर उसने झिझकते हुए विश्वास के साथ अपना सिर उठाया और हेसलर की तरफ देखा। तत्काल अँधेरे के पक्षियों की तरह उसके भीतर उमड़ रही प्रसन्नता ओझल हो गई। हेसलर उदासीन, मजाकिया, भावशून्य आँखों से उसकी आँखों में झाँक रहा था। वह मौन था।

थोड़ी चुप्पी के बाद हेसलर सुस्त आवाज में बोला। वह बदल गया था तथा क्रिस्टोफे के साथ अधिक कठोर व्यवहार कर रहा था। वह निर्ममता से उसकी योजनाओं, आकांक्षाओं तथा सफलता के सपनों की खिल्ली उड़ाने लगा, मानो वह स्वयं अपने ऊपर हँस रहा हो। वह पूरी तरह से सँभल गया था। उसने स्वयं हतोत्साहित होकर अपने जीवन में आस्था, कला में आस्था तथा अपने में आस्था

को नष्ट कर दिया था। उसने कटु शब्दों में अपनी सराहनीय कृतियों का वर्णन अपमानजनक रूप से किया।

"कूड़ा-कचरा, तुच्छ-बेकार रचनाएँ," उसने कहा, "ये सूअर, नीच, कमीने यही चाहते हैं। तुम्हारे खयाल में क्या दुनिया में संगीत से प्रेम करनेवाले लोग होंगे, क्या कोई एक भी संगीत प्रेमी होगा?"

"हाँ, मैं स्वयं हूँ," क्रिस्टोफे ने दृढ स्वर में कहा।

हेसलर ने उसको देखकर कंधे उचकाए और थकी-थकी आवाज में कहा, "तुम भी औरों की तरह हो जाओगे। दूसरे लोग जो कर रहे हैं, वही तुम भी करने लगोगे। तुम भी उनकी तरह ऐशो-आराम, सफलता, मौज-मस्ती के बारे में सोचोगे, ठीक ही करोगे।"

क्रिस्टोफे ने विरोध करना चाहा, लेकिन हेसलर ने उसे बीच में ही रोक दिया; उसने संगीत के बारे में बात शुरू की। वह पहले जिसकी प्रशंसा कर रहा था, अब उसकी कटु आलोचना करने लगा। उसने कठोर शब्दों में उसकी असावधानी, रुचि, वाक्य-विन्यास में भूल, जिस पर क्रिस्टोफे का ध्यान ही नहीं गया था, को ही नहीं बताया, अपितु किसी पुरातन, अत्यधिक संकीर्ण विचारोंवाले संगीतकार के रूप में निरर्थक आलोचना शुरू कर दी। स्वयं हेसलर को इस कारण जीवन में कष्ट भोगना पड़ा था। उसने पूछा, "इस सबका क्या अर्थ है?" उसने न केवल आलोचना की अपितु उन रचनाओं को पूरी तरह से नकार दिया। वह दुस्साहसपूर्वक उस प्रभाव को, जिसने अनपेक्षित रूप से उसको प्रभावित किया था, जड़ से मिटा देना चाहता था।

क्रिस्टोफे भयभीत हो गया। उसने उत्तर देने का प्रयास नहीं किया। जिस व्यक्ति का वह सम्मान करता था, जिससे प्रेम करता था, उसके मुख से निकली अगणित लज्जाजनक बातों का वह क्या जवाब देता! इसके अतिरिक्त हेसलर ने उसकी बात सुनी ही नहीं। वह रुक गया। अपने हाथ में पकड़ी किताब को बंद कर दिया। उसकी आँखें भावशून्य थीं, होंठों पर कटुता थी। आखिरकार हेसलर ने कहा, मानो उसको क्रिस्टोफे की उपस्थिति का भान न हो, "सबसे दुखद बात यह है कि एक भी ऐसा आदमी नहीं, जो तुमको समझ पाता।"

क्रिस्टोफे भावनाओं में बह गया। उसने मुड़कर हेसलर के हाथ पर अपना हाथ रखकर प्रेमपूर्वक दोहराया, "मैं स्वयं हूँ।"

हेसलर ने उसका हाथ नहीं हटाया, उसके हृदय में पलभर के लिए बाल सुलभ रुदन उमड़ने लगा था। वह नीरव, बेनूर आँखों से क्रिस्टोफे को देख रहा था।

व्यंग्य तथा कपट दोबारा उसके चेहरे पर झलकने लगा। हास्यपूर्ण, आडंबरयुक्त शब्दों में थोड़ा झुककर स्वीकृति दी, "बहुत प्रसन्नता की बात है।"

वह सोच रहा था।

"तुम क्या सोचते हो, क्या तुम सोच रहे हो कि मैं अपना जीवन तुम्हारे लिए बरबाद कर लूँगा?"

वह खड़ा हो गया। पियानो पर किताब पटकी, अपनी लंबी, पतली टाँगों से चलकर दोबारा दीवान पर बैठ गया। क्रिस्टोफे उसकी बातों पर विचार कर रहा था। उसको उनमें अत्यधिक अपमान की अनुभूति हुई। उसने अभिमानपूर्वक समझाने की चेष्टा की कि किसी व्यक्ति को दूसरे व्यक्तियों द्वारा समझे जाने की आवश्यकता नहीं होती। कुछ आत्माएँ संपूर्ण मानवजाति का पथप्रदर्शन करती हैं। वे जो सोचती हैं, अन्य व्यक्तियों को उनका अनुसरण करना पड़ता है। हेसलर पर उसकी किसी बात का प्रभाव नहीं पड़ रहा था। अपनी दुर्बल, सुप्त अंतरात्मा के कारण वह भावशून्य हो गया था। क्रिस्टोफे इस आकस्मिक परिवर्तन के कारण को समझ गया था, अनुभव किया कि वह हार गया था। विजय के इतने समीप होने पर वह हार मानने के लिए तैयार नहीं था। उसने हेसलर का ध्यान अपनी ओर आकर्षित करने के लिए दोबारा असफल प्रयास किया। संगीत-पुस्तिका उठाकर हेसलर की विवेचनात्मक टिप्पणियों, अनियमितताओं के लिए तर्कसंगत व्याख्या देने की कोशिश की। हेसलर दीवान पर पीठ टिकाए उदास, मौन बैठा था। उसने क्रिस्टोफे की बातों पर न तो सहमति प्रकट की, न ही उनका खंडन किया। वह उसकी बात पूरी होने की प्रतीक्षा कर रहा था।

क्रिस्टोफे ने देखा कि करने के लिए कुछ शेष नहीं बचा था। वह एक वाक्य कहते-कहते रुक गया। उसने अपने संगीत की रचनाओं के पृष्ठों को इकट्ठा किया और उठ खड़ा हुआ। हेसलर भी खड़ा हो गया। क्रिस्टोफे संकुचित तथा लज्जित था। आने के लिए क्षमा-याचना कर रहा था। हेसलर निश्चित रूप से अपने विशिष्ट अहंकारी स्वभाव तथा बेरुखेपन से झुका, विनम्रतापूर्वक उसका हाथ पकड़कर दरवाजे तक गया। दोबारा आने अथवा रहने के लिए एक भी शब्द नहीं कहा।

क्रिस्टोफे दोबारा भग्नहृदय लिये गली में खड़ा था। बिना सोचे-विचारे चले जा रहा था, नहीं मालूम था कि किधर जाना है। यंत्रवत् अनेक गलियाँ पार कर गया। उसी रेलवे स्टेशन पर पहुँच गया, जिस पर वह आया था। लड़खड़ाते पैरों और बाँहों के साथ वह एक बेंच पर बैठ गया। उसको अपनी भावनाओं के बारे में सोचना अथवा निर्णय लेना असंभव लग रहा था; उसका दिमाग विचारशून्य था;

कुछ सोचने की कोशिश भी नहीं कर रहा था। अपनी परिकल्पनाओं से भयभीत था, बिल्कुल भावशून्य। पूरे शहर में उसको खालीपन का एहसास हो रहा था। उसमें साँस ले पाना मुश्किल लग रहा था। धुँधले, बड़े-बड़े घरों के बीच उसका दम घुट रहा था। मन में केवल एक ही विचार था, वहाँ से भाग जाना। जल्दी-से-जल्दी भाग जाना। वह इस शहर के कटु मिथ्या भ्रम को यहीं पर छोड़कर भाग जाना चाहता था।

वापस होटल में आ गया। साढ़े बारह बजे थे। वह दो घंटे पहले ही अपने हृदय में आशा की चमकती किरणें लेकर आया था। अब सब खत्म हो गया था। उसने लंच नहीं खाया, अपने कमरे में नहीं गया। जब उसने पेमेंट करने के लिए एक दिन का बिल माँगा और कहा कि वह जा रहा है तो होटल के कर्मचारी आश्चर्यचकित रह गए। उन्होंने उसको समझाने की असफल कोशिश की कि जल्दबाजी की जरूरत नहीं। उसकी ट्रेन जाने में कई घंटे बाकी हैं, अच्छा होगा कि वह वहीं होटल में बैठकर प्रतीक्षा कर ले। उसने फौरन स्टेशन पर जाने की जिद की। उस समय वह एक बालक के समान था। वह वहाँ पर एक घंटे के लिए भी रुकना नहीं चाहता था, कहीं भी जानेवाली पहली ट्रेन से वह वहाँ से निकल जाना चाहता था। इतनी लंबी यात्रा, उसमें होनेवाला खर्चा! वह यहाँ पर केवल हेसलर से मिलने के लिए छुट्टी लेकर नहीं आया था अपितु वह म्यूजियम देखने, संगीत समारोह में संगीत का आनंद लेने तथा कुछ मित्र बनाने के विचार से आया था। अब उसके दिमाग में केवल एक ही बात घूम रही थी, 'जाना है।'

वह स्टेशन पहुँच गया। पता चला कि ट्रेन तीन घंटे बाद जाएगी। ट्रेन एक्सप्रेस नहीं थी। क्रिस्टोफे थर्ड क्लास के डिब्बे में जाना चाहता था। रास्ते में रुकती-रुकती जाएगी। अच्छा होता कि क्रिस्टोफे उसके दो घंटे बाद चलनेवाली ट्रेन लेता, परंतु उसने पहली ट्रेन ही पकड़ी। वहाँ पर दो घंटे और ज्यादा बैठना क्रिस्टोफे के लिए असह्य था। वह वेटिंग रूम में बैठकर ट्रेन की प्रतीक्षा करता रहा, बाहर नहीं गया। उस विशाल, खाली, अँधेरे तथा शोरगुल से भरपूर हाल में बैठा था। उसमें अजीबोगरीब परछाइयाँ दौड़तीं-भागतीं, बाहर-भीतर आती-जाती दिखाई दे रही थीं, किसी से उसका परिचय नहीं था, एक भी परिचित चेहरा नहीं था। कोहरे से ढका दिन ढल रहा था। समय बीतने के साथ-साथ क्रिस्टोफे अवसादग्रस्त होता जा रहा था। वह ट्रेन की सूचनापट्टी देखने के लिए बाहर आया कि उसने कोई गलती तो नहीं कर दी थी। समय बिताने के लिए वह उसे शुरू से आखिर तक पढ़ने लगा। एक स्थान पर जाकर उसकी नजर टिक गई। उसे लगा कि वह उस स्थान को जानता था, याद आया कि वहाँ पर वृद्ध शुल्ज रहते

थे। उन्होंने उसको अनेक सहृदयतापूर्ण एवं उत्साहवर्धक पत्र लिखे थे। अपने इस संकटकाल में उसके मन में उस अज्ञात मित्र से मिलने की इच्छा बलवती हो गई। वह शहर उसके घर जानेवाले रेलमार्ग पर स्थित नहीं था। छोटी लोकल ट्रेन से कुछ घंटों का सफर था। इसका मतलब था पूरी रात का सफर, दो-तीन बार ट्रेन बदलना तथा लंबी प्रतीक्षा। क्रिस्टोफे ने इस बारे में नहीं सोचा। उस समय उसको किसी की भावनात्मक सहानुभूति की अत्यधिक आवश्यकता थी। उसने तुरंत निर्णय ले लिया तथा शुल्ज को तार दे दिया कि अगली सुबह वह उसके पास पहुँच रहा था। टेलीग्राम देने के बाद उसको खेद हुआ। वह अपने शाश्वत भ्रम पर कटुता से मुसकराया, 'क्यों एक नई विपत्ति का सामना करने जा रहे हो?' परंतु तीर कमान से निकल चुका था। फैसला बदलने में काफी देर हो चुकी थी।

इंतजार के आखिरी घंटे में यही सब बातें उसके दिमाग में घूमती रहीं। आखिरकार उसकी ट्रेन आ गई। उसमें सबसे पहले चढ़नेवाला व्यक्ति वही था। ट्रेन के चलते ही उसने बच्चे की तरह खुलकर साँस लेनी शुरू कर दी। कंपार्टमेंट की खिड़की से उसको रात की तेज बारिश में शहर भूरे रंग के बादलों में ओझल होता दिखाई दे रहा था। वह सोच रहा था कि अगर शहर में रात गुजारनी पड़ती तो वह जरूर मर जाता।

उसी समय शाम के लगभग छह बजे क्रिस्टोफे के नाम से हेसलर का एक पत्र होटल में आया। क्रिस्टोफे के साथ भेंट ने हेसलर के अंतरमन में उथल-पुथल मचा दी थी। पूरी दोपहर वह गंभीरता व सहानुभूतिपूर्वक, तीव्र प्रेम के वशीभूत हो अपने पास आनेवाले उस दयनीय नौजवान के बारे में सोचता रहा। उसने उसके साथ बहुत बेरुखी से बर्ताव किया था। अपने व्यवहार पर दुःखी था वह तथा अपने आपसे थोड़ा नाराज। वास्तव में अपने स्वभाव के अनुरूप वह उस समय अपनी सनक में था। पत्र में गलती सुधारने के लिए उसने उसके पास ओपेरा का टिकट तथा कार्यक्रम की समाप्ति के बाद मीटिंग निर्धारित की थी। क्रिस्टोफे इस बारे में कभी कुछ नहीं जान पाया। जब वह मिलने नहीं गया, तब हेसलर ने मन में कहा, 'वह नाराज है, यह उसी के लिए हानिकारक है।' उसने कंधे उचकाए, ज्यादा देर तक प्रतीक्षा नहीं की।

दूसरे दिन क्रिस्टोफे बहुत दूर जा चुका था; इतनी दूर कि दुनिया की कोई ताकत उन दोनों को एक-दूसरे के निकट नहीं ला सकती थी। दोनों हमेशा के लिए एक-दूसरे से बिछुड़ चुके थे।

रोम्या रोलाँ का जन्म 1866 में हुआ था। 'ईकोल नॉर्मल सुपीरियर' में शिक्षा ग्रहण करने के उपरांत उन्होंने 'कला का इतिहास' के शिक्षक के रूप में कार्य किया। 1902 में 'लाइव्स ऑफ बीथोवन', 1905 में 'माइकलोएंजल' कृतियाँ प्रकाशित हुईं। 1904 में उन्होंने 'जीन क्रिस्टोफे' पत्रिका का प्रकाशन आरंभ किया।

प्रथम विश्वयुद्ध आरंभ होने के बाद रोम्या रोलाँ स्विट्जरलैंड चले गए। उन्होंने शृंखलाबद्ध आलेखों में युद्ध की भर्त्सना की। वे भारत के मित्रों में से थे। गांधीजी भी उनसे मिलने गए थे।

दस खंडों में प्रकाशित उपन्यास 'जो क्रिस्टोफे' सर्वाधिक प्रसिद्ध है। अंग्रेजी में इसके तीन खंड हैं। यह बीसवीं सदी की अति विशिष्ट रचना है। रोम्या रोलाँ ने नाटक, निबंध, उपन्यास और कहानियाँ भी लिखीं।

1915 में उनको साहित्य का नोबल पुरस्कार प्रदान किया गया। 30 दिसंबर, 1944 को उनका देहावसान हो गया।

'मुक्ति' कहानी का नायक क्रिस्टोफे संगीत के क्षेत्र में भावनात्मक सहयोग प्राप्त करने के विचार से अपने मित्र हेसलार के पास जाता है। वह प्रख्यात संगीतज्ञ तथा उत्तरी जर्मनी का 'कैपलमिस्टर' था। हेसलर के पास जाने के बाद वह उसका आचार-व्यवहार, ठाठ देखकर अचंभित रह जाता है। हेसलार क्रिस्टोफे को सहयोग देने के विपरीत उसकी पुरातन-पंथी, संकीर्ण विचारोंवाले संगीतज्ञ के रूप में कटु आलोचना करता है। क्रिस्टोफे जिस व्यक्ति का सम्मान करता था, जिससे प्रेम करता था, उसकी अनर्गल, लज्जाजनक बातें सुनकर स्तब्ध रह गया। उसका वहाँ पर दम घुटने लगता है। उस दमघोंटू वातावरण से जल्दी-से-जल्दी भाग जाने में ही उसकी 'मुक्ति' थी।

❑

अवज्ञा

—पियरे लुई

नन्ही सिले इतनी भोली थी कि वह अकेलेपन के अहसास को नहीं जानती थी। जब बाहर का दरवाजा जोर से बंद हुआ, तब समझ नहीं पाई कि रोए या हँसे।

बारह साल पहले जब उसका जन्म हुआ था, तब से अब तक वह पाँच मिनट के लिए भी अकेली नहीं रही होगी। उसकी माँ उसको अकेले छोड़ने से डरती थी, इसलिए वह अपनी मम्मी के कमरे में सोती थी। सुबह के समय वह अपनी युवा अध्यापिका से पढ़ती थी। परिवार के प्रिय सदस्यों के बीच रहती थी। उसके साथ अक्सर एक दर्जन लोग रहते थे, परंतु वह डर के बारे में 'सीगफ्राई' से ज्यादा नहीं जानती थी।

इसमें तनिक भी संदेह नहीं था कि वह अब घर में अकेली दो घंटों से बिल्ल्कुल अकेली थी।

उसके पापा शिकार के लिए गए थे। उसकी मम्मी कोचवान और नौकर के साथ बग्घी में बैठकर बाहर गई थी। नौकरानी और नौकर गाँव में अपने किसी रिश्तेदार के अंतिम संस्कार में गए थे। रसोइया और रसोई में काम करनेवाली आया इतवार की छुट्टी मना रहे थे। अब केवल उसकी युवा शिक्षिका मेडरीडकसी उसके पास थी, वह सिले को स्पेनिश पढ़ाती थी।

बदकिस्मती से उस दोपहर को किसी कारण से शिक्षिका को भी बाहर जाना पड़ गया। वह अविश्वसनीय रूप से अन्यमनस्क तथा परेशान थी, लग रहा था कि वह रो पड़ेगी। सिले उसको बहुत चाहती थी। उसने उससे पूछा कि क्या बात है। उसने रूखे स्वर में बताया कि उसको जरूरी काम से बाहर जाना है और वह सिले को अपने साथ नहीं ले जा सकती, लेकिन वह दो घंटे में निश्चित रूप से वापस आ जाएगी। सिले को यह बात किसी भी हालत में अपनी मम्मी से छिपानी होगी। यदि वह सचमुच में उससे प्यार करती है तो उसको उसकी गैरमौजूदगी में ज्यादा अच्छी तरह से रहकर दिखाना होगा।

सिले और एकांत दोनों अजनबी थे, इस पर विचार किए बिना सिले ने वायदा कर लिया। शिक्षिका ने अपने काले हैट में बड़ा-सा पिन ठूँसा, नन्ही सिले का प्यार से चुंबन लिया और इससे पहले कि सिले कुछ समझ पाती, उसने उसके पीछे के दोनों दरवाजे बंद कर दिए।

सिले उदास होकर बैठ गई और लंबी साँस ली। सभी ने उसका साथ छोड़ दिया था। सब लोग जो उससे प्यार करने की बात करते थे—मम्मी-पापा, दादा-दादी, नौकर, शिक्षिका, अंकल-आंटी, चचेरे-मौसेरे भाई-बहन और दोस्त कोई भी उस दोपहर उसके साथ नोक-झोंक करने के लिए नहीं रुका था। उन सबके पास प्यार करने के लिए कुछ और है। वह इसको कैसे समझ पाती! सिले ने कल्पना भी नहीं की थी कि अकेले रह जाने पर कितना कष्ट होता है।

वह उठी और दबे पाँव एक कमरे से दूसरे कमरे में चक्कर काटने लगी। अपनी जिंदगी में पहली बार उसको उस बड़े घर में डर लग रहा था, फिर उसने सोचा कि परेशानी की क्या बात थी! वहाँ दिन की तेज रोशनी में आधी रात जैसा सन्नाटा था। घड़ी की जानी-पहचानी आवाज में किसी रुकावट के कारण बदलाव देखने से ज्यादा भयानक और कुछ नहीं हो सकता। यह सच था—बाहर सूरज चमक रहा था, परंतु अचानक सिले डरकर काँपने लगी, मानो रात हो गई हो।

वह गंभीरता के साथ पियानो के आगे बैठ गई और शुमान के प्रथम संग्रह की सबसे सरल रचना को खोला, परंतु पहला स्वर ही इतना ऊँचा तथा बेसुरा निकला कि वह स्टूल से उछल पड़ी और पियानो न बजाने का फैसला किया।

वह खिड़की के पास दौड़ी, पत्थरों से बना बड़ा दालान, अस्तबल और बग्घी रखने के लिए बनी ऊँची दीवारें उसके दिवास्वप्नों में हमेशा की तरह जानी-पहचानी, लेकिन सुनसान पड़ी थीं। पापा शिकार पर गए थे, इसलिए कुत्तों का बाड़ा भी खाली था। सिले ने खिड़की के चिकने काँच के सामने साँस ली और उसकी भाप पर अपनी अँगुली से लिखा, 'मैं ऊब गई हूँ।'

अचानक उसके दिमाग में शानदार खयाल आया। मकान में तीन मंजिलें थीं और तीसरी मंजिल पर बहुत बड़ी लाइब्रेरी थी। सिले को वहाँ जाने के लिए मनाही थी। वास्तव में उसके खयाल में दो ही स्थान उसकी पहुँच से पूरी तरह से बाहर थे—स्वर्ग और वह लाइब्रेरी। अब उसे कौन रोक सकता था? अब इस दूसरे वर्जित व सर्वाधिक लुभावने स्थान की जाँच-पड़ताल करने के लिए उसके पास पूरे दो घंटे थे। उसकी अंतरात्मा? नहीं, सिले की अंतरात्मा है, परंतु वह उन गलतियों व अपराधों से संबद्ध है, जिन्हें वह समझ सकती है। उसने दृढ़निश्चय

किया कि वह पहली मंजिल की भाँति तीसरी मंजिल पर भी कोई गलत काम नहीं करेगी। वह बिना कुछ तोड़े-फोड़े, सुसभ्य रहेगी। वह दबे पाँव जाएगी और अपनी गुप्त विजिट का कोई सुराग नहीं छोड़ेगी।

थोड़ा काँपते हुए वह ऊपर चढ़ने लगी। अपने नन्हे गुलाबी स्लीपरों में प्रत्येक अपरिचित सीढ़ी पर कदम रखते हुए किसी अनजान प्रदेश में अन्वेषी यात्रा के सदृश उसको डर के साथ-साथ रोमांच हो रहा था। कुल अट्ठाईस सीढ़ियाँ थीं। ऊपर पहुँचने के बाद सिले ने ऊपर बने जँगले से इस प्रकार नीचे झाँका, मानो वह पृथ्वी के सर्वोच्च शिखर पर पहुँच गई हो।

ऊपर चबूतरे पर बना डबलडोर अधखुला था। सिले के हलके से धक्के से वह शानदार तरीके से अंदर की परछाइयों पर रहस्यमय दरवाजा जाकर झूलने लगा। सिले भीतर घुस गई।

शेल्फों के ऊपर बनी नक्काशीदार खिड़कियोंवाली लाइब्रेरी चर्च की तरह बहुत ऊँची, बहुत विशाल और बहुत अँधेरी थी। दीवारों पर दाईं से बाईं तरफ अगणित ब्राउन जिल्दवाली किताबें (सिले के खयाल में वे एक करोड़ से ज्यादा होंगी) रखी थी। दूर रखी हुई और किताबें दिखाई दे रही थीं। सिले को पुस्तकें अच्छी लगती थीं। इतनी सारी कहानियों को पढ़ने से ज्यादा आनंददायक बात और क्या हो सकती है! उन्हें कुछ देर पढ़ने में कोई हर्ज नहीं था। किसी को पता नहीं चलेगा और इससे किसी को कोई नुकसान भी नहीं होगा। अभी तक उसको ऊपर क्यों नहीं आने दिया गया?

एक करोड़ किताबों में से एक चुनना मुश्किल काम था। वह किस किताब को उठाए! सबसे सुंदर और हमेशा की तरह सबसे बड़ी। वह उसके सामने ही सबसे ऊँची शेल्फ के तले में रखी थी। उसको एक काली और सुनहरी जिल्दवाला विशाल चौड़ा ग्रंथ दिखाई दे रहा था।

"निश्चित रूप से वह कोई किताब नहीं हो सकती, इस तरह की किताबें नहीं बनतीं। शायद यह कोई खेल है', उसने कहा। उसे याद आया कि एक बार क्रिसमस पर उसको किताब की शक्लवाले डिब्बे में एक गेम मिला था।

वह उसका शीर्षक पढ़ने के लिए आगे झुकी, बड़े-बड़े सुनहरे अक्षरों में लिखा था, 'हेगीयोग्राफ हिसपेनर'।

उसको अभी पुस्तकों तथा लैटिन भाषा का अल्पज्ञान था। वह नहीं जानती थी कि उसका अर्थ था—'हेगीयोग्राफोर्म हिसपेनोरम ओपेरा सिलेक्टिसिमा।'

वह मुँह में अँगुली डालकर थोड़ी देर तक सोचती रही फिर बोली, 'ए हेगीयोग्राफ हिसपेनर? जरूर कोई मेकैनिकल गेम होगा।'

फैसला करने के बाद वह जानती थी कि उसको आगे क्या करना था। उसने उस बड़ी सी चीज को, जो उस जितनी ही बड़ी थी, अपने दोनों हाथों से पकड़ लिया और पूरा जोर लगाकर बाहर खींचा। सदियों से वहाँ पर रखी वह किताब खींचे जाने पर शेल्फ से बाहर खिसक आई, अस्थिर होकर झूलने लगी और आखिरकार सीधी खड़ी हो गई। सिले को अपनी ताकत पर, विशेष रूप से साहस पर अभिमान हुआ और उसने लंबी साँस ली। इतनी वजनदार चीज को उठाकर ले जाने का प्रयास करना बेकार था। उसने बंद दरवाजे की तरफ रखकर उसकी जिल्द खोली और पीछे हट गई।

कमरे में अँधेरा हो रहा था। रोशनी तेजी से कम होती जा रही थी। नीले शीशे से आ रही रोशनी की किरण से किताब के पहले पन्ने पर लगे चित्र पर रोशनी पड़ रही थी। धुँधली अफ्रीकी पृष्ठभूमि में लाल रंग के परिधान में एक स्पेनिश संत दिखाई दे रहा था। उसने एक हाथ में कोड़ा पकड़ रखा था और दूसरे में बड़ा-सा दिल, जिससे लहू टपक रहा था।

सिले घबराकर पीछे हट गई। कमरे में बढ़ रहे अँधेरे में धीरे-धीरे आलोकित संत की पीली उदास आकृति के अतिरिक्त कुछ भी दिखाई नहीं दे रहा था। वह हिलने के लिए और बड़ी हो गई थी। उसकी भवें काँपती दिख रही थीं। जिस ग्रामीण क्षेत्र में वह खड़ी थी, वहाँ से आ रही हवा से उसकी पोशाक की तहें हिल रही थीं। वह आगे झुकी और एक क्षण के बाद बोली, ''सेसिल।''

बेचारी नन्ही बालिका, जिसके डर के कारण लगभग प्राण निकल ही गए थे, घुटनों के बल बैठ गई। ''मादाम,'' उसने कहा।

फिर उसने अपने आपको सदमे से बाहर निकाला और याद किया कि उस प्रकार की सभी महिलाओं को 'सिस्टर' कहकर बुलाना उचित होता है। 'पवित्र सिस्टर'।

''डरो मत,'' वह प्रेतच्छाया बोली।

''नहीं, मैं डर नहीं रही हूँ,'' सेसिल, जो एकदम सफेद हो गई थी, ने कहा, ''बस थोड़ा सा घबरा गई हूँ। हे संत, मुझे क्षमा कर दो।''

बोलते समय वह उस स्वर्गीय महिला की लहराती पोशाक, उसके लंबे ब्राउन कोट, उसकी हँसुली, उसके सैंडल और उसके सर्वाधिक भव्य, सुंदर, जगमगाते सफेद अंगरो का निरीक्षण कर रही थी।

''यहाँ पास आओ,'' संत ने कहा, ''मैं तुम्हारे लिए क्या कर सकती हूँ, तुम मुझे कुछ बताना चाहती हो या मुझसे कुछ पूछना चाहती हो?''

सिले में हिम्मत आ गई थी। ''संत, मैं आपसे कुछ पूछना चाहती हूँ। मैं

बहुत सी बातों के बारे में जानना चाहती हूँ। आप स्वर्ग से आई हैं, इसलिए आपको सबकुछ मालूम होगा।''

''ठीक है, तुम मुझसे तीन सवाल पूछ सकती हो, केवल तीन। मैं सुनकर उनका उत्तर दूँगी, मेरी बच्ची!''

सिले ने पहला सवाल किया, ''वे सब मुझे यहाँ आने से क्यों मना करते हैं?''

''क्योंकि प्रकाश, पुस्तकें तथा चित्र अच्छे एवं बुरे ज्ञानरूपी वृक्ष का तना, शाखाएँ एवं फूल हैं।''

''अच्छा और बुरा ज्ञान?'' बच्ची ने दोहराया, ''वह क्या होता है?''

''जीवन का ज्ञान।''

''जीवन, मेरा जीवन कैसा होगा?''

संत हलके से काँप उठा, ''मेरी नन्ही सिले, गंभीरता से विचार करो। यह तुम्हारा आखिरी सवाल होगा। क्या तुम मुझसे कोई और सवाल नहीं पूछ सकती?''

नन्ही सिले, जो अब स्वयं को अधिक सुरक्षित समझ रही थी, ने जिद की, ''नहीं-नहीं, मैं वही जानना चाहती हूँ।''

''मेरे बताने पर तुम्हें दुःख होगा कि वह सवाल क्यों पूछा।''

सिले सकुचाई, दोबारा रंग पीला पड़ गया और बहुत कोमल स्वर में दोहराया, ''मुझे बताओ, संत, तुमने मुझसे वायदा किया है।''

तब उस प्रेतच्छाया ने अपना वह हाथ ऊपर उठाया, जिसमें उसने लाल दिल पकड़ रखा था, आँसुओं की तरह उससे लहू टपकने लगा और फिर नदी की तरह बहने लगा।

''मैं तुम्हारे जीवन की पुस्तक खोल सकती हूँ, तुम्हें बता सकती हूँ कि कैसे, कहाँ और कब क्या होगा, परंतु उससे क्या लाभ होगा! सभी इनसान एक ही ढाँचे में ढले हैं, कुछ भी कष्ट हो, फिर भी जीवन चलता रहता है। मेरी असहाय बच्ची, मेरी बात ध्यान से सुनो, तुम आशाओं तथा मिथ्या भ्रांतियों में जीती हो, तुम्हारी आशाएँ, आकांक्षाएँ चकनाचूर हो जाएँगी, तुम्हारी भ्रांतियाँ दूर हो जाएँगी। तुम जिससे प्रेम करोगी, उसे सँभाल नहीं पाओगी, न ही तुम्हारे प्रिय सपने साकार होंगे। तुम प्रसन्नता के पीछे पागलों की तरह दौड़ोगी, अपने चारों तरफ तुम्हें प्रसन्नता दिखाई देगी, परंतु जब तुम उसको पकड़ने के लिए हाथ फैलाओगी, तब वह तुम्हारे हाथों से फिसल जाएगी। तुम गिर पड़ोगी, रोती रहोगी, जब तक कि यह विचार उत्पन्न नहीं होगा कि तुम मर जाओगी। हर सपने के साथ तुम एक नई मौत मरोगी। तुम्हारे वे दिन ही सर्वाधिक अंधकारपूर्ण नहीं होंगे।''

संत ने दिल को ऊपर उठा रखा था, उससे अभी भी लहू बह रहा था। ''मेरी बच्ची, सुनो, तुम्हें प्रेम होगा। एक अवर्णनीय, प्रकाशयुक्त, नूतन, कोमल अनुभूति तुम्हारे मासूम हृदय में उत्पन्न होगी। तुम उसे खुशी समझोगी, वह तुम्हें जितना ज्यादा आनंद देने की कोशिश करेगी, उससे तिहरी मुसीबतों के डर, निराशा और अवसाद से तुमको दंश मारेगी। जिस किसी से भी तुम प्यार करोगी, उसकी कष्टदायक मौत होगी और तुम्हारे दुःख की कोई सीमा नहीं रहेगी''

दिल बड़ा होता जा रहा था और उससे लहू बह रहा था। ''और सुनो, तुम बच्चे को जन्म दोगी। उस समय तुम समझोगी कि तुम्हें वास्तव में खुशी का मार्ग मिल गया है। तुम्हारा बच्चा! तुम्हें उसकी कितनी चाहना थी। तुमने अपने तथा अपनी बाँहों के उस प्राणी के लिए कितनी चामत्कारिक भावी योजनाएँ बनाई थीं, परंतु जिस दिन ईश्वर तुमको वह बच्चा देगा, उस दिन के बाद से तुम्हारी आँखों के आँसू नहीं सूखेंगे। उसको जन्म देने के समय असह्य प्रसव वेदना, उसके जीवन को सुरक्षित रखने के लिए तथा बीमारी से आतंकित होकर नित्यप्रति का संघर्ष, ईश्वर तुमको जो देगा, यदि वह उसको वापस लेने का फैसला कर ले, उस समय का असहनीय दुःख! तब तुम समझ पाओगी कि दुर्भाग्य किस प्रकार मानव जीवन को बाढ़ की तरह लपेटे में ले लेता है तथा सालोसाल उसकी लहरें अनवरत रूप से आँसू बनकर बहती रहती हैं।''

अब दिल शाम के सूरज की तरह बहुत बड़ा हो गया था। उसके आकार को पहचान पाना कठिन हो गया था, क्योंकि उसके चारों तरफ से लहू बह रहा था। अंत में संत ने कहा, ''जिनसे तुम आज प्रेम करती हो, उन सबकी गिनती कर लो, जब तुम मरोगी, तब उनमें से कोई भी तुम्हारे साथ नहीं होगा; निराश, अकेली एक नई दुनिया में बिल्कुल अजनबी होगी। एक के बाद एक करके तुम्हारे दादा-दादी, नाना-नानी चले जाएँगे; तुम अपनी माँ को मरते देखोगी। हो सकता है, उनकी स्मृति तुम्हें पूरा जीवन सालती रहे; अपने मृत पिता के शरीर को लकड़ी के ताबूत में बुरादे की दो तहों में रखोगी ताकि दरारों से सडायँध निकलकर पृथ्वी को प्रदूषित न कर दे।''

''आह!'' भय चरम सीमा पर था। सिले भय से थर-थर काँपती, चिल्ला रही थी, रो रही थी, विनती करते हुए उसकी बाँहें पकड़ रही थी, ''नहीं, नहीं संत, मुझे और ज्यादा मत बताओ।''

प्रार्थना करते हुए उसने अपने आपको उसकी पोशाक की तहों में छिपाने की कोशिश की, परंतु इसके विपरीत उसका सिर उस विशाल किताब, जो अभी तक

सीधी खड़ी थी, से जा टकराया। वह ग्रंथ हिला और लंबा होकर जमीन पर गिर पड़ा। बंद कमरे में आवाज गूँजते ही संत की आकृति धुँधली पड़ गई और नीले-सफेद धूल के बादल में गायब हो गई।

दरवाजा खुला और कमरे में एक दर्जन बिजली के बल्बों का प्रकाश फैल गया। सिले ने अपने पिता की गुस्से में भरी, जिसे पहले कभी नहीं सुना था, आवाज सुनी, "सेसिल, धूर्त लड़की, तो तुम यहाँ पर हो!"

बेचारी बच्ची जवाब देने की स्थिति में नहीं थी। वह पिता की गुस्से भरी आवाज को चुपचाप सुनती रही। पिता के गुस्से में सिले को अपने जीवन के दुर्भाग्य का प्रारंभ दिखाई दिया। वह रोने लगी, फर्श पर लेट गई और अपना चेहरा छिपा लिया।

"मैं मरना चाहती हूँ, मैं मरना चाहती हूँ," वह सुबक रही थी।

घबराकर उसके पिता ने उसको उठाकर अपने घुटनों पर बिठाया और पूछने लगा कि क्या हुआ था, इस सबका क्या मतलब था, वह लाइब्रेरी में क्यों आई थी, निराश होकर इतना किसलिए चिल्ला रही थी? सेसिल ने कुछ नहीं बताया, केवल इतना कहा कि वह मरना चाहती थी।

बिना कुछ बोले वह लगातार एक घंटा सुबकती रही। उसके पिता उसको झुलाते रहे। उसने अपना सिर उनके कंधे में छिपा लिया था। अचानक किसी मरते व्यक्ति के निराशाजनक, विवशतापूर्ण धीमे स्वर में उस संत के बारे में बताना शुरू किया।

उसके पिता ने ध्यान से उसकी बात सुनी। पिता ने मुसकराते रहने की भरपूर कोशिश की, लेकिन उसको रोने से नहीं रोक पाया। छोटी बच्ची की कहानी खत्म होने के बाद उसका रंग बच्ची से ज्यादा पीला पड़ गया था। उसने मजबूती से बच्ची को अपने साथ चिपटा लिया, अपने बड़े हाथों को उसके आँसू भरे गालों पर प्यार से फेरा और कोमल स्वर में कहा, "मेरी बच्ची, मेरी नन्ही बच्ची, रोओ मत। तुमने मेरी आज्ञा की अवहेलना की है, मेरी अवज्ञा की है। तुमको मेरी बात न मानने की सजा मिली है। जब छोटी लड़कियाँ लाइब्रेरी जाती हैं, तब उनके साथ ऐसा ही होता है। जिंदगी की जिन बातों को जानने की जरूरत नहीं होती, वे ऐसी ही कुछ बातें किताबों में पढ़ लेती हैं," कुछ रुककर आगे कहा, "और उन बातों में सच्चाई नहीं होती।"

सिले बच्चों की तरह अपनी आँखें गंभीरता से ऊपर उठाई, "सच नहीं होती, क्या वे सच नहीं होतीं, मुझे संत ने जो बताया है, क्या वह सच नहीं है?"

"मेरी प्यारी बच्ची, संत तुमको सजा देने के लिए डरा रहा था। जो कुछ उसने बताया है, जिंदगी उससे बिल्कुल अलग है। जिंदगी मधुर और सुंदर है। जीवन आकर्षक है। सब ओर प्रसन्नता ही प्रसन्नता है।" उसने दोबारा मुसकराने की कोशिश की। बच्ची बहुत देर तक उसको देखती रही, फिर बुरी तरह से काँपते हुए उसने अपनी नन्ही बाँहों की पूरी ताकत के साथ उसका आलिंगन कर लिया।

पियरे लुई का जन्म 10 दिसंबर, 1870 को बेल्जियम के घेंट नगर में हुआ था। बाद में वे फ्रांस आ गए थे। भावी नोबल पुरस्कार विजेता तथा समलैंगिक अधिकारों के प्रणेता आंद्रे गिड के साथ उनके घनिष्ठ संबंध थे। उनकी रुचि पार्नेशियन तथा प्रतीकात्मक लेखन में थी।

'Aphrodite: Ancient Manners' 1896 में उनका पहला उपन्यास प्रकाशित हुआ। इसमें अलेक्जेंडरिया के तत्कालीन सामंती जीवन का सुंदर चित्रण है। छपते ही लोग इसके दीवाने हो गए। हाथोहाथ तीन लाख प्रतियाँ बिक गईं। उस समय तक यह गौरव किसी अन्य लेखक को प्राप्त नहीं हुआ था। प्रोत्साहित होकर लुई ने लिखने का क्रम जारी रखा।

31 दिसंबर, 1999 को फ्रेंच साहित्य में उल्लेखनीय योगदान के लिए लुई को 'Chavelier de la Le'gion d honneur' की उपाधि प्रदान की गई। बाद में 14 जनवरी, 1922 को उच्चतम सम्मान 'Officer de la Le'gion d honneur' से सम्मानित किया गया।

4 जून, 1925 को पियरे लुई का पेरिस में देहांत हो गया।

'अवज्ञा' कहानी में जीवन के कष्टदायी यथार्थ से भयभीत नन्ही बालिका सेसिल को उसके पापा झूठी सांत्वना देते हैं। उसको कहते हैं कि पुस्तकों में लिखी बातें सच नहीं होतीं। पुस्तक से बाहर आकर संत ने जो बताया था, वह उसको सजा देने के लिए था। क्योंकि उसने अपने पापा की बात नहीं मानी थी, उनकी अवज्ञा की थी। वास्तव में जिंदगी मधुर और सुंदर है। चारों तरफ खुशी-ही-खुशी है। उसको भयभीत होने की आवश्यकता नहीं।

❑

नकली आभूषण

—गाय-द-मोंपासा

अपने विभाग के सहायक प्रमुख के घर पर संध्याकालीन पार्टी में मि. लेंटीन की उस युवती से मुलाकात हुई थी। पहली ही नजर में उसको दिल दे बैठा था।

वह ग्रामीण वैद्य की बेटी थी। कुछ महीने पहले पिता की मृत्यु हो गई थी। अपनी माँ के साथ वह पेरिस में रहने के लिए आई थी। अपनी बेटी के लिए सुयोग्य वर की तलाश में उसकी माँ अपने परिचितों से मिलती रहती थी। दोनों निर्धन, ईमानदार, शांत और सरल स्वभाव की थीं।

युवती सर्वगुणसंपन्न थी। कोई भी समझदार युवक उसको पत्नी के रूप में पाने के सपने सँजो सकता है। उसका सामान्य सौंदर्य, विनम्रता, निश्छल प्रेमपूर्ण आत्मा का प्रतिबिंब, होंठों पर आई मधुर मुसकराहट से दुगुना हो जाता था। सब लोग उसकी प्रशंसा करते नहीं थकते थे, ''जिस युवक को उसका प्रेम मिलेगा, वह बहुत भाग्यशाली होगा। इससे ज्यादा अच्छी पत्नी उसको मिल ही नहीं सकती।''

मि. लेंटीन की सात सौ डॉलर की पर्याप्त सुविधाजनक आय थी। अपने खयाल में वह विवाह का उत्तरदायित्व भली-भाँति निभा सकता था। उसने उस आदर्श युवती के सामने विवाह का प्रस्ताव रखा, जो उसने सहर्ष स्वीकार कर लिया।

वह उसके साथ बहुत प्रसन्न था। वह घर का प्रबंध इतने अधिक सुचारु तथा मितव्ययिता के साथ करती थी कि आभास ही नहीं होता था कि वे खूब ऐश-ओ-आराम के साथ रह रहे हैं। वह अपने पति का पूरा ध्यान रखती, उसके साथ प्यारभरी बातें करती, दुलार करती। विवाह के छह साल बाद भी मिस्टर लेंटीन उसकी उपस्थिति के आकर्षण को इतनी तीव्रता से अनुभव करते कि वे अपनी पत्नी से पहले की अपेक्षा ज्यादा प्रेम करने लगे थे।

मि. लेंटीन को केवल उसकी दो बातों पर ही आपत्ति थी—थियेटर से प्रेम तथा नकली हीरे-मोतियों के आभूषणों का शौक। उसकी सहेलियाँ (कुछ अफसरों की पत्नियों के साथ उसकी मित्रता थी) प्रायः थियेटर में उसके लिए बॉक्स के टिकट लातीं। विशेष रूप से नए नाटक के प्रथम मंचन के दिन के। इच्छा न होने पर भी इन मनोरंजन के कार्यक्रमों में उसको पत्नी के साथ जाना पड़ता था। यद्यपि दफ्तर में पूरा दिन काम करने के बाद उसको यह सब उबाऊ लगता था।

कुछ समय के बाद मि. लेंटीन ने अपनी पत्नी से किसी सहेली को साथ ले जाने के लिए कहा। पहले तो उसने ऐसा करने पर आपत्ति जताई, बाद में काफी समझाने-बुझाने के बाद वह अपने पति की खुशी के लिए राजी हो गई।

थियेटर प्रेम के कारण उसमें बनने-सँवरने, साज-शृंगार का शौक भी बढ़ गया था। यह सच है कि उसकी पोशाक पहले की तरह सामान्य व सुरुचिपूर्ण होती थी, परंतु उसने शीघ्र ही अपने कानों में असली हीरों की तरह जगमगाते रत्नजड़ित कर्णफूल पहनने शुरू कर दिए थे। गले में नकली मोतियों की माला तथा हाथों में सोने के पतरे के ब्रेसलेट पहनने लगी थी। मि. लेंटीन अक्सर आपत्ति करते, ''तुम्हारे पास असली हीरे-मोती के आभूषण खरीदने की सामर्थ्य नहीं है। सुंदरता और विनम्रता तुम्हारा शृंगार हैं। स्त्रियों के लिए ये दुर्लभ आभूषण हैं।''

वह कोमलता से मुसकराकर कहती, ''क्या करूँ! आभूषणों का मुझे बहुत ज्यादा शौक है। मेरी एक यही कमजोरी है। मैं अपना स्वभाव नहीं बदल सकती।''

मोतियों की माला को अपनी अँगुलियों पर लपेटकर, उन जगमग करते आभूषणों की प्रशंसा पाने की इच्छा से धीरे से पति को प्यार से कहती, ''देखो! क्या ये सुंदर नहीं हैं? कोई भी इनको सच्चे मोती ही समझेगा।''

मि. लेंटीन मुसकराकर जवाब देते, ''प्रिये, तुम्हारे शौक भी निराले हैं।''

शाम के समय जब वे आग के सामने बैठकर प्यारभरी बातें कर रहे होते, तब वह चाय की मेज पर अपना चमड़े का बक्सा, जिसमें मि. लेंटीन के विचार में कूड़ा-कचरा भरा था, लाकर रख देती। वह उन नकली हीरे-मोतियों के आभूषणों को अनुरागपूर्वक ऐसे निहारती जैसे उनका संबंध किसी गहरे रहस्यपूर्ण आनंद से हो। प्रायः वह पति के गले में आग्रहपूर्वक माला डाल देती, खिलखिलाकर हँसती और कहती, ''कितने अजीब लग रहे हो तुम?'' फिर वह उसकी बाँहों में लेटकर प्रेमपूर्वक चुंबन लेती।

एक शाम ओपेरा देखने गई तो वापस आते समय बुरी तरह से ठंड लग गई।

अगली सुबह उसको खाँसी हुई, आठ दिनों के बाद फेफड़ों में सूजन आने के कारण उसकी मृत्यु हो गई।

मि. लेंटीन को गहरा आघात लगा। एक सप्ताह में सिर के बाल सफेद हो गए। हर समय रोते रहते। हृदय दुःख से विदीर्ण हो रहा था, आँखों के सामने मृत पत्नी की मुसकुराहट तथा कानों में आवाज और बातें गूँजती रहती थीं।

रोगनिवारक वक्त के साथ भी उसका दुःख कम नहीं हुआ। दफ्तर में जब उसके साथी उस दिन के काम-काज के बारे में बातें कर रहे होते, उसकी आँखें आँसुओं से भर जातीं और वह हृदय-विदारक सुबकियों के बीच अपना दुःखड़ा सुनाने लगता। पत्नी के कमरे की हर चीज उसकी मृत्यु के पहले की तरह ही रखी हुई थी। प्रथा के अनुसार, वह वहाँ पर अकेला बैठकर उसकी अमूल्य स्मृतियों तथा सुखद क्षणों के बारे में सोचता।

शीघ्र ही जीवन संघर्षमय हो गया। जिस आय में उसकी पत्नी पूरे घर का खर्च सँभालती थी, अब वह उस अकेले के लिए भी पर्याप्त नहीं थी। वह हैरानी के साथ सोचता कि वह किस प्रकार बढ़िया वाइन, दुर्लभ, स्वादिष्ट खाद्य पदार्थ खरीद लाती थी, जबकि वह अपनी उसी आय में खरीद नहीं पाता था।

कर्ज चढ़ने लगा, जल्दी पूरी तरह से कंगाल हो गया। एक सुबह जब उसकी जेब में फूटी कौड़ी नहीं थी, उसने कोई चीज बेचने की ठानी। उसके दिमाग में तत्काल अपनी पत्नी के नकली हीरे-मोतियों के आभूषण बेचने का खयाल आया। वह दिल-ही-दिल में उन नकली आभूषणों से नफरत करता था। पहले भी उसको उनसे चिढ़ थी। उन्हें देखकर उसके हृदय में मृत पत्नी की स्मृतियाँ धुँधली पड़ने लग जाती थीं।

जीवन के अंतिम दिनों तक वह खरीदारी करती रही। हर रोज शाम को रत्नजड़ित नए आभूषण खरीदकर घर ले आती। उसने उसका पसंदीदा भारी नेकलेस बेचने का फैसला किया। उसके विचार में उस नेकलेस की कीमत छह-सात फ्रैंक होगी। नकली होते हुए भी उस पर बारीक काम किया हुआ था।

वह उसको जेब में रखकर सुनार की दुकान की तरफ चल पड़ा। पहली ही दुकान में घुस गया। अपनी गरीबी को प्रकट करने तथा उस बेकार सी चीज को बेचने में उसको शर्म आ रही थी।

''सर,'' उसने दुकानदार से कहा, ''मैं इस नेकलेस की कीमत जानना चाहता हूँ।''

दुकानदार ने नेकलेस ले लिया, उसको जाँचा-परखा; क्लर्क को बुलाया,

धीमी आवाज में उससे कुछ कहा, फिर उसने उस आभूषण को दोबारा काउंटर पर रख दिया। गौर से मि. लेंटीन का मुँह देखने लगा।

मि. लेंटीन इतनी लंबी-चौड़ी जाँच-पड़ताल से परेशान था, कहनेवाला था, 'हाँ, मैं जानता हूँ कि इसकी कोई कीमत नहीं है।' तभी सुनार बोल पड़ा, ''सर, इस नेकलेस की कीमत बारह से पंद्रह हजार फ्रैंक के बीच होगी, परंतु जब तक आप यह नहीं बताएँगे कि यह आपके पास कहाँ से आया है, मैं इसे खरीद नहीं सकता।''

विधुर लेंटीन की आँखें खुली-की-खुली रह गईं। वह समझ नहीं पा रहा था कि दुकानदार क्या कह रहा था। आखिरकार हकलाते हुए बोला, ''तुम क्या कह रहे हो, क्या तुम्हें पूरा विश्वास है ?''

दुकानदार ने रूखे स्वर में जवाब दिया, ''तुम कहीं और पूछ सकते हो। मैं इसकी कीमत ज्यादा से ज्यादा पंद्रह हजार समझता हूँ। कहीं और ज्यादा न मिलें तो यहाँ पर आ सकते हो।''

लेंटीन भौचक्का रह गया। उसने नेकलेस उठाया और दुकान से बाहर आ गया। वह आराम से सोचना चाहता था।

दुकान से बाहर आने के बाद उसका मन बेइंतहा हँसने को हुआ। अपने-आपसे कहा, ''बेवकूफ! उसकी बात पर विश्वास कर लेता। उस सुनार को नकली-असली हीरों की परख ही नहीं है।''

कुछ मिनटों के बाद वह पेक्स गली की एक दूसरी दुकान में घुस गया। नेकलेस को देखते ही दुकानदार चिल्लाया, ''वाह! क्या बात है ? मैं इसको अच्छी तरह से पहचानता हूँ। यह नेकलेस इसी दुकान से खरीदा गया था।''

लेंटीन ने परेशान होकर पूछा, ''इसकी कीमत क्या होगी ?''

''मैंने इसको बीस हजार फ्रैंक में बेचा था, यह तुम्हारे पास कैसे आया ? कानूनी काररवाई पूरी हो जाने के बाद मैं इसे दोबारा अठारह हजार में खरीदने के लिए तैयार हूँ।''

लेंटीन हक्का-बक्का खड़ा था। कहा, ''इसे अच्छी तरह जाँच-परख लीजिए। अभी तक मैं यही समझ रहा था कि यह नकली है।''

सुनार ने पूछा, ''आपका क्या नाम है, सर ?''

''लेंटीन, मैं गृहमंत्रालय में नौकरी करता हूँ। शहीदी गली के 16 नं. मकान में रहता हूँ।''

दुकानदार ने अपने बहीखाते खोले। उसमें उसकी एंट्री मिल गई। बोला,

''यह नेकलेस 20 जुलाई, 1876 को मादाम लेंटीन के घर 16, शहीदी गली भेजा गया था।''

दोनों आदमी एक-दूसरे की आँखों में झाँक रहे थे। हैरानी के कारण विधुर लेंटीन के मुँह से आवाज नहीं निकल रही थी। दुकानदार उसे चोर समझ रहा था।

दुकानदार ने चुप्पी तोड़ी, ''क्या आप यह नेकलेस मेरे पास चौबीस घंटे के लिए छोड़ सकते हैं? मैं आपको इसकी रसीद दे दूँगा।''

''बेशक,'' लेंटीन ने फौरन जवाब दिया। रसीद को अपनी जेब में रखकर वह बाहर आ गया। गलियों में बेकार घूमता रहा। दिमाग में झंझावात चल रहा था। वह स्वयं को तर्क देने, समझाने की कोशिश कर रहा था। इतने कीमती गहने खरीदने की उसकी हैसियत नहीं थी, निश्चित रूप से नहीं थी। इसका मतलब था कि किसी ने उसको उपहारस्वरूप दिए होंगे। किसने दिए होंगे, क्यों दिए होंगे?

वह रुक गया और गली के बीच खड़ा रहा। दिमाग में एक भयावह संदेह ने जन्म ले लिया था—वह? तब तो बाकी के हीरे-मोतियों के आभूषण भी उपहारस्वरूप मिले होंगे। उसे अपने पैरों तले से जमीन खिसकती दिखाई दी। सामने खड़ा पेड़ उसे अपनी बाँहों पर गिरता दिखाई दिया। वह बेहोश होकर जमीन पर गिर पड़ा। किसी राहगीर ने उठाकर उसको केमिस्ट की दुकान पर पहुँचा दिया। वहाँ पर उसे होश आया। बाद में उसे घर पर पहुँचा दिया गया। घर पहुँचकर उसने अपने आपको कमरे में बंद कर लिया और देर रात तक रोता रहा। थक-चूर होकर वह बिस्तर पर गिर पड़ा। पूरी रात उसने बेचैनी से करवटें बदलते हुए काटी।

अगले दिन सुबह वह ऑफिस जाने के लिए तैयार हुआ। इतना बड़ा सदमा लगने के बाद काम कर पाना मुश्किल था। उसने अपने बॉस के पास छुट्टी के लिए दरख्वास्त भेज दी। फिर उसको सुनार के पास जाने की बात याद आई। यद्यपि उसको वहाँ जाना अच्छा नहीं लग रहा था, फिर भी वह उसके पास नेकलेस नहीं छोड़ सकता था। कपड़े पहनकर वह बाहर निकल गया।

मौसम सुहावना था। नीचे व्यस्त शहर के ऊपर साफ नीला आसमान मुसकरा रहा था। लोग-बाग फुरसत में अपनी जेबों में हाथ डाले घूम रहे थे। उनको देखकर लेंटीन ने मन-ही-मन कहा, 'वास्तव में धनी व्यक्ति ही सुखी है। धन गहरे दुःख को भी भुला देता है। अपनी इच्छा से किसी भी स्थान पर घूम-फिर सकते हो। यह दुःख को मिटाने का सुनिश्चित उपचार है, इससे ध्यान बँट जाता है। काश! मेरे पास भी धन होता!'

उसको जोर से भूख लग रही थी, लेकिन जेब खाली थी। उसको दोबारा

नेकलेस की याद आ गई। अठारह हजार फ्रैंक! अठारह हजार फ्रैंक! अपार धनराशि!

वह कुछ ही देर में पेक्स गली में सुनार के पास अठारह हजार फ्रैंक लेने के लिए पहुँच गया। कई बार उसने अंदर जाने के लिए कदम बढ़ाए लेकिन शर्म के कारण उसके पैरों में जंग सा लग गया था। भूखा था, पेट में चूहे कुलबुला रहे थे, जेब में फूटी कौड़ी नहीं थी। जल्दी से फैसला किया। बिना कुछ सोचे वह गली के दूसरे सिरे पर सुनार की दुकान में घुस गया।

दुकान का मालिक आगे आया और सम्मानपूर्वक उसको बैठने के लिए कुरसी दी। मुंशी उसको परिचित भाव से देख रहा था।

"मैंने जाँच-पड़ताल कर ली है मि. लेंटीन," सुनार ने कहा, "यदि आप आभूषण बेचना चाहते हैं तो जो कीमत मैंने आपको बताई थी, वह मैं आपको देने के लिए तैयार हूँ।"

"निश्चित रूप से सर," लेंटीन ने हकलाकर जवाब दिया।

दुकानदार ने मेज की दराज से अठारह बड़े नोट निकालकर लेंटीन के हाथ में थमा दिए। उसने रसीद पर दस्तखत किए और काँपते हाथों से नोट लेकर जेब में रख लिये।

दुकान से बाहर निकलते-निकलते वह दुकानदार की तरफ, जिसके चेहरे पर पहले जैसी ही मुसकराहट थी, मुड़ा, नजरें झुकाकर बोला, "मेरे पास हीरे-जवाहरातजड़ित और भी आभूषण हैं, वे भी उसी महिला के हैं। क्या आप उन्हें भी खरीदना चाहेंगे?"

दुकानदार ने झुककर कहा, "निश्चित रूप से, सर।"

लेंटीन ने गंभीरतापूर्वक कहा, "मैं उनको आपके पास लाता हूँ।" एक घंटे बाद वह उन हीरे-जवाहरात के आभूषणों के साथ वापस आ गया।

कानों के हीरे-जड़ित बड़े झुमकों की कीमत बीस हजार फ्रैंक, ब्रेसलेट की कीमत पैंतीस हजार फ्रैंक, अँगूठियाँ सोलह हजार फ्रैंक की, पन्ने और नीलम का सेट चौदह हजार, नगोंजड़ित पेंडेंटवाली सोने की चेन चालीस हजार—कुल मिलाकर एक लाख तैंतालीस हजार फ्रैंक।

सुनार ने मजाक में कहा, "इस महिला ने अपना सारा धन इन बेशकीमती पत्थरों में निवेश कर डाला।"

लेंटीन गंभीर स्वर में बोला, "धन को निवेश करने का यह केवल एक अलग तरीका है।"

उस दिन उसने बोई सिओन में खाना खाया, बीस फ्रैंक की कीमती वाइन की बोतल ली। उसके बाद किराए की बग्घी में बैठकर बोये में घूमने निकल पड़ा। जगह-जगह जमा भीड़ को घृणा के साथ देख रहा था। बग्घी में बैठी दूसरी सवारियों के सामने अपने आपको यह कहने से रोक नहीं पाया, ''मैं एक अमीर आदमी हूँ। मेरे पास दो लाख फ्रैंक है।''

अचानक उसको अपने बॉस की याद आ गई। वह ऑफिस जाकर खुश होकर बोला, ''सर, मैं नौकरी से इस्तीफा देने आया हूँ। मुझे अभी-अभी विरासत में तीन लाख फ्रैंक मिले हैं।''

उसने अपने साथियों से हाथ मिलाया। कुछ के साथ अपनी भावी योजना पर सलाह-मशवरा किया। उसके बाद कैफे एँगले में खाना खाने के लिए चल दिया।

कैफे में एक भद्र पुरुष के साथ बैठ गया। खाना खाते-खाते रहस्यमयी मुद्रा में बताया कि उसको कुछ देर पहले विरासत में चार लाख फ्रैंक मिले थे।

जिंदगी में पहली बार उसने थियेटर में बोरियत महसूस नहीं की। पूरी रात मौज-मस्ती में गुजारी।

छह महीने बाद दूसरी शादी कर ली। दूसरी पत्नी नेक, परंतु झगड़ालू स्वभाव की औरत थी। उसने उसको बहुत कष्ट पहुँचाया।

फ्रेंच कथाकार गाय-द-मोंपासा 19वीं सदी के फ्रांस के जनजीवन के सजग चितेरे थे। उन्होंने 300 से अधिक कहानियाँ, छह उपन्यास तथा तीन यात्रा-विवरण लिखे। मानसिक तथा शारीरिक रूप से अस्वस्थ रहने के कारण अल्पायु में ही देहांत हो गया था।

हेनरी रेने अल्बर्ट गाय-द-मोंपासा का जन्म 5 अगस्त, 1850 को डिएप, फ्रांस में हुआ था। वे समृद्ध, धनी माता-पिता लारा और गुस्ताव-द-मोंपासा की पहली संतान थे। स्कूल में वे एक मेधावी छात्र थे।

कविता-लेखन तथा रंगमंच पर अभिनय करने में सदैव आगे रहते थे। 1880 में उनकी पहली रचना छ्व्रूह्वद्यद्ग स्त्रद्ग स्ह्वद्भद्धज प्रकाशित होकर अतीव लोकप्रिय हुई। उसके बाद वे धाराप्रवाह लिखने लगे। 1880-1891 का दशक मोंपासा के जीवन का सर्वाधिक सृजन काल था। प्रतिवर्ष दो-तीन व कभी-कभी चार कहानी-संग्रह प्रकाशित होने लगे।

वर्ष 1883 में प्रकाशित पहले उपन्यास 'A Woman's life' की पहले वर्ष में ही 25,000 प्रतियाँ बिक गई थीं।

सामाजिक संबंधों से खिन्न वे एकांतप्रिय स्वभाव के थे। स्पष्टवादी तथा व्यावहारिक होने के कारण उनकी फिजूल बातों, अफवाहों, अनावश्यक आलोचना में कोई रुचि नहीं थी। व्यक्तिगत उच्छृंखलता, भोगविलासी वृत्ति होने पर भी उनकी साहित्यिक प्रतिष्ठा पर कोई आँच नहीं आई। पूरे यूरोप में उनके पाठकों में निरंतर वृद्धि होती रही। आज भी विश्व साहित्य में वे उत्कृष्ट कथाकार-उपन्यासकार के रूप में अतीव लोकप्रिय हैं। उनकी कहानियाँ आलोचना के साथ-साथ प्रशंसा का केंद्रबिंदु बनी रहीं। 6 जुलाई, 1893 को पेरिस में उनका देहांत हो गया।

मोंपासा की प्रायः प्रत्येक रचना अपने आप में विशिष्ट है। प्रत्येक कहानी में समाज, व्यक्ति के किसी-न-किसी पक्ष का सजीव चित्रण होता है। संकलन में संगृहीत 'हार', 'मोती', 'सिमोन के पापा', 'नकली आभूषण', 'दिल्लगी' कहानियाँ मानव जीवन की विसंगतियों तथा चरित्र को उजागर करती हैं। 'दिल्लगी' कहानी हल्की-फुल्की तथा रोचक है।

❑

दिल्लगी

—गाय-द-मोंपासा

हमारे बुजुर्ग बिना किसी को ठेस पहुँचाए अलग ही अंदाज में दिल्लगी करते थे। हमारे बुजुर्गों द्वारा की जानेवाली दिल्लगी जैसा मजा आजकल की दिल्लगी में कहाँ! फिर भी दिल्लगी करने का अपना अलग ही मजा है। किसी को अपनी मूर्खता पर हँसने के लिए मजबूर करना, नाराज होने पर उसके साथ कोई नई दिल्लगी कर डालना।

अपनी जिंदगी में मैंने कई बार दूसरों के साथ दिल्लगी की है, मेरे साथ भी कई बार दिल्लगी हुई है। कुछ तो बहुत ही मजेदार थीं। अक्सर मेरी दिल्लगी हँसी-ठिठोली तक ही सीमित होती थी, फिर भी कभी-कभी डरावनी भी हो जाती थी। एक बार तो मेरी दिल्लगी के शिकार की मौत ही हो गई थी। हालाँकि उसकी मौत से किसी का नुकसान नहीं हुआ था। उसके बारे में फिर कभी बात करूँगा। न तो वह अच्छी दिल्लगी थी, न ही उसके बारे में बताना आसान काम है। यह वाकया पेरिस की एक बस्ती का है, जिन लोगों ने इसे देखा था, वे उस वाकये को याद कर आज भी हँसते-हँसते लोट-पोट हो जाते हैं, भले ही शिकार की मौत हो गई थी। ईश्वर! उसकी आत्मा को शांति प्रदान करे।

आज मैं दिल्लगी के ऐसे ही दो किस्से बताने जा रहा हूँ। एक दिल्लगी का शिकार मैं था, जबकि दूसरी दिल्लगी को मैंने अंजाम दिया था। मैं पहली दिल्लगी का किस्सा बताता हूँ। इसका शिकार मैं खुद था, इसलिए मुझे इसमें ज्यादा हँसनेवाली बात नहीं दिखाई देती है।

कुछ दोस्तों ने मुझे पिकार्डी में अपने साथ कुछ सप्ताह बिताने के लिए आमंत्रित किया था। वे सब भी दिल्लगी करने में मेरी ही तरह माहिर थे (इसी कारण से उनके साथ दोस्ती थी)।

पिकार्डी पहुँचने पर उन्होंने बड़ी गरमजोशी के साथ मेरा स्वागत किया। बंदूक से गोलियाँ दागीं, चुंबनों की भरमार कर दी, मेरे साथ खूब धींगा-मुस्ती की। यह देखकर मेरे मन में संदेह उत्पन्न हो गया। मन ही मन बोला, 'बूढ़े लोमड़, होशियार! दाल में कुछ काला है।'

डिनर के समय वे सब बेतहाशा हँसते रहे। मैं समझ गया था, 'बिना कारण नहीं हँस रहे हैं, दिमाग में जरूर कोई खुराफात चल रही है और वे सब मुझे अपना शिकार बनानेवाले हैं।' मैं पूरी शाम अपने आपको उनसे बचाता रहा। प्रत्येक व्यक्ति, यहाँ तक कि नौकरों को भी, शक की नजर से देख रहा था।

रात को दोस्त मुझे बेडरूम तक छोड़ने आए और 'गुडनाइट' कहा। मैं हैरान और परेशान था। कमरे का दरवाजा बंद करने के बाद हाथ में मोमबत्ती लिये कमरे के बीचोबीच खड़ा था। बाहर हाल से आ रही उन लोगों की आवाजें सुनाई दे रही थीं। वे आपस में खुसुर-फुसुर कर रहे थे। बेशक वे मेरे ऊपर नजर रखे हुए थे। मैंने कमरे की दीवारें देखीं, फर्नीचर, छत, फर्श का कोना-कोना टटोला, परंतु कोई भी ऐसी-वैसी बात दिखाई नहीं दी। कमरे के बाहर चहलकदमी की आवाज आ रही थी। जरूर वे चाबी के छेद से अंदर झाँक रहे थे। अचानक खयाल आया कि कहीं मोमबत्ती न बुझ जाए और मैं अँधेरे में बैठा रहूँ। मैंने सारी मोमबत्तियाँ जला दीं। दोबारा चारों तरफ देखा, लेकिन कुछ नहीं मिला। खिड़कियों-दरवाजों का ध्यान से मुआयना करने के बाद मैंने सावधानी के साथ दरवाजे बंद कर दिए। पर्दे खींचकर एक कुरसी उनके आगे रख दी। कोई उस रास्ते से आने की कोशिश करेगा तो मुझे आवाज सुनाई देगी। बहुत ध्यान से कुरसी पर बैठ गया। डर रहा था कि बैठते ही कुरसी नीचे धँस जाएगी, लेकिन कुरसी ठोस, सही-सलामत थी। बिस्तर पर लेटने की हिम्मत नहीं हो रही थी। वक्त गुजर रहा था। मुझे लगा कि मैं खुद अपना मखौल उड़ा रहा हूँ। अगर वे मेरे ऊपर नजर रखे हुए हैं, जो कि मेरे विचार में वे रख रहे थे तो वे मेरी इन बेहूदी हरकतों पर दिल खोलकर हँस रहे होंगे। मैंने बिस्तर पर लेटने का फैसला कर लिया। मैं दीवार में बने आले के पास गया। मुझे बिस्तर पर खासतौर पर शक हो रहा था। हो सकता है मेरे ऊपर गिराने के लिए वहाँ पर पानी की बाल्टी रखी हुई हो या फिर मेरे लेटते ही बेड टूट जाए। भारी-भरकम परदों को खींचा, परंतु वे गिरे नहीं। अपने दिमाग में उन सब दिल्लगियों को दोहरा रहा था जो मैंने औरों के साथ की थीं। मेरे साथ क्या होने वाला था? मैं उससे बचना चाहता था।

तभी मेरे दिमाग में एक विशेष योजना आई। मैंने धीरे से बेड के ऊपर से

गद्दों को खींचा। वे चादर-कंबल समेत नीचे आ गए। उन्हें खींचकर दरवाजे के साथ सटाकर बिछा दिया। अच्छी तरह से बिस्तर लगाया, सारी मोमबत्तियाँ बुझा दीं और बिस्तर में घुस गया। लेटने के बाद भी एक घंटा नींद नहीं आई। जरा सी आहट पर चौंक उठता था। सबकुछ शांत था। आखिरकार मुझे नींद आ गई। मैं कुछ देर तक गहरी नींद सोता रहा कि अचानक चौंककर उठ बैठा। मेरे ऊपर कोई भारी चीज आ गिरी थी, साथ ही गरम-गरम तरल पदार्थ मेरी गर्दन और छाती पर तैर रहा था। मैं दर्द से चिल्लाया। कानों में असहनीय शोर गूँजा, मानो बरतनों की पूरी अलमारी गिर गई हो। भारी वजन के नीचे मेरा दम घुटा जा रहा था। मैंने हाथ से उस भारी चीज को छूने की कोशिश की। हाथ में एक चेहरा, एक नाक और मूँछें आईं। धक्का मारकर बड़ी जोर से दूर धकेल दिया। जवाब में मेरे ऊपर ताबड़तोड़ घूँसे पड़ने लगे। तेजी से बिस्तर से उठकर बाहर हाल में भागा।

हैरानी के साथ देखा कि सूरज सिर पर चढ़ आया था। सब लोग शोर का कारण जानने के लिए ऊपर आ रहे थे। नौकर बिस्तर के ऊपर फैले टूटे बरतनों और ट्रे को उठाने की कोशिश कर रहा था। वह मेरे लिए नाश्ता लेकर आया था, लेकिन मेरे नए बिस्तर में अटककर नाश्ते के साथ-साथ वह भी मेरे ऊपर आ गिरा था।

दरवाजे बंद करने, परदे खींचने तथा कमरे के बीच में सोने की जो सावधानी बरती थी, वह सब बेकार गई। जिस बात से बच रहा था, वह होकर ही रही।

उस दिन वे सब मुझ पर खुलकर हँसे।

दूसरी दिल्लगी मेरी जवानी के दिनों की है। मैं पिकार्डी के पुराने किले में हमेशा की तरह अपने घर पर छुट्टियाँ बिता रहा था। कालेज में मेरा दूसरा सिमेस्टर खत्म हुआ था। मुझे केमिस्ट्री विशेष रूप से फॉस्फोरस-द-कैल्सियम के मिश्रण में रुचि थी। यह पानी डालने पर धमाके के साथ आग पकड़ लेता था और फिर अजीब सी गंधवाली लपटें निकलने लगती थीं। मैं यह पाउडर अपने साथ थोड़ी मात्रा में ले आया था, ताकि छुट्टियों में किसी के साथ दिल्लगी कर सकूँ।

हमारे घर पर मादाम ड्यूफार नामक बूढ़ी औरत आया करती थी। वह गुस्सैल, झगड़ालू और चिड़चिड़े स्वभाव की थी। नहीं जानता क्यों? पता नहीं क्यों वह मुझसे नफरत करती थी। मैं जो भी करता या कहता, वह हमेशा उसका गलत मतलब निकालती। मेरी बुराई करने का कोई भी मौका हाथ से नहीं जाने देती थी। बूढ़ी खूसट! साठ साल से ज्यादा उम्र में भी वह ब्राउन बालों का खूबसूरत विग लगाती थी। गुलाबी रिबनवाली हास्यास्पद छोटी-सी कैप पहनती थी। अमीर होने

के कारण सब उसकी इज्जत करते थे। मैं दिल में उससे नफरत करता था। बदला लेने के खयाल से उसके साथ दिल्लगी करने की ठानी।

मेरा हमउम्र चचेरा भाई हमारे पास आया हुआ था। मैंने अपनी योजना उसको बताई, परंतु वह डर गया। एक रात जब सब लोग नीचे थे, मैं धीरे से मादाम ड्यूफार के कमरे में घुस गया। एक डिबिया ढूँढ़कर उसमें थोड़ा सा कैल्सियम फॉस्फेट रख दिया। रखने से पहले यह अच्छी तरह से जाँच लिया था कि डिबिया एकदम सूखी थी। उसके बाद मैं दुछत्ती पर चढ़कर तमाशे का इंतजार करने लगा।

थोड़ी देर के बाद सब ऊपर अपने-अपने बेडरूम में चले गए। एकदम शांति छा जाने तक मैं वहाँ दम साधे खड़ा रहा। फिर बिना आवाज किए नंगे पाँव नीचे आ गया। मादाम ड्यूफार के कमरे के आगे खड़ा होकर चाभी के सूराख से अपने दुश्मन की हरकतें देखने लगा।

वह अपनी चीजें रख रही थी, ड्रेस उतारकर सफेद गाउन पहन लिया था। उसके बाद उसने एक गिलास में पानी डाला और अपने मुँह में पूरा हाथ डालकर, मानो अपनी जीभ बाहर खींच रही हो, कोई गुलाबी और सफेद चीज निकालकर गिलास में डाल दी। मैं बुरी तरह से डर गया था, लेकिन जल्दी ही समझ गया कि वे उसके नकली दाँत थे। उसके बाद उसने अपना विग उतारा। उसके सिर पर कुछ छितरे हुए सफेद बाल दिखाई दे रहे थे। यह सब देखकर मुझे जोर से हँसी आ रही थी। वह नीचे झुककर प्रार्थना करने लगी। उसके बाद उसने मेरी बदला लेनेवाली डिबिया उठा ली थी। मैं इंतजार कर रहा था, दिल जोर-जोर से धड़क रहा था।

एक हलकी सी आवाज और फिर कई धमाके सुनाई दिए। मैंने मादाम ड्यूफार को देखा। उसका चेहरा देखनेवाला था। उसने अपनी आँखें खोलीं, बंद कीं, फिर दोबारा खोलकर देखा। सफेद पाउडर से चटपट धमाकों की आवाज आ रही थी। सफेद, घना धुआँ रहस्यात्मक ढंग से ऊपर छत की तरफ जा रहा था।

बेचारी बूढ़ी औरत सोच रही होगी कि यह किसी शैतान की कारगुजारी थी या फिर उसको अचानक किसी भयंकर बीमारी ने जकड़ लिया था। जो भी हो, वह वहाँ पर डरी हुई चुपचाप खड़ी थी। उसकी नजर उस जादुई दृश्य पर टिकी थी। अचानक वह चिल्लाकर फर्श पर गिरकर बेहोश हो गई। मैं अपने कमरे में भाग गया। बिस्तर में घुसकर आँखें बंद कर लीं। अपने आपको तसल्ली दे रहा था कि मैं कमरे से बाहर ही नहीं गया था, न ही मैंने कुछ देखा था।

'वह मर गई है,' मैंने अपने आप से कहा, 'मैंने उसे मार दिया है।' मैं बेचैनी से बाहर से आ रही कदमों की आहट सुन रहा था। बातें करने और हँसने

की आवाज सुनाई दी। उसके बाद जाना कि मेरे पिताजी मेरे कान जोर से उमेठ रहे थे।

दूसरे दिन जब मादाम ड्यूफार नीचे आईं, तब उनका रंग पीला पड़ा हुआ था। वे पानी के गिलास पर गिलास पिए जा रही थीं। शायद वे उस आग को बुझाने की कोशिश कर रही थीं, जो उनके खयाल में उनके अंदर लगी हुई थी। डॉक्टर ने उनको विश्वास दिलाया कि चिंता की कोई बात नहीं थी। उस दिन के बाद से जब भी कोई उनके सामने बीमारी के बारे में बात करता, वे लंबा साँस भरकर कहतीं, "काश! तुम जान पाते कि दुनिया में कैसी-कैसी अजीबोगरीब बीमारियाँ हैं।"

❑

मोती

—गाय-द-मोंपासा

उस रातरानी को चुनने का गेरा प्रस्ताव कितना विचित्र था!

प्रत्येक वर्ष मैं 'ट्वेल्फ्थ नाइट' अपने वृद्ध मित्र शेंटल के साथ गुजारता था। मेरे पिता उनके घनिष्ठ मित्र थे। बचपन में वे मुझे वहाँ पर ले जाया करते थे। मैंने उस परंपरा को जारी रखा। जब तक मैं जिऊँगा तथा शेंटल इस संसार में है, इस परंपरा को जारी रखूँगा।

शेंटल दंपती का रहन-सहन बड़ा अजीबोगरीब है। पेरिस में रहते हुए भी ऐसा प्रतीत होता है, मानो वे ग्रास, येतोन अथवा पोंट-ए-मासन में रह रहे हों।

ऑब्जर्वेटरी (वेधशाला) के समीप स्थित घर में छोटा सा बाग है। उनका रहन-सहन गाँव जैसा है। पेरिस, वास्तविक पेरिस की शान-ओ-शौकत के बारे में वे कुछ नहीं जानते। उसकी तड़क-भड़क से वे अपरिचित हैं; वे दूर, बहुत दूर रहते हैं। कभी-कभार उनको वहाँ जाना पड़ता है। मादाम शेंटल घर के लिए खाने-पीने का सामान खरीदने वहीं पर जाती हैं।

मोती के पास रसोईघर की चाभियाँ रहती हैं। (कपड़ों के स्टोर की चाभी मालकिन अपने पास रखती है) मोती पहले ही बता देती है कि चीनी, डिब्बाबंद खाद्य सामग्री, यथा-मुरब्बा इत्यादि खत्म होनेवाला है, कॉफी भी थोड़ी ही बची है। वह खाने के सामान की समाप्ति की सूचना दे देती थी। मादाम शेंटल सब चीजों को ध्यान में रखकर पैड पर लिख लेती थीं। बाद में मोती के साथ बैठकर हिसाब-किताब लगातीं और वाद-विवाद करते समय तरह-तरह की आकृतियाँ बनातीं। तीन महीने के राशन-पानी-चाय, चावल, सूखे आलूबुखारे, कॉफी, डिब्बाबंद खाद्य पदार्थ, मटर, बींस, झींगा मछली, नमकीन अथवा भुनी मछली इत्यादि के डिब्बों की मात्रा निर्धारित कर लेती। खरीदारी का दिन निर्धारित होता। उस दिन वे एक

टैक्सी लेतीं, जिसकी छत पर कैरियर लगा होता था और नदी के दूसरे किनारे पर बसे नए शहर के एक बड़े प्रोविजन स्टोर में घुस जातीं।

श्रीमती शेंटल और मोती दोनों एक साथ यह दौरा गुपचुप करतीं। रात को डिनर के समय टैक्सी में उत्तेजित, बुरी तरह से थकी-माँदी लौटतीं। टैक्सी की छत एक्सप्रेस मालगाड़ी की तरह थैलों, बंडलों से लदी-फदी रहती।

शेंटल परिवार के लिए सेन नदी के दूसरे किनारे पर बसा पेरिस नया था। यहाँ पर मान-सम्मान से मुक्त अजीब शोरगुल वाली आबादी रहती थी। लोग अपने दिन दुर्व्यसनों तथा रात लड़ाई-झगड़े में गुजारते थे, पैसा पानी की तरह बहाते थे। मि. शेंटल यदि किसी नाटक के बारे में अच्छी समीक्षा पढ़ते, तब वे कभी-कभी अपनी जवान बेटियों को 'ओपेरा कामिक' अथवा 'थिएटर फ्रांसिस' ले जाते थे।

दोनों जवान बेटियों की उम्र क्रमशः उन्नीस व सत्तरह साल की है। दोनों सुंदर, लंबी, स्वस्थ-पुष्ट तथा सुसंस्कृत, इतनी अधिक सुसंस्कृत कि दोनों प्यारी गुड़ियों की तरह आँखें ऊपर उठाए बिना पास से गुजर जाती हैं। मेरे मन में भी कभी उनको ध्यान से देखने अथवा किसी एक के साथ प्रेम करने की इच्छा उत्पन्न नहीं हुई। वे अत्यधिक निर्मल, पवित्र हैं। किसी को उनसे बात करने का साहस नहीं होता। उनके सामने झुकने पर कोई भी व्यक्ति असभ्य दिखाई देता।

पिता एक आकर्षक, शिक्षित, स्पष्टवादी तथा मिलनसार व्यक्ति हैं। इस पर भी उनको शांति एवं सरलता सर्वाधिक प्रिय है। अपनी अभिरुचि के अनुरूप निश्छल, शांत वातावरण में अपने परिवार को संरक्षित रखने में उनका योगदान महत्त्वपूर्ण है। वे पढ़ने के शौकीन हैं, बातें करना पसंद है तथा जल्दी ही भावुक हो जाते हैं। बाहरी दुनिया से दूर रहने तथा संपर्क न होने के कारण वे अत्यधिक नैतिक एवं संवेदनशील हो गए थे। छोटी सी बात से ही वे प्रभावित, उत्तेजित तथा दुःखी हो जाते हैं।

शेंटल परिवार ने पड़ोस में भी अतीव सावधानी के साथ सीमित संबंध स्थापित कर रखे हैं। पेरिस से कुछ दूरी पर रह रहे संबंधियों के पास भी साल में दो-तीन बार ही आना-जाना होता है।

जहाँ तक मेरा प्रश्न है, मैं 15 अगस्त तथा 'ट्वेल्फ्थ नाइट' पर उनके साथ डिनर करता हूँ। कैथोलिक ईस्टर भोज के समान ही यह मेरा कर्तव्य था।

15 अगस्त को कुछ मित्रगण भी आमंत्रित होते हैं, परंतु 'ट्वेल्फ़्थ नाइट' पर मैं अकेला मेहमान होता हूँ।

हाँ, तो प्रतिवर्ष की तरह इस वर्ष भी मैं शेंटल दंपती के घर पर प्रभु के प्रकाशोत्सव के उपलक्ष्य में होनेवाले डिनर में गया।

सामान्य प्रथा के अनुरूप मैंने मि. शेंटल, मादाम शेंटल तथा मोती का चुंबन लिया, मिस लुई तथा मिस पौलीन का झुककर अभिवादन किया। थियेटर, राजनीति, टांग-किंग तथा पार्लियामेंट के बारे में मुझसे एक हजार एक सवाल पूछे गए। मादाम शेंटल एक मोटी औरत हैं, उनके विचार सुनकर मुझे हमेशा ऐसा लगता है कि इमारत के पत्थरों की तरह एकदम चौकोर हैं। राजनीति पर बातचीत करने के बाद उनको यह कहने की आदत थी, ''ऐसा बीज, जिससे भविष्य में विशेष आशा नहीं की जा सकती।'' मुझे हमेशा ऐसा क्यों लगता है कि मादाम शेंटल के विचार एकदम सपाट हैं। मुझे नहीं मालूम। उनकी हर बात मेरे दिमाग में घर कर लेती है, एक बड़े वर्गाकार के रूप में, जिसके चार समरूप कोण हैं। कुछ लोगों के विचार मुझे गोल-गोल घेरे की तरह घूमते दिखाई देते हैं। किसी भी विषय पर बात करने पर वे लुढ़कते चले जाते हैं। दस, बीस, पचास छोटे-बड़े विचारों को एक-दूसरे के पीछे क्षितिज तक लुढ़कते हुए देखता हूँ। कुछ लोगों के विचार निश्चित होते हैं। इस बारे में काफी कह लिया है।

किसी विशेष बातचीत के बिना हमने डिनर समाप्त किया। खाने के बाद मिठाई के रूप में 'ट्वेल्फ्थ नाइट' केक आया। प्रतिवर्ष मि. शेंटल सम्राट् की भूमिका निभाते हैं, मैं नहीं जानता कि यह संयोग था अथवा परिवार की परंपरा, परंतु उन्हें अपने केक के टुकड़े में हमेशा बीन मिलती थी तथा वे मादाम शेंटल को सम्राज्ञी बनाने की घोषणा करते थे। मुँह में केक का टुकड़ा डालने के बाद किसी सख्त चीज, जिससे मेरा दाँत ही टूट जाता, के आने पर मुझे बेहद हैरानी हुई। मैंने सावधानीपूर्वक उसे मुँह से बाहर निकाला। वह बीन के दाने जितनी नन्ही पोर्सलेन की गुड़िया थी। हैरानी के साथ मेरे मुँह से निकला, ''ओह!''

सब मेरी तरफ देखने लगे। मि. शेंटल ताली बजाते हुए चिल्लाए, ''यह गेस्टन है, यह गेस्टन है। सम्राट् दीर्घायु हो! सम्राट् दीर्घायु हो!''

सबने समवेत स्वर में गाना शुरू किया, ''सम्राट् दीर्घायु हो।'' अकारण जैसा कि थोड़ी मूर्खतापूर्ण परिस्थितियों में प्रायः हो जाता है, मेरा चेहरा कनपटी तक लाल हो गया। मैं उस नन्ही-सी बेढब मिट्टी की मूर्ति को अँगुलियों में पकड़े हँसने की कोशिश कर रहा था। नहीं जानता था कि क्या करूँ! या क्या कहूँ! अपनी प्लेट की तरफ देखता रहा। मि. शेंटल दोबारा चिल्लाए, ''अब तुम सम्राज्ञी का चुनाव करो।''

मैं भौचक्का रह गया। एक सेकंड में मेरे दिमाग में सैकड़ों खयाल और धारणाएँ कौंध गईं। क्या उनको अपनी दोनों युवा बेटियों में से किसी एक के चुने जाने की आशा थी, क्या वे यह जानना चाहते हैं कि मैं किसे पसंद करता हूँ? क्या

यह माता-पिता का विवाह की संभावना का सभ्य, सौम्य तथा स्पष्ट संकेत है। जवान बेटियों के घरों में निरंतर विवाह संबंधी बातें होती रहती हैं। हर प्रकार की गुपचुप चालें चली जाती रहती हैं। मिस लुई तथा मिस पौलीन के दृढ़, निश्छल तथा संयमी आचरण के समक्ष बदनामी के डर से संकुचित हो गया। दोनों में से किसी एक का चुनाव करना पानी की दो बूँदों में से किसी एक को चुनने के सदृश था। यही नहीं, इच्छा के विपरीत, जिसकी परिणति सीमित, अनिर्णीत, सामान्य सुख साधनों के साथ विवाह-बंधन में हो तो! इन कारणों को सोचकर मैं डर गया था।

अचानक मेरे मन में एक विचार आया तथा मैंने प्रतीकात्मक कुल चिह्न का चुनाव किया। प्रारंभ में परिवार का प्रत्येक सदस्य आश्चर्यचकित रह गया। निस्संदेह, बाद में सबने मेरी भद्रता तथा निर्णय की प्रशंसा की। जोर-जोर से तालियाँ बजाईं। सब चिल्ला रहे थे, "सम्राज्ञी दीर्घायु हो, सम्राज्ञी दीर्घायु हो।"

वह बेचारी गरीब, वृद्ध नौकरानी अचंभित होकर आत्मसंयम खो बैठी; वह काँप रही थी और हकलाकर कह रही थी, "नहीं-नहीं! ओह! मेहरबानी करके मैं नहीं। आप सबसे मेरी विनती है।"

अपनी जिंदगी में मैंने पहली बार मिस मोती को ध्यान से देखा और हैरान रह गया। इस घर में मैं उसको आज तक उसी तरह देखता आया था, जिस तरह कोई व्यक्ति बिना ध्यान दिए बचपन से कवर चढ़ी आरामकुरसी पर बैठा आ रहा हो। किसी दिन उस सीट पर अकस्मात् सूर्य के प्रकाश की किरण पड़ती है और आप अचंभित रह जाते हों, "वाह! कितनी सुंदर है यह कुरसी।" तब आप देखते हैं कि किसी कुशल कारीगर ने उत्कृष्ट सामान से लकड़ी की विशिष्ट कृति बनाई है। मैंने कभी मिस मोती को ध्यान से देखा ही नहीं था।

मुझे केवल यही मालूम था कि वह शेंटल परिवार की एक सदस्या है। क्यों, किस अधिकार से? वह लंबी, दुबली-पतली महिला थी। हमेशा पृष्ठभूमि में ही रहने का प्रयास करती, परंतु आदर-सम्मान किसी भी प्रकार से कम नहीं था। उसके साथ पारिवारिक प्रबंधक की अपेक्षा अधिक मैत्रीपूर्ण व्यवहार किया जाता था। यद्यपि यह आदर-सम्मान पारिवारिक सदस्य के रूप में भी नहीं होता था। अकस्मात् मुझे उनमें अनेक विशिष्टताएँ दिखाई दीं, जिन पर पहले कभी ध्यान नहीं गया था। मादाम शेंटल ने 'मोती' युवा लड़कियों ने 'मिस मोती' तथा मि. शेंटल ने अधिक आदरभाव से केवल 'मिस' कहकर संबोधित किया।

उसकी आयु कितनी होगी? चालीस! हाँ, चालीस के ही लगभग होगी। वह वृद्ध नहीं थी, परंतु उसने स्वयं को ऐसा बना रखा था। यह बात अचानक मेरे दिमाग

में कौंध गई। हास्यास्पद न होते हुए भी उसने हास्यास्पद ढंग से कपड़े पहन रखे थे। उसमें अदृश्य, सहज, प्राकृतिक रूप-लावण्य छिपा था। कितनी विचित्र थी वह! मैंने क्यों कभी इस बात पर गौर नहीं किया था! उसने वृद्ध नौकरानियों की तरह भद्दे तरीके से बाल बना रखे थे। उनके नीचे बड़ी, शांत, गहरी धारीदार भवें, गहन उदासी की परतें, दो बड़ी कोमल सहमी सी, लजीली, विनम्र, सुंदर आँखें, जिनमें किसी नवयौवना की निश्छल, युवा भावनाएँ तथा उदासी छिपी थी, बिना किसी विकृति के अत्यधिक संवेदनशील दिखाई दे रही थी। उसका परिष्कृत चेहरा जीवन की श्रेष्ठ भावनाओं तथा परिश्रम के कारण दुर्बल तथा भावशून्य था।

कितना सुंदर मुख! कितने प्यारे दाँत! ऐसा लगता था, जैसे उसने कभी मुसकराने का साहस ही नहीं किया होगा।

सहसा मैं उसकी तुलना मादाम शेंटल से करने लगा। निस्संदेह, दोनों में मिस मोती अधिक सुंदर थी; हजार गुना अधिक सुंदर, स्वाभिमानी तथा अधिक सभ्य। अपनी इस खोज पर मुझे हैरानी हो रही थी। सब गिलास में शैंपेन डाल रहे थे। मैं अपना गिलास सम्राज्ञी तक ले गया। समय के अनुरूप प्रशंसा के साथ उसके स्वास्थ्य के लिए जाम पिया। वह अपना सिर नैपकिन में छिपाने की कोशिश कर रही थी। पारदर्शी शराब को होंठों से लगाने लगी तो सब चिल्लाने लगे, ''सम्राज्ञी शराब पी रही है, सम्राज्ञी शराब पी रही है।'' उसका रंग एकदम नीला पड़ गया था; दम घुटने सा लगा था। सब हँस रहे थे, लेकिन मैंने महसूस किया कि सब उससे प्रेम करते थे।

डिनर के बाद मि. शेंटल मुझे बाँह पकड़कर ले गए। यह एक घंटा उनके सिगार पीने के लिए आरक्षित रहता था। अकेले होने पर वे गली में जाकर शराब पीते थे। डिनर पर मेहमानों के आने पर वे उनको अपने बिलियर्ड रूम में ले जाते और खेलते हुए सिगार पीते थे। उस दिन 'ट्वेल्फ्थ नाइट' का उत्सव मनाने के लिए उन्होंने आग जलाई। मेरे वृद्ध मित्र ने एक सुंदर संकेत दिया, सावधानीपूर्वक उसकी रूपरेखा बनाई और पूछा, ''मेरे बेटे, अब इसका उत्तर दो।''

वे मुझे 'मेरे बेटे' कह रहे थे। मैं केवल पच्चीस वर्ष का था। वे मुझे बचपन से जानते थे। मैंने खेल शुरू किया, कई जगह टकराया, कई जगह निशाना चूक गया, इस सबके बीच भी मेरे दिमाग में मिस मोती का विचार ही घूमता रहा। अचानक मैं पूछ बैठा, ''मि. शेंटल, मिस मोती क्या आपकी कोई रिश्तेदार हैं?''

अत्यधिक आश्चर्य के साथ उन्होंने खेलना बंद कर दिया और मेरी तरफ देखने लगे, ''क्यों, क्या तुम नहीं जानते, क्या तुम्हें मिस मोती के बारे में कुछ नहीं मालूम?''

''नहीं।''

''क्या तुम्हारे पिता ने इस बारे में तुम्हें कभी कुछ नहीं बताया?''

''नहीं।''

''अच्छा, बड़ी हैरानी की बात है। सचमुच अत्यधिक आश्चर्यजनक बात है। यह एक सामान्य प्रेम-प्रसंग है।''

थोड़ा रुककर बोले, ''काश! तुम यह जानते कि आज 'ट्वेल्फ्थ नाइट' को यह बात पूछना अनुचित है।''

''क्यों?''

''क्यों? तो फिर सुनो, आज से ठीक इकतालीस साल पहले हम लोग रयू-ल-टोरस के किले में रहते थे। पहले मैं तुमको घर का नक्शा समझाता हूँ। रयू एक पहाड़ी अर्थात् मैदान के सामने एक छोटी-सी पहाड़ी पर स्थित था। वहाँ किले की पुरानी चारदीवारी के सहारे एक खूबसूरत झूलते हुए बाग जैसा हमारा घर था। घर शहर की गलियों में था, जबकि बाग मैदान के ऊपर पहाड़ी पर। वहाँ से एक दरवाजा गाँव में जाता था। उपन्यासों में वर्णित कहानियों की तरह इस दरवाजे के सामने एक सड़क थी। वहाँ पर एक बड़ा-सा घंटा लटका हुआ था। किसान अपने खाने-पीने का सामान इसी रास्ते से ले जाते थे।

''अब तुम जगह के बारे में तो समझ ही गए होगे? ठीक है न! हाँ तो, उस साल प्रकाशोत्सव पर एक सप्ताह से बर्फ गिर रही थी। प्रतीत हो रहा था कि सृष्टि समाप्त होनेवाली है। जब हम किले की चारदीवारी से बाहर विशाल सफेद, बर्फ से ढके गाँव को देखने गए तो लगा कि हमारी आत्मा जम जाएगी। ईश्वर ने विश्व को पुरानी दुनिया के स्टोर में रखने के लिए रूई में सँभालकर लपेट दिया है।

''तब हमारा संयुक्त परिवार था। मेरे पिता, मेरी माँ, मेरे अंकल, आंटी, मेरे दो भाई और चार मौसेरी बहनें एक साथ रहते थे। चारों बहनें बहुत प्यारी और सुंदर थीं। मैंने उनमें से सबसे छोटी लड़की के साथ शादी की थी। उन सबमें से हम केवल तीन—मैं, मेरी पत्नी तथा मारसेल्ज में रह रही मेरी भाभी ही जीवित रहे। मेरे ईश्वर! किस प्रकार इतनी जल्दी पूरा परिवार नष्ट हो गया! यह सोचकर आज भी रूह काँप उठती है। उस समय मैं केवल पंद्रह वर्ष का था, अब छप्पन वर्ष का हूँ।

''हम प्रकाशोत्सव मनाने जा रहे थे, हम सब बहुत खुश थे, बहुत ज्यादा खुश थे। प्रत्येक सदस्य बैठक में बैठकर डिनर का इंतजार कर रहा था। मेरा सबसे बड़ा भाई कहने लगा, ''पिछले दस मिनट से मैदान में कुत्ता लगातार भौंके जा रहा है। बेचारा, शायद रास्ता भटक गया है!''

''अभी उसकी बात पूरी भी नहीं हुई थी कि बाग का घंटा बजना शुरू हो गया। उसकी आवाज चर्च के घंटे की तरह आ रही थी, उससे मृत्यु का आभास हो रहा था। मेरे पिताजी ने नौकर को बाहर जाकर देखकर आने के लिए कहा। सब चुपचाप इंतजार करते रहे व मैदान में होनेवाली दु:खद घटना के बारे में सोचते रहे। नौकर ने आकर बताया कि उसे कुछ नहीं दिखाई दिया था। कुत्ता लगातार भौंके जा रहा था।

''हमने खाना शुरू कर दिया, लेकिन हम सब, विशेष रूप से युवा वर्ग, परेशान था। कुछ देर तक तो सब ठीक-ठाक रहा, उसके बाद घंटा दोबारा बजने लगा। लगातार तीन बार, तीन भारी, लंबी आवाजें। हमारी बातचीत बीच में बंद हो गई। हम काँटे को हवा में रखे, एक-दूसरे को देखते हुए सुन रहे थे, किसी अनचाहे डर से काँप रहे थे।

'आखिरकार मेरी माँ ने कहा, हैरानी की बात है कि इतनी देर बाद घंटा दोबारा बजने लगा है! बापतिस्ते अकेले मत जाओ, किसी को अपने साथ ले जाओ।'

''मेरे अंकल फ्रांसिस खड़े हो गए। उन्हें हरक्युलिस की तरह अपनी ताकत पर घमंड था और दुनिया में किसी से नहीं डरते थे। मेरे पिता ने कहा, 'बंदूक ले जाओ, मालूम नहीं क्या बात है?'

''मेरे अंकल ने एक छड़ी उठाई और नौकर को साथ लेकर चले गए।

''हम सब डर और आशंकाओं के साथ बिना खाए, चुपचाप बैठ-बैठे काँप रहे थे। पिताजी ने तसल्ली देने की कोशिश की, 'थोड़ा इंतजार करो,' उन्होंने कहा, 'हो सकता है कोई भिखारी या मुसाफिर रास्ता भटक गया हो। एक बार घंटा बजाने पर दरवाजा न खुलने पर दोबारा रास्ता ढूँढ़ने की कोशिश की होगी। रास्ता न मिलने पर लौट आया होगा।'

''मेरे अंकल एक घंटे बाद गुस्से में भुनभुनाते हुए आए, 'कुछ भी नहीं है। लगता है, कोई पेशेवर मसखरा है। वहाँ पर कोई नहीं है। दीवार से मुश्किल से सौ गज की दूरी पर वह गंदा कुत्ता भौंक रहा है। बंदूक होती तो मैं मारकर उसको चुप करा देता।'

''हम दोबारा खाना खाने बैठ गए, परंतु सब लोग उत्तेजित थे। प्रतीत हो रहा था कि बात खत्म नहीं हुई थी, कुछ-न-कुछ अनहोनी घटनेवाली थी। जल्दी ही घंटा फिर से बजने लगा। 'ट्वेल्फ्थ नाइट' का केक काटते समय घंटा बज उठा। सब लोग एक साथ उछल पड़े। अंकल फ्रांसिस, जो शैंपेन पी रहे थे, गुस्से में बोले कि वह जो कोई भी है, वे उसको मार डालेंगे। माँ तथा आंटी ने बड़ी मुश्किल से

उनको बाहर जाने से रोका। यद्यपि पिताजी अत्यधिक शांत तथा विकलांग (घोड़े से गिरने के बाद उनकी टाँग टूट गई थी) थे, तथापि उन्होंने कहा कि वे स्वयं जाकर देखना चाहते हैं कि क्या बात है। वे जाने के लिए तैयार हो गए। मेरे अठारह तथा बीस वर्षीय भाई भी अपनी-अपनी बंदूकें लेने के लिए दौड़ पड़े। मेरी तरफ किसी ने ध्यान नहीं दिया। मैंने बाग में इस्तेमाल होनेवाली छोटी राइफल उठा ली और उस साहसिक यात्रा पर उनका साथ देने के लिए तैयार हो गया।

''तत्काल सब चल पड़े। पिताजी और अंकल बापतिस्ते के साथ, जिसके हाथ में लालटेन थी, आगे चल रहे थे। उनके पीछे मेरे भाई जैक्स और पाल थे। माँ के मना करने पर भी मैं उनके पीछे चल पड़ा। माँ घर के बाहर अपनी बहन तथा उनकी बेटियों के साथ खड़ी थी।

''पिछले एक घंटे से बर्फ लगातार गिर रही थी, पेड़ बर्फ के बोझ से झुक गए थे। देवदार के विशाल पेड़ भी सफेद वजनी कपड़ों में झुके जा रहे थे और पिरामिडों अथवा चीनी की बड़ी-सी नुकीली आकृति की तरह दिखाई दे रहे थे। रुई के गोलों की तरह गिर रही बर्फ के सफेद परदों के बीच छोटी-छोटी झाड़ियों की पीली परछाइयाँ दिखाई दे रही थीं। इतनी भारी बर्फबारी में हमें मुश्किल से दस फीट आगे की चीजें दिखाई दे रही थीं। दीवार से लटक रहे झूलनेवाले पुल पर चलते समय मैं बहुत डर गया था। लग रहा था कि कोई मेरा पीछा कर रहा था, वह मुझे कंधों से पकड़कर दूर ले जाएगा। मैं वापस जाना चाहता था, लेकिन मुझे पूरा बाग अकेले ही पार करना पड़ता, इस कारण से साहस नहीं जुटा पाया। मुझे मैदान की तरफ जानेवाले दरवाजे के खुलने की आवाज सुनाई दी। अंकल दृढ़ता से कह रहे थे, 'भगवान् की सौगंध, वह फिर भाग गया है। मुझे उसकी परछाईं भी दिख जाए तो मैं उस सूअर को छोड़ूँगा नहीं।'

''विशाल मैदान को अपने सामने स्पष्ट रूप से देख न पाने के कारण हम निराश थे। ऊपर-नीचे, आगे-पीछे, दाएँ-बाएँ चारों तरफ बर्फ का मोटा अंतहीन परदा दिखाई दे रहा था।'

''अंकल कह रहे थे, 'वह कुत्ता फिर भौंक रहा है। उसको बताता हूँ, अभी गोली चलाता हूँ। कुछ-न-कुछ लाभ तो होगा ही।'

''मेरे सहृदय पिता ने कहा, 'उस असहाय, गरीब जानवर को जाकर देखना ज्यादा बेहतर होगा। वह बेचारा मदद के लिए भौंक रहा है। मुसीबत में पड़े आदमी की तरह पुकार रहा है; आओ, चलकर उसको देखते हैं।'

''तेज हवा के झोंकों के साथ गिर रही बर्फ के कारण बदन तेज दर्द के साथ

ठिठुर रहा था। सख्त बर्फीले रास्ते पर चलने के लिए अपने पैर ऊपर उठाने पड़ रहे थे। कुत्ते की आवाज अधिक स्पष्ट और तेज होती जा रही थी। अंकल चिल्लाए, 'यहाँ पर है वह।' हम उसे देखने के लिए उसी प्रकार रुक गए, जिस प्रकार कोई व्यक्ति रात के अँधेरे में अपने दुश्मन को देखकर रुक जाता है।

''मुझे कुछ नहीं दिखाई दे रहा था, मैं दूसरों के पीछे दौड़ा। मुझे भी वह दिखाई दे रहा था। वह डरावना और अजीब था। भेड़ के लंबे बालों और भेड़िए जैसे सिरवाला बड़ा काला कुत्ता था। बर्फ में लालटेन की रोशनी के सामने खड़ा, बिना हिले-डुले चुपचाप हमें घूर रहा था।

''मेरे अंकल कहने लगे, 'बड़ी अजीब बात है, यह न आगे आ रहा है और न ही पीछे हट रहा है। मन कर रहा कि उसको गोली मार दूँ।'

''पिताजी दृढ स्वर में बोले, 'नहीं, हमें उसे पकड़ना होगा।'

''उसी समय मेरे भाई जैक्स ने कहा, 'वह अकेला नहीं है, उसके पीछे कुछ है।'

''सचमुच उसके पीछे कोई वस्तु थी, कोई सफेद वस्तु, जिसे पहचान पाना असंभव था। हम सब फिर से सावधानीपूर्वक आगे बढ़ने लगे। हमें पास आता देखकर कुत्ता बैठ गया। वह दुष्ट नहीं था। इसके विपरीत किसी का ध्यान अपनी ओर आकृष्ट कर लेने के कारण वह खुश दिखाई दे रहा था।

''पिताजी सीधे उसके पास गए और उसको सहलाने लगे। कुत्ता उनके हाथ चाटने लगा। हमने देखा कि वह तीन-चार कंबलों से ढकी एक छोटी-सी नन्ही खिलौना बग्घी के साथ बँधा हुआ था। हमने सावधानी के साथ कंबल उठाए। कुत्ते के चलते-फिरते घर की तरह दिखाई देनेवाली बग्घी में बापतिस्ते ने अपनी लालटेन की रोशनी में आराम से सो रहे एक नन्हे बच्चे को देखा।

''हैरानी के कारण हममें से किसी के भी मुँह से एक भी शब्द नहीं निकला। सबसे पहले पिताजी ने स्वयं को सँभाला। वे सहृदय तथा उदार दृष्टिकोण के व्यक्ति थे। उन्होंने अपना हाथ बग्घी की छत पर रखकर कहा, 'गरीब, नन्ही अनाथ गुड़िया आज से तुम भी हमारे परिवार का सदस्य होगी।' उन्होंने मेरे भाई जैक्स को बच्चे सहित बग्घी को हमारे आगे-आगे ले जाने का आदेश दिया। तेजी से सोचते हुए पिताजी बोले, 'ईश्वरपुत्र के स्मृति दिवस एपिफेनी (प्रभु यीशु का प्रकाशोत्सव) की इस पवित्र रात को इस शिशु की असहाय माँ ने प्रेम का उपहार देने के लिए मेरे द्वार पर घंटा बजाया था।'

''एक बार रुककर उस अँधेरी रात में पूरी ताकत के साथ बोले, 'हमने उसे

ढूँढ़ ही निकाला।' फिर अपने भाई के कंधे पर हाथ रखकर फुसफुसाए, 'फ्रैंक, अगर तुम कुत्ते को गोली मार देते, तब क्या होता?'

"अंकल ने कोई जवाब नहीं दिया। रात के अँधेरे में अपने शेखीखोर व्यवहार के लिए क्षमायाचना के रूप में क्रॉस का चिह्न बनाया। वे अत्यधिक धर्मभीरु थे।

"बग्घी से खुल जाने के बाद भी कुत्ता हमारे पीछे-पीछे आ रहा था। काश! घर पहुँचने के समय तुम हमें देख पाते। पहले तो झूलती सीढ़ियों के रास्ते से बग्घी को घर तक ले जाने में बहुत मुश्किल आई। आखिरकार हम पहुँच ही गए और बग्घी को दरवाजे से भीतर भी ले गए।

"मम्मी भौचक्की रह गई थीं। बेहद खुश और हैरान थी। चारों छोटी मौसेरी बहनें (सबसे छोटी केवल छह साल की थी) किसी घोंसले के इर्द-गिर्द चार चूजों की तरह मँडरा रही थी। हमने बच्चे को बग्घी से बाहर निकाला। वह अभी भी सो रहा था। लगभग छह सप्ताह की लड़की थी। उसके कपड़ों में सोने के दस हजार फ्रैंक रखे थे। हाँ, मेरे बेटे, दस हजार फ्रैंक! उन्हें पापा ने उसके दहेज के लिए सुरक्षित रख लिया था। वह किसी निर्धन दंपती की संतान नहीं थी। हजारों अनुमान लगाए, परंतु किसी निष्कर्ष पर नहीं पहुँच पाए। नाममात्र का भी संकेत नहीं मिला। कुत्ते को भी कोई नहीं पहचान पाया। वह भी गाँव में अजनबी था। एक बात निश्चित थी कि जिस व्यक्ति ने हमारे दरवाजे पर तीन बार घंटा बजाया था, वह मेरे माता-पिता से परिचित था, इसीलिए उनको चुना होगा।

"इस प्रकार छह सप्ताह की आयु में मिस मोती ने शेंटल परिवार में प्रवेश किया था। काफी समय बाद उसका नाम मिस मोती पड़ा। शुरू में उसका नाम सिमोन क्लेयर रखा गया था। घर में क्लेयर के नाम से पुकारी जाती थी। विश्वास करो कि डाइनिंगरूम में हमारी वापसी अतीव रोचक थी। बेबी जाग गई थी। अपनी अधखुली नीली सवालिया आँखों से अपने इर्द-गिर्द जमा लोगों को और बिजलियों को देख रही थी।

"हम दोबारा डिनर खाने लगे। मैं सम्राट् था और जिस प्रकार तुमने आज चुना है, उसी प्रकार उस दिन मैंने भी नन्ही मिस मोती को सम्राज्ञी चुना था। उस समय वह उस सम्मान का मूल्यांकन नहीं कर सकती थी।

"बच्ची को गोद ले लिया गया तथा परिवार में उसका पालन-पोषण होने लगा। समय के साथ-साथ वह बड़ी होती गई। वह अत्यधिक सुकोमल व सुंदर थी। यदि मेरी माँ न रोकती तो सब उसको लाड़-प्यार से बिगाड़ देते।

''माँ अनुशासनप्रिय महिला थीं, वर्गभेद में अत्यधिक विश्वास करती थीं। क्लेयर से बेटी की तरह व्यवहार करती थीं। इस पर भी वे अपने प्रतिष्ठित कुल के अनुरूप उससे सुनिश्चित दूरी बनाए रखतीं। इसीलिए जब वह बातों को समझने लगी, तब उन्होंने उसको जन्म की कहानी बता दी तथा कोमलता व प्यार से उस नन्ही बालिका के दिमाग में यह बात डाल दी कि दत्तक पुत्री होने के साथ-साथ वह अजनबी भी है। क्लेयर अपनी विलक्षण बुद्धि से सब समझ गई। आश्चर्यजनक अंत:प्रेरणा से वह जान गई कि उसको अपने कर्तव्य को किस प्रकार निभाना है। उसने कुशलता, सुंदरता तथा सुकोमलता के साथ अपनी जिम्मेवारी निभाई। यह देखकर मेरे पिताजी की आँखें अक्सर भर आतीं। स्वयं मेरी माँ इस सुकोमल, प्यारे नन्हे से प्राणी की भयपूर्ण आस्था, निष्ठा, उत्कट कृतज्ञता देखकर विचलित हो जातीं तथा उन्होंने उसको 'बेटी' कहकर पुकारना शुरू कर दिया। जब वह बालिका कोई अच्छा तथा उदार काम करती तब माँ अपनी आँखों से चश्मा ऊपर उठातीं, अपनी भावनाओं को प्रकट करने के लिए वे सदैव ऐसा करती थीं, और कहतीं, 'यह बच्ची मोती, सच्चा मोती है।' बस नन्ही क्लेयर के साथ यह संबोधन जुड़ गया। अब वह हमारे लिए मिस मोती बन गई थी।''

मि. शेंटल रुक गए। वे बिलियर्ड टेबल के कोने पर पैर लटकाए बैठे थे तथा बाएँ हाथ से गेंद के साथ खेल रहे थे। दाएँ हाथ से वे स्लेट से चाक के निशान मिटानेवाले कपड़े को मसलने लगे, चेहरा लाल हो गया था। भारी आवाज के साथ वे अपनी पिछली यादों में गुम थे। उनके मस्तिष्क में पुराने दृश्य तथा घटनाएँ धीरे-धीरे कोमलता से उभर रही थीं। वे अपने आपसे बातें करने लगे। वे पुराने घरेलू बाग, जहाँ पर उनकी परवरिश हुई थी, जहाँ का हर पेड़, हर पौधा, हर बाड़ उनको किसी घटना की याद दिला रहा था।

उनके सामने दीवार के सहारे खड़ा मैं अपने हाथ से बेकार के इशारे कर रहा था।

थोड़ी देर रुककर उन्होंने फिर कहना शुरू किया, ''सचमुच! अठारह वर्ष की होने पर वह सुंदर लावण्यमयी तथा सर्वगुणसंपन्न थी। वह कितनी प्यारी, सुशील, निश्छल और आकर्षक थी! उसकी आँखें नीली, पारदर्शी, निर्मल थीं। वैसी आँखें मैंने किसी की नहीं देखीं।''

वे फिर चुप हो गए। मैंने पूछा, ''उसने शादी क्यों नहीं की?''

उन्होंने मेरी बात का कोई जवाब नहीं दिया, परंतु कानों में 'शादी' शब्द पड़ते ही वे बोले, ''क्यों! क्यों! वह कभी शादी नहीं करेगी। दहेज के लिए उसके

पास तीस हजार फ्रैंक थे। विवाह के अनेक प्रस्ताव आए, परंतु उसने शादी नहीं की। जब मैंने अपनी मौसेरी बहन साधारण चार्लेट, जिसके साथ छह साल तक मेरी सगाई रही, के साथ शादी की, तब वह उदास थी।''

मैं मि. शेंटल को देख रहा था, उनकी अंतरात्मा के भीतर झाँकने में सक्षम था। अचानक मुझे एक ईमानदार, स्पष्टवादी, निष्कलंक हृदय की दयनीय वेदना, एक रहस्यमयी पीड़ादायी वेदना, जिसे मौन, संतुष्ट व्यक्ति भी नहीं जानते थे, का आभास हुआ। अविवेकी जिज्ञासा के वशीभूत होकर अचानक कहा, ''आपको उससे शादी कर लेनी चाहिए थी, मि. शेंटल।''

उन्होंने मुझे घूरते हुए कहा, ''मुझे! किससे शादी?''

''मिस मोती से।''

''क्यों?''

''क्योंकि आप अपनी मौसेरी बहन की तुलना में उससे ज्यादा प्यार करते थे।''

वे मुझे अजीबोगरीब भौचक्की नजरों से घूरने लगे। हकलाते हुए बोले, ''मैं प्यार करता था—मैं, कैसे, तुम्हें किसने बताया?''

''क्यों, कोई भी यह बात समझ सकता है। उसी के लिए आपने अपनी मौसेरी बहन को शादी के लिए छह साल इंतजार करवाया।''

उन्होंने बाएँ हाथ में पकड़ी हुई गेंद नीचे फेंक दी। चाक साफ करनेवाले कपड़े में अपना मुँह छिपा लिया और सुबकने लगे। वे हृदय-विदारक, परंतु हास्यास्पद ढंग से रो रहे थे। खाँस रहे थे, थूक रहे थे, डस्टर से नाक साफ कर रहे, आँखें पोंछ रहे थे, छींकें मार रहे थे। उनके झुर्रीदार चेहरे पर आँखों से आँसू टपकने लगे और गले से अजीब घरघराहट की आवाज आने लगी। मैं परेशानी और शर्मिंदगी महसूस कर रहा था। समझ नहीं पा रहा कि क्या करूँ, क्या कहना, करना अथवा कोशिश करनी चाहिए!

तभी सीढ़ियों में मादाम शेंटल की आवाज गूँजी, ''क्या तुम आदमियों का सिगार पीना खत्म नहीं हुआ है?''

दरवाजा खोलकर मैंने तेज आवाज में कहा, ''मादाम, हम एक मिनट में नीचे आ रहे हैं।''

उनके पति की तरफ भागा, कंधे पकड़कर झकझोरा और जोर से बोला, ''मि. शेंटल, मेरे दोस्त मि. शेंटल, मेरी बात सुनो। तुम्हारी पत्नी तुम्हें बुला रही है। अपने आपको सँभालो। हमें नीचे जाना होगा।''

वे हकलाकर बोले, ''हाँ-हाँ, मैं आ रहा हूँ—बेचारी लड़की! उसे कह दो कि मैं आ रहा हूँ।''

पिछले दो-तीन साल से जो कपड़ा स्लेट साफ करने के लिए इस्तेमाल हो रहा था, उन्होंने बड़ी सावधानी के साथ उससे अपना चेहरा साफ किया। उनका चेहरा अब आधा सफेद, आधा लाल दिखाई दे रहा था। उनका माथा, नाक, गाल, ठोड़ी चाक से सफेद हो रहे थे और आँखें आँसुओं से भरी, सूजी हुई थीं।

मैंने उन्हें हाथ पकड़कर घसीटा और बेडरूम में ले गया। फुसफुसाकर कहा, ''माफी चाहता हूँ। आपको दुःख पहुँचाया। इसके लिए माफी चाहता हूँ—परंतु मैं नहीं जानता था; आप समझ रहे हैं न!''

उन्होंने मेरा हाथ दबाकर कहा, ''हाँ-हाँ, जीवन में ऐसे कठिन क्षण भी आते हैं।''

उन्होंने अपना चेहरा पानी के डोंगे में डुबो दिया। चेहरा बाहर निकालने के बाद भी वे बाहर जाने लायक नहीं दिखाई दे रहे थे। मुझे एक छोटी सी युक्ति सूझी। वे अपना चेहरा शीशे में देखकर परेशान हो रहे थे। मैंने उनको समझाया, ''आपको केवल यह कहना है कि आँख में धूल गिर गई है, फिर आप सबके सामने दिल खोलकर रो सकते हैं।''

रुमाल से अपनी आँखें मलते हुए वे नीचे चले गए। सब परेशान थे। सब उनकी आँखों में तिनका ढूँढ़ने की कोशिश करते रहे, लेकिन कुछ नहीं मिला। ऐसी कहानियाँ सुनाई जाने लगीं, जब डॉक्टर को बुलाना जरूरी हो गया था।

मैं मिस मोती के पास जाकर उनको देखने लगा। उनकी उत्सुकता के कारण परेशानी बढ़ती जा रही थी। उनकी शांत, सौम्य आँखें इतनी बड़ी थीं कि प्रतीत होता था कि वे अन्य प्राणियों की तरह उन्हें कभी बंद नहीं करती होंगी। वे वास्तव में सुंदर रही होंगी। उनका गाउन पुरानी नौकरानी के गाउन की तरह हास्यास्पद था। भद्दा तो नहीं कहा जा सकता, परंतु उन पर फब नहीं रहा था।

मैंने उनके भीतर भी उसी प्रकार झाँका, जिस प्रकार मि. शेंटल के भीतर झाँका था। उस सरल, निष्ठावान्, विनम्र जीवन को एक सिरे से दूसरे सिरे तक देख रहा था। उनसे प्रश्न करने की अदम्य इच्छा मेरे मन में उत्पन्न हो गई। मैं यह जानने के लिए उत्सुक था कि क्या वह भी मि. शेंटल से प्रेम करती थीं, क्या वह भी रात के अँधेरे कमरे के एकांत में सालनेवाली अदृश्य, अनजानी, कल्पनातीत दीर्घ, गोपनीय, मार्मिक वेदना से पीड़ित थीं? मैं उनको देख रहा था। उनके दिल की धड़कन सुनाई दे रही थी। सोच रहा था कि क्या यह प्रिय, सरल, निष्पाप

चेहरा नरम तकिए पर सिर रखकर रोता होगा? उनका शरीर मानसिक पीड़ा के कारण काँप रहा था।

मैंने एक नन्हे बालक, जो भीतर देखने के लिए खिलौना तोड़ देता है, की तरह धीमे स्वर में कहा, "आप यदि थोड़ी देर पहले मि शेंटल को रोते देख लेतीं तो निश्चित रूप से द्रवित हो जातीं।"

उन्होंने पूछा, "क्या! वह रो रहे थे?"

"अरे हाँ, वे सचमुच रो रहे थे।"

"क्यों?"

वह वास्तव में द्रवित हो गई थी। मैंने जवाब दिया, "तुम्हारे कारण।"

"मेरे कारण?"

"हाँ, उन्होंने मुझे बताया कि वे अतीत में तुमसे अत्यधिक प्रेम करते थे। तुम्हारी जगह अपनी मौसेरी बहन से शादी करना उनके लिए कितना कष्टदायी था!"

उनका पीला चेहरा लटक गया। हमेशा खुली रहनेवाली आँखें अचानक इतनी तेजी से बंद हो गईं मानो हमेशा के लिए बंद हो गई हों। वे धीरे-धीरे कोमलता के साथ कपड़े की तरह अपनी कुरसी से नीचे गिर पड़ीं। मैं चिल्लाया, "मदद करो, मदद करो, मिस मोती बीमार हैं।"

मादान शेंटल और उनकी बेटियाँ दौड़ी-दौड़ी आईं। जब वे तौलिया, पानी, सिरका ढूँढ़ रही थीं, तब मैं घर से बाहर भाग निकला।

बोझिल हृदय, पश्चात्ताप, दुःखी मस्तिष्क के साथ लंबे-लंबे डग भरता हुआ चला गया। फिर भी कभी-कभी यह सोचकर प्रसन्नता होती है कि मैंने एक प्रशंसनीय एवं आवश्यक कार्य किया था। मैं अपने आपसे बार-बार सवाल करता हूँ, 'मैंने गलत किया था या सही?' उन दोनों ने अपने हृदय में एक-दूसरे के प्रति प्रेम को उसी प्रकार छिपा रखा था, जिस प्रकार कुछ लोग बंद जरक में गोली लिये घूमते हैं। क्या अब वे ज्यादा खुश नहीं होंगे! वास्तविक व्यथा की अनुभूति होने में देर हो गई थी, परंतु इतनी देर भी नहीं कि उसको कोमलतापूर्वक स्मरण न किया जा सके।

हो सकता है किसी शाम जब पेड़ों के झुरमुट से उनके पैरों पर चंद्रमा की किरणें पड़ रही हों, तब वे इस निर्मम, दमित वेदना की स्मृति में मिलकर अपने हाथों को दबाएँ। हो सकता है जो सुख अन्य व्यक्ति आजीवन पाने में असमर्थ रहते हैं, वह इन दोनों दुःखी आत्माओं को पल भर में प्राप्त हो जाए।

❑

सिमोन के पापा

—गाय-द-मोंपासा

दोपहर के बारह बजे थे। स्कूल का गेट खुलते ही बच्चों की भीड़ एक-दूसरे को धक्का देते हुए जल्दी-जल्दी बाहर निकली। हर रोज की तरह तुरंत तितर-बितर होकर घर पर खाना खाने के लिए जाने की बजाय वे थोड़ी दूर जाकर रुक गए। झुंड बनाकर एक-दूसरे के साथ फुसफुसाहट करने लगे।

सच्चाई यह थी कि उस दिन ब्लेनशाट का बेटा पहली बार स्कूल आया था। सभी बच्चों ने अपने-अपने घर में ब्लेनशाट के बारे में सुन रखा था। दिखाने के लिए सब ब्लेनशाट की इज्जत करते थे, लेकिन माँएँ एक प्रकार से उसकी अवहेलना करती थीं व उसके प्रति दयाभाव दिखाती थीं। कारण जाने बिना ही बच्चे इस बात को समझने लगे थे।

सिमोन कभी घर से बाहर नहीं निकलता था, न ही वह गाँव की गलियों में या फिर नदी किनारे उनके साथ खेलता था। इसलिए बच्चे न तो सिमोन को जानते थे, न ही उनको उसके साथ कोई लगाव था। वे उस दिन हैरानी और खुशी के मिले-जुले भावों के साथ झुंडों में इकट्ठे हो गए थे। चौदह या पंद्रह साल का एक लड़का, जो सिमोन के बारे में सबकुछ जानता था, धूर्तता के साथ आँख मारकर उनको उकसाने लगा, ''क्या तुम सिमोन को जानते हो, तुम्हें मालूम है कि उसके कोई पापा नहीं हैं।''

ब्लेनशाट का बेटा स्कूल से बाहर आ गया था। सात-आठ साल का दुबला-पतला, एकदम साफ-सुथरा, सहमा-सहमा और बेढंगे तौर-तरीकेवाला लड़का था वह। वह अपनी माँ के पास घर जा रहा था। स्कूल के दूसरे लड़के अलग-अलग झुंडों में लगातार फुसफुसाहट किए जा रहे थे, उसको शरारती नजरों से घूर रहे

थे। उन बच्चों की कठोर नजरों से साफ था कि वे उसके साथ कोई बेहूदी शरारत करनेवाले हैं। धीरे-धीरे सब लड़कों ने उसको चारों तरफ से घेर लिया। वह उनके बीच हैरान-परेशान खड़ा था, समझ नहीं पा रहा था कि वे उसके साथ क्या करनेवाले हैं।

लड़कों को उकसानेवाला धूर्त लड़का अपनी सफलता पर खुशी से फूला नहीं समा रहा था। सिमोन से पूछने लगा, ''तुम्हारा नाम क्या है ?''

उसने जवाब दिया, ''सिमोन।''

''सिमोन से आगे ?'' दूसरे लड़के ने पूछा।

उसने परेशान होकर दोहराया, ''सिमोन।''

दूसरा लड़का चिल्लाकर बोला, ''सिमोन के आगे भी कुछ होना चाहिए। सिमोन पूरा नाम नहीं है।''

आँसू भरी आँखों से उसने तीसरी बार जवाब दिया, ''मेरा नाम केवल सिमोन है।''

शैतान लड़के ठहाके लगाने लगे। धूर्त लड़का जोर से बोला, ''जाहिर है कि उसका कोई पापा नहीं है।''

एकदम खामोशी छा गई। सभी लड़के इस खास, नामुमकिन, डरावनी बात—'सिमोन का कोई पापा नहीं था' से दंग थे। वह उनको अजीब, अस्वाभाविक बच्चा दिखाई दे रहा था। उनको अब अपनी माताओं की ब्लेनशाट के प्रति ज्यादा हमदर्दी की बात समझ में आ रही थी। सिमोन ने गिरने से बचने के लिए पेड़ का सहारा ले लिया। वह ऐसे खड़ा था, मानो उसको किसी भयानक दुर्घटना में लकवा मार गया हो। वह उनको बताना चाह रहा था, परंतु उन्हें बताने के लिए उसे कोई जवाब नहीं सूझ रहा था। उस गंभीर आरोप, कि उसका कोई पापा नहीं था, को झुठलाने का कोई रास्ता नहीं था। आखिरकार लापरवाही से चिल्लाया, ''हाँ, मेरे पापा हैं।''

''कहाँ हैं वह ?'' लड़के ने पूछा।

सिमोन चुप हो गया। वह नहीं जानता था। लड़के पूरे जोश में चीखे। वे मजदूरों के बच्चे जानवरों की तरह थे। उनके अंदर खेत के पक्षी, जो जख्मी होने पर अपने ही साथी की जान लेने पर तुल जाते हैं, की तरह खूँखार इच्छा जाग उठी थी।

सिमोन ने अचानक अपने दूसरे साथी, एक विधवा के बेटे को, जिसे वह हमेशा अपनी ही तरह अपनी माँ के साथ अकेला देखता था, भेदभरी नजरों से देखा, ''तुम्हारे पापा भी तो नहीं हैं ?'' उसने कहा।

''हाँ, मेरे पापा हैं,'' उसने जवाब दिया।

''कहाँ हैं वह?'' सिमोन ने सवाल किया।

''वे मर गए हैं,'' उस लड़के ने अभिमान के साथ कहा, ''मेरे पापा कब्रिस्तान में हैं।''

बदमाश लड़के आपस में सलाह करने लगे, मानो कब्रिस्तान में दफनाए गए पापा का होना सिमोन को, जिसका कोई पापा था ही नहीं, नीचा दिखाने के लिए काफी था। उन बदमाश बच्चों के पिता अपराधी, शराबी, चोर और अपनी पत्नियों के साथ दुर्व्यवहार करनेवाले थे। सब-के-सब सिमोन के पास जाने के लिए आपस में धक्का-मुक्की कर रहे थे। प्रतीत हो रहा था कि वे वैध बच्चे अपने दबाव से उस अवैध बच्चे को कुचल डालेंगे।

सिमोन के पास खड़े लड़के ने अचानक उसकी तरफ अपनी जीभ निकालकर हवा में हिलाई और चिल्लाया, ''कोई पापा नहीं, कोई पापा नहीं।''

सिमोन दोनों हाथों से उसके बाल पकड़कर उसकी टाँगों पर ठोकर मारने लगा, बेदर्दी से उसके गालों को काट खाया। दोनों लड़कों के बीच जमकर लड़ाई हुई। सिमोन उन ताली बजाते छोटे आवारागर्द लड़कों के घेरे के बीच मार खाकर, जख्मी हालत में ज़मीन पर लोट रहा था। उसने उठकर यंत्रवत् कमीज से धूल झाड़ी, तभी एक लड़का चीखा, ''जाओ, जाकर अपने पापा को बता दो।''

सिमोन का दिल घबरा रहा था। वे सब उससे ज्यादा ताकतवर थे। उन्होंने उसको बुरी तरह से पीट दिया था। उसके पास उनके सवाल का कोई जवाब नहीं था। वह इस सच्चाई को जानता था कि उसके कोई पापा नहीं थे। कुछ क्षणों के लिए आत्माभिमान से भरकर उसने दमघोंटू आँसुओं को रोकने की कोशिश की। उसका गला रुँध गया था, बिना आवाज किए वह सिसकियाँ भरने लगा। उसका शरीर थर-थर काँप रहा था। उसके दुश्मन बेहद खुश थे। डरावने उत्सवों में जंगलियों की तरह एक-दूसरे का हाथ पकड़कर वे घेरे में नाच रहे थे, बार-बार गा रहे थे, ''पापा नहीं, पापा नहीं।''

अचानक सिमोन ने सिसकना बंद कर दिया। उस पर पागलपन सवार हो गया था। उसके पैरों के नीचे पत्थर पड़े थे। वह उनको उठाकर अपनी पूरी ताकत के साथ उन दुष्टों के ऊपर फेंकने लगा। दो-तीन लड़कों को पत्थर लगे, वे चिल्लाते हुए भाग गए। उसको उत्तेजित देखकर बाकी के लड़के भी डर गए। एक क्रुद्ध बालक को मुँह चिढ़ाती भीड़ तितर-बितर होकर कायरों की तरह भाग खड़ी हुई थी। बिना पिता का वह छोटा लड़का अकेला रह जाने पर तेजी से खेतों की

तरफ दौड़ा। एक दृढ़संकल्प ने उसके दुखी हृदय में एक विचार पैदा कर दिया। उसने नदी में डूबने का फैसला कर लिया था।

वास्तव में उसको याद आ गया था कि आठ दिन पहले एक गरीब आदमी, जो भीख माँगकर पेट भरता था, नदी में डूबकर मर गया था। उसके पास खाने के लिए पैसे नहीं थे। जब लोगों ने नदी में से उसकी लाश निकाली थी, तब सिमोन वहाँ पर मौजूद था। उस गरीब और बदसूरत आदमी का चेहरा उसको अच्छा दिखाई दे रहा था—उसके पीले गाल, पानी में भीगी लंबी दाढ़ी, शांत, खुली आँखें।

पास खड़े लोग कह रहे थे, ''वह मर गया है।''

किसी ने उसमें जोड़ा, ''वह अब बहुत खुश है।''

सिमोन इसलिए डूबना चाहता था कि उसके पापा नहीं थे, जबकि उस बेचारे गरीब आदमी के पास पैसे नहीं थे।

वह नदी किनारे बैठकर पानी को बहते हुए देखने लगा। साफ पानी में कुछ मछलियाँ तेजी से ऊपर उछल रही थीं। कभी-कभार छलाँग मारकर मक्खियों को पकड़ लेतीं। उन्हें खाते देखकर सिमोन को अच्छा लग रहा था। बीच-बीच में तेज हवा के झोंके पेड़ों से टकराकर शांत हो जाते, तेज तूफान शांत हो जाता, उसी तरह अधिक दर्द के साथ उसके दिमाग में वही खयाल दोबारा लौट आता। 'मेरे पापा नहीं हैं, इसलिए मुझे डूबकर मरना होगा।'

गरम और सुहावना मौसम था। खुशगवार धूप घास पर फैली थी, पानी काँच की तरह साफ था। थोड़ी देर के लिए सिमोन उस शांत वातावरण में आनंद का अनुभव करता और फिर दोबारा रोने लगता। दोपहर की गरमी में उसकी इच्छा घास पर लेटकर सोने की हो रही थी।

पैर के नीचे एक नन्हा मेढक फुदका, उसने उसको पकड़ने की कोशिश की, वह भाग गया। उसने उसका पीछा किया, वह तीन बार उसके हाथ से बच निकला। आखिरकार उसने उसको पिछली टाँग से पकड़ ही लिया। वह उसे जान बचाने के लिए छटपटाते देखकर हँसने लगा। वह नन्हा जीव उसकी लंबी टाँगों पर सिकुड़ गया और अचानक तेजी से दो छड़ों की तरह फैल गया। उसकी गोल-गोल आँखें सुनहरे घेरों में खुली घूर रही थीं, अपने सामने के अंगों को वह हवा में उछाल रहा था। यह देखकर सिमोन को लकड़ी की सीधी फट्टियों को एक-दूसरे के ऊपर आड़ा-तिरछा रखकर कीलों से जोड़कर बने हुए खिलौने की याद आ गई थी। वह घर के बारे में, अपनी माँ के बारे में सोचने लगा। ज्यादा दुःखी होकर रोने लगा। उसके होंठ काँप रहे थे। घुटनों के ऊपर अपना सिर टिका लिया और रात के समय

बिस्तर पर जाने से पहले वाली प्रार्थना करने लगा। प्रार्थना पूरी होने से पहले ही वह जोर-जोर से रोने लगा, वह थर-थर काँप रहा था।

अचानक किसी ने उसके कंधे पर अपना भारी-भरकम हाथ रखा और रूखी आवाज में पूछा, "मेरे अच्छे दोस्त, किस कारण से तुम इतने ज्यादा दुखी हो?"

सिमोन ने मुड़कर देखा—एक काली दाढ़ी और घुँघराले बालोंवाला लंबा कामगार उसको हमदर्दी के साथ देख रहा था। उसने आँसुओं से भरी आँखों और रुँधे गले से जवाब दिया, "उन सबने मुझे मारा, क्योंकि मेरे कोई पापा नहीं हैं, पापा नहीं हैं।"

"क्या?" आदमी ने मुसकराते हुए कहा, "क्यों? सबका एक पिता होता है।"

सिमोन ने दु:खी, दर्दभरे स्वर में जवाब दिया, "लेकिन मेरे कोई नहीं है।"

कामगार गंभीर हो गया। उसने ब्लेनशाट के बेटे को पहचान लिया था। हालाँकि वह यहाँ पर कुछ दिन पहले ही आया था, फिर भी उसको सिमोन के बारे में थोड़ा-थोड़ा मालूम था। "कोई बात नहीं," उसने कहा, "मेरे बच्चे, चुप हो जाओ। मेरे साथ अपने घर माँ के पास चलो। वह तुमको तुम्हारे पिता के बारे में बता देगी।"

वे दोनों चल पड़े। युवक ने छोटे बच्चे का हाथ पकड़ रखा था। युवक मुसकराया। वह ब्लेनशाट को देखना चाहता था। वह आम लोगों के विचार में गाँव की सुंदर लड़कियों में से एक थी। दिल-ही-दिल में सोचा, 'जिस लड़की ने एक बार गलती की थी, वह दोबारा भी गलती कर सकती है।'

दोनों एकदम साफ-सुथरे छोटे-से सफेद घर के सामने पहुँच गए। बच्चे ने कहा, "यही हमारा घर है।" चिल्लाया, "मम्मी!"

एक युवती बाहर आई। उसको देखते ही कामगार की मुसकराहट गायब हो गई। घर के दरवाजे की दहलीज पर एक लंबी, पीली युवती अपनी रक्षा करने के लिए गंभीर मुद्रा में खड़ी थी। वह तुरंत समझ गया कि जिस युवती को किसी दूसरे आदमी ने धोखा दिया था, उसको दोबारा बेवकूफ नहीं बनाया जा सकता। घबराकर अपनी टोपी हाथ में ले ली और हकलाते हुए बोला, "देखिए मादाम, नदी के पास भटक रहे आपके बेटे को वापस ले आया हूँ।"

सिमोन अपनी माँ के गले में बाँहें डालकर दोबारा रोते हुए बोला, "मम्मी, मुझे दूसरे लड़कों ने मारा है। मुझे मारा है, क्योंकि मेरे पापा नहीं हैं। मैं नदी में डूबकर मर जाना चाहता था।"

लज्जा से युवती के गाल लाल हो गए। आहत होकर उसने सिमोन को बाँहों में भर लिया। उसका चेहरा आँसुओं से भीग गया। कामगर वहाँ पर खड़ा दोनों को हमदर्दी के साथ देख रहा था, समझ नहीं पा रहा था कि वापस कैसे जाए! अचानक सिमोन उसके पास दौड़ा-दौड़ा आया और बोला, "क्या तुम मेरे पापा बनोगे?"

गहरी चुप्पी छा गई। ब्लेनशाट ने शर्मसार हो खामोशी के साथ दिल पर हाथ रखकर दीवार का सहारा ले लिया।

अपनी बात का जवाब न मिलने पर सिमोन ने अपना सवाल दोबारा दोहराया और कहा, "अगर तुम नहीं बनना चाहते तो मैं दोबारा नदी में डूबने के लिए जा रहा हूँ।"

कामगार ने बात को मजाक में टालने की कोशिश की और हँसकर जवाब दिया, "बेशक, मैं चाहता हूँ।"

"तब तुम्हारा नाम क्या है?" सिमोन ने बात आगे बढ़ाई, "ताकि जब दूसरे लड़के पूछेंगे तो मैं उनको तुम्हारा नाम बता सकूँगा।"

"फिलिप," युवक ने जवाब दिया।

सिमोन ने एक मिनट रुककर नाम याद किया, फिर आश्वस्त होकर बाँहें फैलाकर कहा, "ठीक है, फिलिप, तुम मेरे पापा हो।"

कामगार ने उसको उठाकर जल्दी से उसके दोनों गालों का चुंबन लिया और तेजी से वापस मुड़ गया।

दूसरे दिन स्कूल जाने पर लड़कों ने नफरत के साथ हँसते हुए उसका स्वागत किया। छुट्टी होने के बाद जब वे शैतानी करनेवाले थे, तब सिमोन ने उनके सिरों पर पत्थर की तरह ये शब्द फेंके, "मेरे पापा का नाम फिलिप है।"

चारों तरफ हँसी के फव्वारे छूट गए। "फिलिप कौन, कैसा फिलिप? फिलिप नाम का आदमी है कौन?"

"फिलिप तुमको कहाँ पर मिल गया?"

सिमोन ने कोई जवाब नहीं दिया। वह पूरी तरह से आश्वस्त होकर दृढ़निश्चयी आँखों से उनका सामना कर रहा था।

भागने की बजाय वह मरने के लिए तैयार था। तभी टीचर उसके बचाव के लिए आ गए और वह माँ के पास घर लौट आया।

तीन महीने बीत गए। लंबा कामगार युवक अक्सर ब्लेनशाट के घर के आगे से गुजरता। वह उसको खिड़की के पास बैठकर सिलाई करते देखता था। कभी-कभी हिम्मत जुटाकर उससे बात करता। वह उसके साथ इज्जत के साथ बात करती, गंभीर

रहती, कभी हँसी-मजाक नहीं करती थी, न ही उसको घर के अंदर आने की इजाजत देती थी। इन बातों से बेखबर, दूसरे आदमियों की तरह वह मन ही मन कल्पना करता कि उसके साथ बात करते समय युवती के चेहरे की रंगत खिल उठती थी।

एक बार की बदनामी का धब्बा मिटाना मुश्किल होता है। इज्जत इतनी नाजुक होती है कि ब्लेनशाट के शांत-गंभीर रहने पर भी लोग उनके बारे में भी कानाफूसी करने लगे थे।

जहाँ तक सिमोन का प्रश्न था, वह अपने नए पापा से बहुत प्यार करता था, शाम के बाद वह तकरीबन हर रोज उसके साथ घूमने जाता था। वह नियम से स्कूल जाता; अपने साथियों की बातों का जवाब दिए बिना वह उनके बीच आत्मसम्मान के साथ बैठता। इस पर भी उस धूर्त लड़के ने, जिसने उस पर पहली बार हमला किया था, एक दिन कहा, ''तुमने झूठ बोला था। फिलिप नाम का कोई आदमी तुम्हारा पापा नहीं है।''

''तुम ऐसा कैसे कह सकते हो?'' सिमोन ने परेशान होकर पूछा।

उस लड़के ने हाथ मलते हुए जवाब दिया, ''अगर तुम्हारे पापा होते तो वे तुम्हारी मम्मी के साथ रहते।''

यह दलील सुनकर सिमोन दुविधा में पड़ गया। फिर भी बोला, ''वही मेरे पापा हैं।''

''हो सकता है,'' वह शैतान मजाक उड़ाते हुए बोला, ''वह तुम्हारे पापा हो ही नहीं सकते।''

ब्लेनशाट के छोटे बेटे ने सिर झुका लिया। सोच में डूबा हुआ वह लायजान लोहार की भट्टी, जहाँ फिलिप काम करता था, की तरफ चल पड़ा। पेड़ों से घिरी भट्टी से लाल-लाल अंगारे निकल रहे थे और पाँच लोहार जोर-जोर से संदास पर हथौड़े मार रहे थे। लपटों में घिरे वे राक्षसों की तरह काम कर रहे थे। उनकी आँखें संदास पर लाल गरम लोहे पर टिकी थीं। हथौड़ों के उठने-गिरने के साथ-साथ उनके दिमाग में आलतू-फालतू की बातें आ-जा रही थीं।

सिमोन चुपचाप अंदर गया और अपने दोस्त की बाँह को धीरे से खींचा। फिलिप ने मुड़कर देखा। फौरन काम बंद हो गया। सब आदमी उसको ध्यान से देखने लगे। अचानक चुप्पी के बीच सिमोन की पतली आवाज गूँजी, ''फिलिप, अभी-अभी मिशेंदे ने मुझे बताया है कि तुम किसी भी तरह मेरे पापा नहीं हो सकते। क्या यह सच है?''

"लेकिन क्यों?"

सिमोन ने बाल-सुलभ स्वर में जवाब दिया, "क्योंकि तुम मेरी मम्मी के पति नहीं हो।"

कोई नहीं हँसा। फिलिप अपने बड़े-बड़े हाथों पर सिर टिकाकर खड़ा रहा। उसके हथौड़े का कुंदा संदास पर टिका था। वह सोच में डूबा था। उसके चारों साथी उसको देख रहे थे। उन दैत्याकार आदमियों के बीच छोटे-से जीव की तरह खड़ा सिमोन बेचैनी से जवाब का इंतजार कर रहा था। अपने दूसरे साथियों के मनोभावों को समझकर एक लोहार फिलिप से कहने लगा, "देखो फिलिप, अपने दुर्भाग्य के बावजूद ब्लेनशाट एक सुशील, ईमानदार, दृढ़निश्चयी और संयमी लड़की है। वह किसी भी ईमानदार व्यक्ति की पत्नी बनने के योग्य है।"

"यह ठीक कह रहा है," बाकी के तीनों ने भी उसकी बात का समर्थन किया।

पहले लोहार ने आगे कहा, "इसमें लड़की की क्या गलती है कि वह चरित्रहीन हो गई। उससे शादी का वायदा किया गया था। मैं अच्छी तरह से जानता हूँ कि आज भी उसको आदर के साथ देखा जाता है। वह अपने पाप का प्रायश्चित्त कर रही है।"

"बिल्कुल ठीक।" तीनों आदमी एक स्वर में बोले।

वह कह रहा था, "बेचारी, अपने बेटे को पढ़ाने के लिए अकेली कितनी मेहनत करती है! ईश्वर ही जानता होगा कि वह कितना रोती होगी? वह बाहर नहीं निकलती, यहाँ तक कि चर्च भी नहीं जाती।"

"यह भी सच है," दूसरों ने भी उसकी बात का अनुमोदन किया।

उसके बाद भट्टी में आग सुलगानेवाली धौंकनी की आवाज के सिवाय कोई और आवाज आनी बंद हो गई।

फिलिप सिमोन के आगे झुककर बैठ गया, "जाओ, अपनी मम्मी से जाकर कह दो कि मैं उससे बात करने आऊँगा।"

उसने सिमोन को कंधे से पकड़कर बाहर निकाल दिया। दोबारा अपना काम करने लगा। एक साथ पाँच हथौड़े संदासों पर गिरने लगे। रात होने तक वे मजबूती, पूरी ताकत के साथ अग्निदेव की तरह संतुष्ट होकर लोहा पीटते रहे। जिस तरह त्योहार के अवसर पर गिरजाघर की घंटी दूसरी घंटियों की अपेक्षा ज्यादा जोर से बजती है, उसी तरह फिलिप का हथौड़ा भी दूसरे साथियों के हथौड़ों की अपेक्षा ज्यादा जोर से टनटना रहा था। चिनगारियों के बीच सीधा खड़ा आग पर आँखें टिकाए पूरे उत्साह के साथ अपना काम कर रहा था।

जब उसने ब्लेनशाट के घर का दरवाजा खटखटाया, तब आसमान में तारे जगमगा रहे थे। अपनी नई कमीज पर इतवार वाला जैकेट डाल रखा था, दाढ़ी बना रखी थी। ब्लेनशाट दहलीज पर आकर दुःखी स्वर में बोली, ''मिस्टर फिलिप, रात को इस समय यहाँ पर आना ठीक नहीं है।''

फिलिप ने जवाब देना चाहा, परंतु मुँह से आवाज नहीं निकली। वह उसके सामने हैरान-परेशान सा खड़ा रहा।

ब्लेनशाट ने कहा, ''तुम अच्छी तरह से जानते हो कि अब मैं और बदनामी बरदाश्त नहीं कर सकती।''

तब उसने फुर्ती से जवाब दिया, ''मुझे तुमको अपनी पत्नी बनाने में कोई ऐतराज नहीं।''

फिलिप की बात का उसने कोई जवाब नहीं दिया, परंतु उसको कमरे में किसी के गिरने की आवाज सुनाई दी। वह तेजी से अंदर घुस गया। सिमोन ने बिस्तर में लेटे-लेटे चुंबन का स्वर और माँ के कोमल स्वर में कुछ टूटे-फूटे शब्द सुने। अचानक देखा कि उसके दोस्त ने उसको हाथों पर उठा रखा था। अपनी बलशाली बाँहों में सिमोन को उठाए-उठाए वह बोला, ''तुम अपने स्कूल के साथियों को बता सकते हो कि तुम्हारा पापा फिलिप रेमी लोहार है। कोई भी तुमको नुकसान पहुँचाएगा तो वह उसके कान उमेठ देगा।''

अगले दिन स्कूल की क्लास में सभी मौजूद थे। पढ़ाई शुरू होनेवाली थी। सिमोन घबराकर खड़ा हो गया और काँपते होंठों से साफ आवाज में बोला, ''मेरे पापा फिलिप रेमी लोहार हैं। अगर किसी ने मुझसे लड़ाई-झगड़ा करने की कोशिश की तो वह उसका कान उमेठ देगा।''

इस बार कोई नहीं हँसा। लोहार फिलिप रेमी को सब अच्छी तरह से जानते थे। ऐसा पापा मिलने पर दुनिया में कोई भी बच्चा गर्व महसूस कर सकता था।

❑

हार

—गाय-द-मोंपासा

फिलिस्तीन का एक युवक, जिसे कुरूप कतई नहीं कहा जा सकता था, 'घेटो' (यहूदी बस्ती) का संभ्रांत व्यक्ति माना जाता था। स्टॉक एक्सचेंज के कारोबार के समय घायल हो जाने के कारण जख्मी हालत में उसने काम छोड़ दिया था।

दूसरी ओर ध्यान लगाने तथा आकर्षक वस्तुओं एवं विभिन्न दृश्यों से अपना मन बहलाने के लिए वह प्राय: वियना की यूनिवर्सल प्रदर्शनी में चला जाता था। एक दिन वहाँ पर रूसी सेक्शन में उसकी मुलाकात एक नवविवाहित दंपती से हुई। उस दंपती के पास पुरानी शान-ओ-शौकत तो थी, लेकिन आय सीमित हो चली थी। हाँ, जीने का अंदाज ही कुछ ऐसा था कि उनकी रईसी कम नहीं दिखती थी।

युवती के सौम्य आकर्षण ने उस स्टॉक-ब्रोकर को गुप्त संकेत भेजने के लिए प्रोत्साहित किया। ऐसे संकेत, जो वियना की किसी अभिनेत्री को अपनी ओर आकर्षित करने के लिए तो उचित थे, परंतु एक संभ्रांत महिला के लिए अपमानजनक। उस नवदंपती का नाम एलसेनक-द-गोथा (गोथा में प्रकाशित डायरेक्टरी, जिसमें सत्तारूढ़ शाही परिवार, छोटे प्रांतों के राजकुमारों तथा भूतपूर्व शाही परिवारों के नाम संकलित थे) में दर्ज था। उस स्टॉक-ब्रोकर के संकेत से वह युवती विचलित हो गई। वह मन-ही-मन में घेटो के इस युवक से घृणा करने लगी। उससे बदला लेने की भी कई योजनाएँ बना लीं। यह सब महज कुछ ही दिनों में हो गया, परंतु वह स्टॉक-ब्रोकर उससे सच्चा प्रेम करने लगा था। प्रदर्शनी में एक दिन फिर वह युवती प्रसन्न मुद्रा में खड़ी थी। उसका पति फिजूलखर्ची के डर से वहाँ से खिसक गया था। ऐसे में स्टॉक-ब्रोकर को सहज ही उसके पास आने का सुअवसर मिल गया।

उस कुलीन युवती की आँखें खुशी से चमक रही थीं, स्टॉक-ब्रोकर को देखते ही बोली, "उस सुंदर फर को देखो। मुझे वह लेना है।"

उसने सफेद पर्ची को देखा जिस पर उसकी कीमत लिखी हुई थी। 'चार हजार रूबल,' उसने निराशा से कहा, "यानी छह हजार फ्लोरीन।"

"निश्चित रूप से," युवक ने उत्तर दिया, "इससे क्या अंतर पड़ता है, तुम जैसी सुंदर, आकर्षक महिला के लिए यह कीमत कोई मायने नहीं रखती।"

"मेरे पति की आर्थिक स्थिति…।"

"हमेशा की तरह आज भी निर्दयी मत बनो," स्टॉक-ब्रोकर ने धीमी आवाज में उससे कहा, "मुझे अपनी सेवा करने का एक मौका प्रदान करो।"

"मेरे विचार में तुम मजाक कर रहे हो?"

"नहीं, मैं मजाक नहीं कर रहा हूँ।"

"मेरे विचार में तुम मजाक ही कर रहे हो।"

"परंतु मैं तुमसे प्रेम करता हूँ।"

"इस कारण से तो तुमको कदापि दुःखी नहीं रहना चाहिए।"

"परंतु…।"

"यह निंदनीय है," वह ओजस्वी युवती चिल्लाई, "मैं तुम पर वीनस-इन-दी-फर के दास की तरह कोड़े बरसा सकती हूँ।"

"बस मुझे अपना दास बना लो," स्टॉक-ब्रोकर ने उत्साहपूर्वक उत्तर दिया, "मैं खुशी-खुशी सबकुछ सहन कर लूँगा।"

एक क्षण के लिए उस महिला ने युवक को भेदभरी मुस्कान से देखा। "यदि मैं तुम्हारे निवेदन पर गौर करूँ तो क्या तुम मुझे कोड़े से मारने दोगे?" उसने कुछ रुककर कहा।

"बहुत खुशी के साथ।"

"ठीक है," वह जल्दी से बोली, "मैं तुम्हें पच्चीस कोड़े मारूँगी, पच्चीसवें कोड़े के बाद तुम्हारी हो जाऊँगी।"

"क्या तुम यह बात गंभीरता से कह रही हो?"

"एकदम।"

घेटो के युवक ने उसका हाथ पकड़ा और उत्साहपूर्वक होंठों से लगा लिया।

"मैं कब आ सकता हूँ?"

"कल शाम आठ बजे।"

"अपने साथ-साथ कोड़ा भी लाना होगा?"

''नहीं, वह मैं स्वयं देख लूँगी।''

अगले दिन शाम को वह प्रेमदीवाना स्टॉक-ब्रोकर उस आकर्षक युवती के घर पहुँच ही गया। काले रंग के फर में लिपटी, अपने छोटे-से हाथ में कुत्तों को मारनेवाली चाबुक लिये वह महिला एक सोफे पर अकेली लेटी हुई थी। घेटो के युवक ने एक बार फिर उसके हाथ का चुंबन लिया।

''तुमको अपना अनुबंध याद है न?'' उसने कहा।

''निस्संदेह, याद है,'' स्टॉक-ब्रोकर बोला, ''मैं तुम्हें पच्चीस कोड़े मारने की अनुमति देता हूँ। पच्चीसवें कोड़े के बाद तुम मेरी हो जाओगी।''

''हाँ, पहले मैं तुम्हारे हाथों को बाँध रही हूँ,'' युवक ने चुपचाप कमर के पीछे अपने हाथ बँधवा लिये। उसके बाद वह घुटनों के बल उसके सामने झुक गया। युवती ने कोड़ा उठाया और सटाक से दे मारा।

''ओह, बहुत पीड़ा हो रही है,'' वह चिल्लाया।

''मैं तुमको पीड़ा ही पहुँचाना चाहती हूँ,'' वह मजाकिया स्वर में हँसते हुए बोली और निर्दयता से उस पर कोड़े बरसाती रही।

अंततः वह युवक असीम पीड़ा से कराह उठा। उसने अपने आपको सांत्वना दी कि प्रत्येक कोड़े के बाद उसकी मंजिल, उसकी खुशी समीप आती जा रही थी। चौबीस कोड़े मारने के बाद युवती ने कोड़ा फेंक दिया।

पीड़ा से कराहते हुए वह युवक बोला, ''अभी तो चौबीस ही हुए हैं।''

''पच्चीसवाँ मैं तुमको उपहार में देती हूँ।''

''अब तुम मेरी हो, केवल मेरी,'' वह उत्साहपूर्वक बोला।

''तुम क्या समझ रहे हो?''

''क्या मैंने तुमको मारने नहीं दिया?''

''निश्चित रूप से, परंतु अनुबंध के अनुसार मैंने पच्चीसवाँ कोड़ा लगाने के बाद तुम्हारी इच्छा पूरी करने का वादा किया था। मैंने केवल चौबीस ही मारे हैं। इस बात को सिद्ध करने के लिए यहाँ प्रत्यक्षदर्शी गवाह उपस्थित हैं।'' इन शब्दों के साथ उसने दरवाजे के आगे टँगा पर्दा हटा दिया। पिछले कमरे से उसका पति, दो अन्य सज्जनों के साथ मुसकराता हुआ बाहर आया। अपनी डेलीलाह (प्रेमिका) के आगे घुटनों पर बैठे स्टॉक-ब्रोकर के मुँह से एक क्षण कोई शब्द नहीं निकला। फिर लंबी साँस खींचकर एक अत्यधिक महत्त्वपूर्ण शब्द कहा, ''हार।''

❑❑❑